문학의
분출

문학의 분출

구중서 지음

케포이북스
KEPHOI BOOKS

책 머 리 에

역사는 변하는데 변하지 않는 것도 있다. 변하지 않는 것은 인간본성과 자연법적 질서이다. 이것은 다른 말로 하면 보편적 가치이다. 보편적 가치를 거론하는 데 대해 어떤 이들은 보수적 관념이라고 거부감을 느낄지도 모른다. 그러나 그러한 생각이야말로 뿌리 없고 부박한 배회가 될 수도 있다.

진보라든가 전망을 연다는 것은 가시적 장애물을 제거하는 것만이 아니다. 인간이 물리적 억압을 받으면 몸을 던져 저항할 수 있다. 그러나 독재의 억압이 끝나고 나면, 그 다음에 인간은 무엇을 할 것인가. 자유를 다시 빼앗기지 않을 책임이 있을 뿐이다. 이 일은 누가 하는가. 남이 해 주는 것이 아니다. 내가 해야 한다. 자유와 책임으로 불변하는 본질적 가치를 발견하는 일, 이것이 바로 참된 진보이고 전망의 타개이다.

가까스로 쟁취한 정의를 다시 빼앗겼을 때 누구를 탓하랴. 모든 현실적 결과는 자업자득이다. 다 나의 책임이다. 더욱이 모든 것이 개방되고 세계화한다는 공간에서 나를 지켜내는 일은 얼마나 힘든가. 진지하고 또 진지한 삶만이 나를 자유케 할 것이다.

이 일념으로 우리는 영원히 건강한 아름다움을 위해 문학을 하는 것이다. 이렇게 생각하며 이번에는 이미 펴낸 졸저들에 실리지 않은 글들만 가지고 자유로운 형식으로 책을 구성해 본다. 평론·논문·에세이·대담에다 부록처럼 고전의 이해까지 첨가하였다. 다양성 안의 일치도 필자가 좋아하는 명제이다. 그러면서 감각과 정신의 분별, 일상과 영원의 결합까지도 희구해 본다.

2008년 봄

구중서

차 례

4 / 한국 고전소설의 재인식   243

문 학 의 분 출

1

삶과 문학의 속뜻

현대시와 정치적 상상력

일본을 여행하는 많은 한국 사람들이 규슈 지역의 후쿠오카 항구도시에도 들른다. 이 도시의 해안 쪽 마을에 술집들이 있고 한국 여행객들이 들어가면 노래방 모니터에서 귀에 익은 한국의 대중가요가 나온다. 화면 하단에 일본 글자로 가사가 나타나는데 노래는 조용필이 부르는 〈돌아와요 부산항에〉이다.

그리고 술집 주인인 일본인 여성이 이 한국 노래를 따라 부른다. 이 후쿠오카가 어떤 곳인가. 한국의 윤동주 시인이 1945년 2월에 조선 독립운동의 죄명으로 이 후쿠오카 형무소에서 옥사를 하였다. "하늘을 우러러 한 점 부끄럼이 없기를" 시로 써 남긴 29세의 젊은 윤동주는 8·15해방을 맞기 반 년 전에 세상을 떠났다. 그 후쿠오카에서 지금 한국 노래가 유행하다시피 되어 있다니, 역사가 많이 변하였다.

윤동주 이전에 이상화 시인이 「빼앗긴 들에도 봄은 오는가」를 썼고, 이육사 시인이 「광야」를, 한용운 시인이 「님의 침묵」을 썼다. 한국 현대 시단의 이러한 맥락에 이어 해방 후 남한의 군사독재 치하에서는 1970년대 초에 김지하의 시 「오적」이 발표되었고 1980년대에는 김남주의 시 「학살」이 발표되었다.

민족의 현실이 가장 혹심한 고통 속에 있던 시기마다 한국의 현대시는 정의를 향한 저항의 선두에 섰다. 김지하의 「오적」은 5·16 군부통치의 절정이었던 1970년에 재계와 정계의 고위층을 견주어 판소리 사설의 풍자 수법으로 비판하였다. "하루는 다섯 놈이 모여 / 십년 전 이맘 때 우리 서로 피로써 맹세코 도둑질을 개업한 뒤 / 날이 날로 느느니 기술이요 쌓이느니 황금이다." 이렇게 질타하였다.

김남주는 신군부에 의해 감행된 1980년 5월의 광주 민주항쟁 진압 현장을 소재로 하여 시 「학살」을 썼다.

밤 12시
학살자들은 끊임없이 어디론가 시체의 산을 옮기고 있었다.

낮 12시
거리는 한 집 건너 울지 않는 집이 없었다

　　무등산은 그 옷자락을 말아 올려 얼굴을 가려 버렸다

　　영산강은 그 호흡을 멈추고 숨을 거둬 버렸다

　　아 게르니카의 학살도 이리 처참하지는 않았으리

　　아 악마의 음모도 이리 치밀하지는 않았으리

—「학살·2」

　　김지하와 김남주는 각기 구속되어 극형과 그에 버금가는 중형을 언도받고 여러 해 동안 옥고를 겪다가 국민의 민주화 투쟁에 힘입어 출옥하였다. 이밖에 수많은 젊은이들과 지식인들이 목숨을 잃고 투옥되고 억압을 당하였다. 이것은 머지않은 지난날의 엄연한 사실로서 역사적으로 분명히 기억되지 않으면 안 된다.

◎ 자유와 책임

　　김대중 노무현 두 대통령의 임기 10년이 지나는 동안에 한국의 정치적 민주주의는 숙성이 되었고 정권의 권위주의마저 사라져 버렸다. 선의의 권위는 공권력의 품격을 위해 필요하기도 한 것인데, 지나치게 권위가 붕괴되어 택시나 버스 안에서 술 취한 승객이 대통령에 대해 외설풍의 욕설을 가해도 말리는 사람이 없다. 2007년 12월의 대통령 선거에서는 지난 시대에 민주화를 추진했던 정당이 큰 차이로 패배하고 지난 시대 군정의 맥통에 뿌리를 둔 정당에게 정권이 다시 넘어갔다.

민주주의 나라에서는 적어도 양당제 이상으로 다당제가 구현되어 이 당 저 당이 서로 정권을 교체하며 나라에 봉사하는 것이 당연한 일이다. 그러나 역사는 가치관과 명분에 맞게 정대한 길로 계속 발전해야 하므로 되도록 민주화 세력권에서 유력한 양당제가 형성되어 정권을 교체하는 것이 바람직했다고 양식 있는 사람들은 생각한다.

국민 대중 속에도 이러한 양식이 있으므로, 참여정부 출범 초기에 한나라당이 노무현 대통령의 탄핵을 발의했을 때 시민들이 가두 촛불 시위로 노대통령을 지켜 주었다. 이어서 국회의원 총선거가 실시되자 다시 집권당이 다수 의석을 차지하도록 민의가 지원하였다. 이 탄핵 반대 시위 때에 건실한 가정의 젊은 남성들이 어린 자녀를 어깨에 무동 태운 모습으로 나타나 축제의 거리 풍경을 보여주기도 하였다.

문제는 이 다음부터였다. 민주주의는 정신의 차원이고 정치는 대중 속에 인간다운 삶의 향상을 촉진하는 것이어야 하는데, 이 생활의 실제 면에서 실망이 확대되어 갔다. 이러한 가운데서도 정부의 최고 책임자는 문제의 개선을 장담하는 발언을 필요 이상으로 남발하고 결과는 계속 허사였다.

부동산 시세의 앙등 문제, 비정규직과 실업의 확대 문제를 비롯해 공직 비리의 속출 문제까지 있게 되었다. 그리고 이 뒤로는 여러 차례의 재보선에서 집권 여당이 거의 영패에 가까운 패배를 당하였다.

국가경제의 전체 규모에서는 발전을 계속했다고 정부는 말한다. 그렇다면 더욱이 국민 속의 빈부격차라든가 양극화 문제가 더욱 불만의 요인이 된다. 이런 사회 운영상의 비근한 구체성들에 대해 문학이 정면으로 시비하기는 어렵다. 그러나 사회의 정신 차원에서 가치관의 희구가 실망을 한 나머지 역사 진로의 반대 방향으로 후퇴하게 될 때, 인간다운 삶의 촉진 과제와 문학의 이상주의가 상처를 받는다.

그 어떠한 이론적 변명이 가능하더라도 선거에서 계속 민의를 얻지 못하는 정당은 불만어린 항변을 할 자격이 없다. 절대선은 아닐지라도 민주주의에는 선거의 표수가 현실이라는 점을 미리 감안하여 대응해야 하기 때문이다. 한 나라 사회의 운영 과정에서 부득이한 차질의 사정도 있을 수 있는데 그것은 국제관계의 여건에서 오는 것이다. 자본주의 시장경제의 세계화 추세 속에서 정당방위가 여의치 못한 경우가 그것이다. 그러나 이러한 경우들까지 미리 감안해서 대응함으로써 최선으로 적절한 결과를 성취해야하는 것이 정치 분야의 사명이다. 고도한 정치력도 결국 상식에 닿아야 한다. 경제적 수치에서 여의치 못하면 정신적 화합 면에서라도 모범을 보이며 설득이 가능해야 할 것이다.

역사 발전의 이 당위성에 대해 한국의 현대시가 예감을 하지 못한 것은 아니다. 1987년 6월의 시민항쟁이 마침내 신군부 정권으로부터 대통령 직선제를 되돌려받게 된 것이 민주화의 결정적 고비였다. 제6 공화국 노태우 대통령이 6 · 29 직선제 개헌 선언을 한 데 대해 정희성이 쓴 시가 있다.

술 한 모금 먹고

하늘 한 번 보고
술 한 모금 먹고
하늘 한 번 보고
최루가스 얼룩진 저 하늘로
날아오르고 싶다던 한 젊은이의
죽음의 말을 되뇌이며
그 날의 함성을 생각하며
쓴 잔을 입에 댄다

민주화가 된다는데
이제는 무엇을 할 거냐고
이형이 묻는 말을 귓전에 흘리며
나는 말없이 술잔을 건넬 뿐
더러운 시대의 누더기를 몸에 걸친 채
죽음 냄새 배어 있는 이 거리
낯선 목로의 한 구석에 앉아
나를 마신다

혁명은 왜 고독한 것인가를
혁명은 왜 고독해야 하는 것인가를
되묻던 김수영 시인의 말이
눈물처럼

빗발치는 이 낯선 목로의 거리

민주주의여 너의 외로운 이름 위에
무슨 말을 덧붙이랴
한국적이라는 관형사가 그렇듯이
자유라는 말이 언젠가는
우리를 구속하겠지

무서운 예감이여
얼마나 외롭고 긴 싸움이
우리를 기다리고 있는가
아미에 맺힌 식은땀을 훔치며
그날의 함성을 생각하며
나는 가슴 깊이 술을 삼킨다

— 「만세 후」, 시집 『한 그리움이 다른 그리움에게』

　"자유와 구속, 외롭고 긴 싸움에 대한 무서운 예감"이 시인으로 하여금 이마에 식은땀을 흘리게 한다. 이제는 김지하와 김남주의 경우처럼 몸을 던져 싸울 대상으로서의 독재정권이 사라진다. 자유와 민주주의가 이루어진 사회에서 시인은 자신의 내면과 싸우게 된다. 같은 민주화 세력 내부의 분열, 같은 이념적 동지 내부에서 격화되는 당파성 논쟁의 끝없는 관념화, 저항 투쟁의 경력을 팔아 자리를 사는 새로운 권력층의 부상과 그들의 교만 등 타락의 역풍이 시를 위협해 온다.

과연 민주화 세력권 안에서 양김의 분열은 정대한 역사의 추진 동력을 현저히 약화시켰다. 대한민국을 민주국가라고 인정할 수 없었던 군사독재에 저항하는 과정에서 의식 무의식 간에 의지하기도 했던 진보 이데올로기는 현실사회주의 세계권의 붕괴로 허망한 것이 되었다.

이러한 현실에서 한 때 민중문학 노동자문학으로까지 진출했던 젊은 시인들은 당황하게 되었다. 더러는 노선을 바꾸어 해체주의적 포스트모더니스트가 되고 더러는 감수성 위주의 조용한 서정 시인이 되었다. 그러나 대안 없는 해체와 실험의 포스트모더니즘에서 무엇을 얻을 수 있는가. 지난 날 언제 현실참여의 문학을 했던가 싶게 한껏 농익은 탐미의 서정주의에 침잠한들 그것은 자기소모일 뿐 가치의 창조가 되지 못한다.

원래 시는 구호여서도 안 되고 도식이어서도 안 된다. 다른 한편으로 시가 생각이 없는 느낌만으로 막연하기만 하다면 그것도 허망하다. 의미와 보람의 힘이 담겨있지 않다면 그것은 진정한 아름다움도 아니다. 한 마디로 다시 말하자면 시 안에서 '인간다움'이 느껴져야 한다.

이 글의 주제는 오늘의 시를 가지고 정치 현실에 대해 생각해 보는 것이다. '정치'의 의미도 마찬가지이다. 정치 안에서 인간다움이 느껴져야 한다. 정치는 전술 전략이 아니며 기계적 제도도 아니다. 정치는 인간 사회의 올바른 질서를 위해 필요한 것이고 소중한 것이다. 시와 정치의 관계도 거리가 먼 것이 아니다. 먼 옛날부터 나라의 정치인을 뽑는 방법이 시 짓기로 과거를 치르는 것이었다. 그러므로 할 수만 있

다면 시와 정치를 같은 것으로 본다고 해도 굳이 부당하다고 할 필요
는 없다.

정치와 정당도 인간이 운영하는 것이므로 거기에 잘하는 일과 잘못
하는 일이 있을 수도 있다. 그리고 정치에 대한 평가는 일반의 윤리의
식에만 의거할 일이 아니고, 인간 공동체의 미래 운명에 이어져야 하
므로 역사의식에도 의거해야 한다.

국민의 정부와 참여 정부 10년을 가리켜 한나라당은 "잃어버린 10
년"이라고 한다. 이른바 민주개혁의 깃발을 내걸고 언제나 "서민을 위
한 정치"를 약속한 것이 이행되지 못했으니 국민 대중도 실망을 하게
되었다. 이제 한 나라의 경제 정책은 세계화 시대의 시장경제라고도 하
고 '신자유주의'라고도 하는 국제관계의 동향 속에서 시달리고 있다.

시장만능과 무한 경쟁이 시장경제의 원리인 것처럼 여겨지고 있다.
여기에 적응하려면 재벌 위주의 경제 운영이 되고 중소기업은 위축되
며 비정규직과 취업난 현상이 확대되어 나아간다. 민주주의가 무슨 소
용이 있으며, 자유는 가난한 이들이 빈부의 양극화에 내몰리는 자유
바로 그것인가. 강대국의 신자유의 압력에 약소국 정부는 갈팡질팡 하
다가 국민의 짜증을 사고 선거에서 패배한다.

선거에서 이긴 다른 정당이 경제 운영을 새로이 잘 해보도록 기대해
야 한다. 그러면 지나간 10년 동안의 정치에서 잘한 일은 무엇인가.
그것은 2000년과 2007년에 두 차례 남북 정상회담을 열면서 일관되게
민족 재통일의 길을 넓혀 나아갔다는 것이다. 외세에 의해 국토가 분
단된 후 60년이 지나도록 통일을 이루지 못하고 있으면서, 재통일의

노력도 하지 않고 있다면 이것은 죽은 민족이나 다름이 없다.

그래도 그 동안 민주주의 개혁 정권들에 의해 이산가족 상봉, 금강산 관광, 개성공단 설립, 남북 철도의 연결이 성사되었고, 계속해서 상호 개방과 협력이 증대되어 나아갈 추세가 마련되었다. 이보다 더 큰 정치적 성과가 어디에 있겠는가.

2006년의 어느 날 분단선 비무장 지대에서 남북의 병사들이 지뢰를 제거하는 폭발음이 들리기 시작하였다. 그리고 그 다음 해 5월 17일에 경의선과 동해선의 남북 철도가 연결되고 실제로 운행을 시험하는 기차들이 분단선을 넘어가고 넘어왔다. 이 역사적인 순간을 시로 써야하지 않겠는가.

쾅 펑 쾅 펑
산자락 우거진 숲에 울리는 소리

흰 거품 띠 말아
기어오르고 물러나고
무어라 할 말 많은
동해 푸른 물 옆에 두고

등성이 녹슨 철망 끊고
들어서는 남과 북의 병사들
서로의 사이에 지뢰를 묻고

영원히 만나지 않을 것 같던
못난 마음들이 어느 가을 하늘 아래
스스로 지뢰를 캐어 터뜨리며
다가선 날 있었다

여기에 길을 내고 철로를 이어
시베리아, 알타이산 아래까지
내달리는 열차에
우리 함께 타고 싶구나

먼 지난 날 스탈린이
하바로프스크에서 블라디보스토크에서
백의의 고려인 무리 불러내어
어디론가 보내던 날
광막한 벌판과 바이칼 호 지나며
추운 열차에 실려간
사람들 있었다

그들이 닿은 곳
황막한 사막 타슈켄트, 알마아타
알타이 산 모국어의 샘에서
물을 끌어 사막을 적시고

벼를 심은 사람들 있었다

오늘 남북의 철로를 잇는 날
경의선 동해선의 기차가 가는 날
다시 우리 가고 싶구나

고구려로 발해로
유라시아 철의 실크로드, 알타이로
그 너머 지상의 끝까지

— 졸시 「철의 실크로드」, 『녹색평론』, 2007, 7~8면

이 시는 역사의식에 의거하는 것으로서 하나의 정치적 상상력이기
도 하다.

◎ 잘 사는 작은 나라

한국의 미래 진로는 동쪽으로 태평양을 끼고 일본과 미국으로만 통
해야 하는가. 서쪽으로 철의 실크로드를 타고 중앙아시아로, 북유럽
스칸디나비아 잘 사는 작은 나라들에까지 이어져야 좋을 것이다. 스칸
디나비아에는 강대국의 패권주의도 없고, 금융의 제국주의도 없고, 무

한경쟁과 약육강식의 시장도 없고, 독재도 없고 영웅의 동상도 없고, 민주주의와 사회복지를 위한 조합들만 있다고 한다.

　굳이 한 특정의 대상으로 그 나라를 생각하는 것은 아니지만, 우리에게 오래 익숙해 온 미국을 문명의 한 형태로 머리에 떠올려 본다. 신자유주의의 원류, 이 밝은 세기에 여기 저기 남의 나라에 큰 규모의 군대를 투입하는 나라, 열량을 가장 많이 사용해 지구 온난화라는 환경 파괴에 가장 책임이 크면서 환경 관계 세계 회의에는 되도록 참석을 하지 않는 나라, 이러한 인상을 가지면서 박구경의 시 「미국에 대하여」를 본다.

　　뜨거워지는 물을 피해 두부 속으로
　　파고드는 미꾸리

　　눈 깜짝할 사이에
　　무역센터로 들어간 한 세기 초유의
　　증오이고 싶다

　　한 사람이 또 떠나가는 의료원 앞
　　숟가락을 들다가 말고

　　바글바글,
　　지난 세기를 모두 뚝배기에 섞어 넣고

밤새도록 온 우주에 알 수 없는

신호를 띄워 보내는

텔레비전

한 세기를 괴로워하다 두부 속에

파고든 미꾸리의 생각이고 싶다

—「미국을 생각하며」, 시집 『기차가 들어왔으면 좋겠다』

유한한 생명의 인생은 덧없이 계속 세상을 떠나는데, 그래도 먹고 살겠다고 숟가락을 들다가 시인은 문득 기발한 한 죽음의 모습을 연상한다. 강대국의 심장부에 파고든 한 비행기의 젊은 아랍인 조종사, 그는 어떻게 그처럼 큰 증오를 가지고 죽었을까. 패권주의와 전쟁과 지구 온난화가 뜨거워 마치 우선 두부 속에라도 파고든 추어탕 속 미꾸리를 연상하는 시는 첨예한 역사의식이다.

가톨릭교회는 오랜 옛날에 십자군 전쟁을 일으킨 데 대해 공개적으로 사죄하였다. 불가의 한 고승은 말하기를 "불교는 종교전쟁을 일으킨 적은 없다"고 하였다. 조사를 만나면 조사를 죽이고 부처를 만나면 부처를 죽이고 세계평화를 위해 필요하다면 불교 자체도 없애버리자고 한 스님도 있다. 선문답 류의 허심탄회이지만 살신성인이고 자기를 비우는 마음이다.

신경림의 시 「그 집이 아름답다」가 있다.

저분이 선생님이시다. 삼촌의 외경어린 목소리가 귀에 쟁쟁하다.

그 사랑방은 주춧돌도 집터도 남아 있지 않다.

모란과 작약이 있던 마당에 칙칙한 개망초가 어지럽게 피어 스산하다.

그는 모시 중의 차림이다. 어느새 그보다도 나이가 많아진 내가 그 앞에 앉아 있다.

선생은 평양을 가 보았소? 개성을 가 보았소? 그것이 당신이 꿈꾸던 아름다운 세상이었소? 나는 묻고, 그는 대답이 없다. 먼 산만 보고 있다.

그 집이 아름답다. 그가 이룬 것이 없어 아름답고 그의 꿈이 이루어질 수 없는 것이어서 더욱 아름답다.

아무것도 남아있지 않아 아름답고 아무것도 남길 것이 없어 아름답다.

그 집이 아름답다. 구름처럼 가벼워서 아름답다.

내 젊은 날의 꿈처럼 허망해서 아름답다.

—「그 집이 아름답다」 부분, 『창작과비평』, 2007년 가을

이 시는 시인이 어린 시절을 환상 속에 재연하며 오늘의 민족 현실에 대해 일종의 달관을 하고 있는 것이다. 이미 형체도 없어진 사랑채이므로 거기에 앉아 있던 선생과 대화를 할 수도 없다. 다만 연상 속에서 독백을 하는 것이다. 그 선생은 당시에 한 사회주의 사상가였던 것으로 보인다. 그러니까 오늘의 평양과 개성이 그가 꿈꾸던 대로 아름다운 세상이냐고 묻고, 선생은 대답을 않고 먼 산만 바라본다.

여기에서 시인은 평양과 개성을 가본 입장이며, 옛날의 그 사상가가

아직 살아있어 북한에 가 보았다 치더라도 마땅히 답변을 못하는 것으로 여기고 있다. 그러나 시인은 그 사상가를 냉소하거나 폄하하는 것도 아니고 자기 자신이 젊은 날에 지녔던 꿈의 허망함을 보태어 같은 것으로 수용한다.

한국의 미래 정치에 대한 상상은 대북 문제와 깊이 관련되어 있다. 이것은 남북 간의 대결 경쟁이라든가 승패에 관한 문제가 아니다. 근본적으로 한반도의 남북문제는 철학의 문제이며 세계관으로서의 해결 과제이다.

한국의 문학과 정치를 거론하는 과정에서 분단의 현실을 배제한다면 실질성이 없다고 하는 것이 대체로 백낙청의 분단체제론이 내포하는 취지인 것 같다. 이것은 과정상의 당위론으로서 옳은 말이다. 그러나 근본적으로 문제를 해결하는 과제는 훨씬 더 앞으로 나아가야 할 단계에 있다고 보게 된다. 이것은 진보와 보수, 좌익과 우익의 문제가 아니다.

결론은 인간본성과 자연법적 질서에 관한 문제이다. 비근하게 구체적으로 말하자면 어느 사회 어느 체제에서나 언론자유와 평화적 정권 교체의 여건이 이루어져야 한다는 것이다. 어차피 물질화 세기에 깊숙이 진입한 현대 세계에서는 경제 운영 문제도 빼놓을 수 없는 조건이다. 인간의 기본권인 자유권의 연장으로서 정당한 사유제는 보장되어야 한다. 그러나 사유재산에도 사회적 의무는 따른다. 창의와 능률을 위해 시장경제 기능도 인정되어야 한다. 그러나 시장경제가 약육강식을 방치해서는 안 된다. 나라 안에서든 세계 안에서든 자유와 책임에

바탕을 둔 도덕적인 힘에 의해 인간의 자기완성, 사회의 자기완성이
구현되어야 한다.

그 어딘가로 계속 달려가야 하는 진보가 아니라 있는 자리에서라도
인간화를 구현하는 '완성'이 필요하다고 할 수 있다. 그 사람이 무엇을
가졌느냐보다 그 사람이 어떠한 사람이냐가 중요하다.

신경림이 시「그 집이 아름답다」에서 "아무것도 남아있지 않아 아
름답고 아무것도 남길 것이 없어 아름답다"고 한 것은 무슨 뜻인가.
일당 체제로 동맥경화에 걸려 사상의 성과가 없다는 허망을 알게 된
것이 아름답다. 권력을 소유하기 위해 조작한 인혁당 피고 여덟 사람
에게 사형 언도를 내리고 18시간 후 새벽 어스름에 형을 집행한 죄가
남아있지 않아서 아름답다.

체코의 하벨은 극작가로서 대통령이 된 후 전 재산을 나라에 헌납하
였다. 퇴임 후에 어떻게 살 것이냐고 물으면 극본의 원고료를 받아서
살겠다고 하였다. 그가 1989년에 한 연설의 제목은「말에 관한 말」이
었다. "몇 마디의 말이 10개 사단의 병력보다 강력하다"고 하였다. 말
은 '존재의 집'이라는 말도 있다. 존재근원으로부터 오는 살아있는 말
이 시가 되는 것이다.

노무현 대통령이 잘한 일들도 있다. 그의 임기 중에 인혁당 사람들
이 대법원을 통해 무죄 판결을 받고 보상도 받았다. 그런데 그는 말을
헤프게 써서 인심을 잃기도 하였다. 말이 존재의 집이라는데.

시인의 고향 집은 다 허물어져 울안에 개망초만 스산하다. 그러나
이렇게 남은 것이 없어서 시인은 그 집이 아름답다고 한다. 그렇다. 비

워야 한다. 그래야 담을 수도 있지 않겠는가.

한국의 정치인들도 모두 자기를 비워야 할 것이다. 그리하여 인간 답게 잘 사는 사람들의 나라에서 지도자가 아닌 심부름꾼으로 마음 편하게 살아갈 수 있을 것이다.

신경림에 대하여

문학 동네에서 시인 신경림을 거론하며 그 주변을 헤아리는 경우 흔히 구중서를 떠올리는 것 같다. 신경림의 회갑을 기념하기 위해 창작과비평사가 『신경림의 문학세계』라는 책을 간행하였다. 그 때 마포의 한 식당에서 조촐하게 출판기념회가 열렸다. 회식 도중에 평론가 백낙청이 내게 말하였다. 책의 편자 대표로서 한 마디 하라는 것이었다.

버릇대로 나는 수줍어하고 머뭇거리고 하면서 내가 무슨 편자 대표냐고 되물었다. 그러자 백낙청은 웃으면서 핀잔을 주듯 내게 말하였다. 편자의 이름 서열은 가나다순이라고. 과연 생각해 보니 구중서·백낙청·염무웅이 공동 편자로 되어 있는데 이것은 가나다순에 맞았다. 그러나 신경림에 관한 일에 백낙청·염무웅이면 족하지 거기에 내 이름은 왜 집어넣었을까. 이것도 신경림을 생각하는 경우에 구중서까지 떠올리게 하는 어떤 관계가 있는 모양이다.

신경림 자신이 내 이름을 자주 거론한다. 내가 봉직하는 학교에서 후배 교수가 말한다. 아침에 출근하는 차 안에서 라디오를 켜니까 신경림 시인 인터뷰가 나오는데 요즘 어떻게 지내느냐고 기자가 물으니까 평론가 구중서하고 술을 마신다고 하더라는 것이다. 최근에 창간된 『시인세계』라는 잡지의 인터뷰에서도 구중서하고 술을 마신다는 이야기가 나온다. 모처럼 신경림을 대단한 베스트셀러 저자로 만든 책 『시인을 찾아서』의 첫 장도 유신독재의 서슬이 시퍼렇던 70년대 중엽의 술자리에서 구중서가 정지용의 시 「향수」를 낭송했다는 이야기를 하고 있다.

이렇게 되면 신경림과 나는 무엇보다도 술친구인 것으로 보인다. 과연 근래 문인들의 주량이 지난 시절보다 많이 줄은 것 같고, 신경림과 나는 주책없어 보일 정도로 오래 앉아서 술을 마신다. 2차 3차를 가는 수도 있다. 근래 신경림은 맥주를 주로 마시고 나는 소주와 맥주를 가리지 않고 마신다. 그런데 문단의 한 선배가 수필에서 언급하였다. 신경림·구중서·염무웅·이시영은 술을 많이 마시는데 그래도 주정은 하지 않는다고. 그렇다. 우리는 술을 마실수록 즐거워하며 여러 가지 이야기를 한다.

신경림은 나하고만 술을 마시는 것이 아니다. 오래 된 친구 여러 명과 후배 제자들과 더불어 갈피가 많은 술자리를 섭렵한다.

신경림의 오래 된 친구들은 강민·민영·황명걸·신기선 등이며 여기에 나도 낀다. 이들은 1950년대 후반부터 우정을 이어 온다. 1970

년대 후반에 이르러서는 이들이 당시 공덕동 금성출판사에 근무하던 강민을 중심으로 하여 자주 어울렸다. 공덕동 동쪽 언덕은 만리동 고개이고 그 너머 서울역 앞에는 황명걸, 중림동에는 나의 근무지가 있었다. 만리동 고개가 가운데에 놓여 있다.

어느 날 신경림과 이 일파는 술자리에서 우리 모임을 '만리학회'라고 부르자는 데에 합의하였다. 만리동 고개 이름에서 딴 지칭이다. 당시 유신 독재의 압정은 우리에게 만리장정과 같은 인내를 다짐하게 하였다. 좌중에서 강민은 일본 시인 이시까와 다꾸보꾸 이야기를 꺼내곤 하였다. 나도 다꾸보꾸를 좋아해 그의 「끝없는 논의」라는 시를 외우고 있었다. "그러나 누구 하나 주먹으로 책상을 치며 브나로드를 외치며 나서는 자는 없구나!" 처음에 서정시인이었으나 뒤에 진보적 이상주의의 시를 쓰다가 젊은 나이로 세상을 떠난 다꾸보꾸의 일종 참여시이다.

만리학회 회원들은 농담으로 소설가 한남철과 신상웅을 준회원으로 넣어 주자고 하였다. 한남철은 70년대의 한 때 삼양동에 살았고 나는 오래 수유리에 살고 있었다. 한남철과 나는 수유시장 안 대포집에서 신경림의 시 「파장」 첫 줄 "못난 놈들은 서로 얼굴만 봐도 즐겁다", 그리고 「산읍기행」의 끝 연 "아내의 무덤을 다녀가는 내 손을 / 뻣뻣한 손들이 잡고 놓지를 않는다"에 대해 이야기를 나누었다. 여기에 이르면 한남철과 나의 가슴은 뜨거워지고 눈에는 눈물이 돌 지경이었다.

여기에다 내가 신동엽의 『금강』 뒷 부분에 나오는 소년, "등에 짊어진 / 푸대자루 속에선 / 먼길 여행한 고구마가 / 고구마끼리 얼굴을 맞부비며 / 비에 젖고"를 떠올리면 우리는 문학에 관해 더 바랄 것이 없는 지경이 되었다.

언젠가 백낙청이 나를 가리켜 강단비평이 아니고 문학이 좋아 평론을 한 경우로 언급한 것이 기억된다. 그만큼 우리는 순정을 가지고 문학을 생각했고 인간에 대한 정이 진실이어서 나는 신경림을 좋아하였다.

1973년에 나는 『동아연감』 문단 연평에서 신경림의 시에 대해 언급하였다. "무엇보다도 이 시인에게는 생활이 풍부하며, 전설의 신비가 있고, 흙 냄새에 묻어 풍기는 생활의 땀 냄새가 있고, 민중의 숨결이 있다." 신경림의 문단 복귀와 사회적 각광의 계기가 되는 시집 『농무』가 1973년에 간행되었는데 증보판 뒷 표지에 나의 『동아연감』 게재 평이 옮겨 실렸다.

신경림과 나의 관계는 1970년대부터라고 볼 수 있다. 50년대 말에 나는 군대에 가 있었고, 60년대 초에 신경림은 충주에 낙향해 있었다. 60년대 후반에 신경림이 재상경한 후 나는 강민을 비롯한 몇이서였다고 생각되는데 그때 신경림이 살았던 홍은동 뒷 골짜기에 가본 적이 있다. 세검정 상명여대 쪽에서 고개를 넘어 갔는데 거기에 김관식이 살던 집과 팔각정자가 있었다. 60년대 후반 상경 당시에 신경림은 가족과 함께 이 김관식 시인의 집을 빌려 살았던 것이다.

이 홍은동 집에 관련해 신경림이 쓴 수필 「낙엽에 대하여」는 신경림의 무르익은 서정적 감수성과 인생에 대한 깊은 연민을 실감케 한다. 소년 시절 고향집 마당엔 밤바람에 휩쓸려 다니던 수유나무 낙엽의 요란한 소리가 있었다. 재상경해 살던 시절 김관식의 집 마당에도 가을이면 낙엽이 많이 쌓였다. 어느 날 시인 김관식·백시걸과 신경림이 마당 낙엽 위에 앉아 술을 마시기 시작하였다.

술이 계속 모자라 신경림의 아내는 10분 정도 걸어가는 구멍가게에 여러 차례 다녀왔다. 세 사람은 술에 취해 누운 사람들을 낙엽을 몰아다가 서로 덮어 주었다. 그런데 어느 해 가을을 맞으니 김관식도 백시걸도 자신의 아내까지도 모두 세상을 떠난 상황이 되었다. "올 가을의 나뭇잎 소리를 들을 것이 두렵다." 이것이 수필 「낙엽」의 끝줄이다.

이 시절에 이어 안양의 비산동 산동네로 이사한 신경림의 집에도 내가 갔었다. 이 안양집에 신경림이 부모를 모셔다가 살았는데 부친상을 당하였다. 나와 한남철과 방배추 세 명이서 문상을 갔다. 돌아오면서 우리 일행은 안양 역전의 포장마차에서 소주를 들면서 신경림을 생각하였다. 일찍이 그의 등단 시 「갈대」에서 신경림은 무어라고 했던가. "갈대는 저를 흔드는 것이 제 조용한 울음인 것을" 아직 어린 나이에 그는 어떻게 알았을까.

신경림은 일찍부터 가난과 불운 그리고 민족 분단의 비극을 예민하게 체험한 탓인지 내공이 튼튼한 사람이다. 작은 키에 비해 언제나 넉넉한 기품을 가지고 있다. 그의 말버릇이면서 별명 비슷이 쓰이기도 하는 것이 이른바 "냅둬"이다. 내버려두라는 충청도 사투리이다. 대범하게 생각하는 것이다. 신경림과 내가 대조적인 것은 체격에 관한 것이다. 내 체격이 보통보다 큰 편이다. 그런데 체구가 작은 신경림과 잘 얼려 다닌다. 신경림이 나를 가리켜 하는 말은 여러 가지가 있다. 구중서가 문단에서 가장 술이 세고 힘이 장사라는 것이다. 한국에서 제일

세다고도 하고 동아시아에서 제일 세다고도 한다. 그러면 나는 아주 제3세계에서 제일 세다고 하는 것이 어떠냐고 대꾸한다.

신경림은 시인 체질 탓인지 과장하는 농담도 잘한다. 어느 해엔가 작가회의가 삼랑진에 가서 야유회를 가졌는데 나도 갔었다. 오락 시간에 사회를 보던 한 젊은 시인이 말한다. "구중서 선생은 맨손으로 각목을 꺾는다는데 한 번 보여 주셨으면 ……" 하는 것이다. 어디서 그런 말을 들었느냐고 내가 물으니까 신경림 선생이 마포의 어느 술집에서 그렇게 이야기했다는 것이다. 그가 후배들에 둘러싸여 화제가 궁하게 되면 이런 농담도 한다.

신경림이 술이 취하면 점점 호쾌해진다. "중서야, 2차 집은 니가 정해!" 하기도 한다. 내 고향인 경기도 곤지암에 야유회를 갔을 때였다. 내 고향의 후배 문학도들 앞에서 신경림이 나를 가리켜 말한다는 것이 "얘가 ……" 하였다. 옆에 있던 도종환 시인이 "얘라니요?" 하고 지적하였다. 그러니까 신경림은 곧 "아 구박사가 ……" 하는 것이다. 사람들이 모두 즐거워하며 웃었다. 신경림은 정희성·도종환·황명걸 등과 함께 내 고향의 야유회 자리에도 함께 간다.

이러니까 나는 신경림과 늘 붙어 다니는 셈이다. 심지어 군사독재 시절에는 감옥에도 한날 함께 들어가고 함께 나온 유일한 사이이다. 이 문제를 둘러싼 일화들도 많이 있다. 이 사건을 두고 신경림은 "얼마 있지도 않으면서 감옥살이 한 셈은 되어 체면이 서니 수지맞았다"고 좋아한다.

신경림과 조태일 시인 그리고 나 셋이서 1980년 여름에 같은 사건

으로 구속이 되었다. 신군부 세력이 광주항쟁으로 인한 계엄령을 선포
했을 때였다. 우리는 7월에 합동수사본부에 연행되었는데 당시 본부
장은 육군소장 전두환이었다. 죄명은 자유실천문인협의회 간사회를
연 것이 계엄포고령 위반이고, 「지식인 선언」에 서명한 것이 김대중
내란음모사건에 관련된다는 것이었다.

구속영장을 기다리는 며칠 동안 우리 셋이서는 종로경찰서 유치장에
옮겨져 있었다. 셋이는 3층의 한 방에 갇혔는데 기상천외하게도 우리는
간수 경찰관을 설득해서 소주를 사다가 감방 안에서 마셨다. 신경림이
말하였다. "밥도 먹여주고 술도 마시니 여자만 있으면 되겠구나." 서대
문교도소 미결감에 송치되어 있다가 신경림과 나는 어느 날 갑자기 기
소유예로 석방되게 되었다. 군사 검찰부에 가서 석방 조치를 듣고 교도
소에 돌아왔는데 감방으로 들여보내지 않고 어느 퀸세트 건물 대기소로
데리고 간다. 간수가 소지품들을 가져다 줄 테니까 기다리라는 것이다.

그런데 그 대기소에 웬 바둑판이 하나 있었다. 신경림과 나는 원래
맞수니까 반가워서 한판을 두기로 하였다. 그런데 간수가 일찍 소지품
을 챙겨 가지고 와서 나가라는 것이다. 우리는 안 나간다고 하였다. 바
둑 두는 것이 끝나야 나간다고 하였다. 간수가 어이가 없다는 표정으
로 아무 말도 못하였다. 우리는 결국 그 대국을 끝내고야 교도소 정문
을 나왔다. 이 이야기는 너무도 널리 알려졌다. 그런데 여기에도 신경
림류의 과장투 농담이 섞여 있다. 신경림으로부터 듣고 이재무 시인이
쓴 글에서 보면 내가 한 국을 져서 다시 한판을 두자고 우겨 두 판을
둔 것처럼 되어 있다. 그러나 나는 한 판을 진 기억도 없고, 다시 또 한

판까지 둘 상황은 아니었다. 그러니까 승패간에 한 판만 끝내고서는 나왔다는 말이다. 바둑 문제를 가지고 서로 이긴 것만 기억하는 치기는 서로가 털어버려야 한다.

무엇보다도 신경림은 문학주의자이다. 80년대에 민족문학이 격앙되어 거칠어진다든가, 90년대에 이데올로기의 시대가 끝났다면서 많은 문학인들이 감상과 허무의식에 빠져들 때 신경림은 의연하였다. 그가 문학은 문학다워야 한다고 할 때 그것은 감상적으로 서정성에 도피하는 것이 아니다. 오히려 쉽게 설치거나 쉽게 병드는 일부 풍조에 충고를 보내는 것이다.

신경림의 시는 변함없이 가난하고 약한 사람들에게 정을 붙이고 있으며, 나그네 같은 인생의 한계에서 신명을 자아내고 있다. 이것이 그의 시를 늙지 않게 하는 비결이다. 그러면서 사회적 대의를 위해서는 한국의 민주주의 정통성과 민주대연합을 취지로 내건 '화해와 전진 포럼' 발기에 신경림·임재경·나 셋이서 비정치인으로 참여하였다.

우리는 한 길을 걸어오면서 저녁이면 한 방향으로 집에 간다. 강북의 미아리와 수유리에 살면서 밤에 돈암동에 이르면 '구름에 달가듯이' 또는 '이색지대'에 들러 한 잔을 더하고 집에 간다. '이색지대'의 원래 이름은 '빠리의 우울'이었다. 돈암동 뒷골목에 오랫동안 이 간판이 붙어 있었다. 보들레르의 산문시집 제목이다.

"군중이라는 목욕탕 속에 들어가 보지 못한 이는 인생의 미칠 것 같은 희열을 모른다. 거리에 밀물져 지나가는 사람들 속 발을 멈추고 돌아보게 되는 아름다운 사람, 그녀가 누구인지 모르고 다시 만날 수도

없으면서 멈추어 돌아보는 영혼의 이 신성한 간음에 비하면 연애라는
것은 얼마나 작고 힘없는 것이랴.” 내가 보들레르의 산문시 「군중」을
외우면 ‘이색지대’에 함께 들른 신경림이 말한다. “그건 참 문학적이어
서 좋다.” 옆에는 역시 마음이 넉넉하고 착한 박시교 시인도 앉아 있다.

그렇다. 우리는 도식주의에 빠져서 리얼리즘을 일컫는 것이 아니
다. 오히려 문학다운 문학, 인간다운 삶을 위해서 마음이 들뜨고 가슴
을 두근거리면서 철들지 않은 모양을 감추지 못하고 있다. 2천년대의
오늘에도, 그리고 앞으로도 사는 날까지 그럴 것이다.

채광석을 생각하다

시인 채광석은 1987년 40의 나이로 일찍 세상을 떠났다. 1987년 6월 시민항쟁은 이 나라 민주화의 첫 단계를 쟁취한 역사적 계기였다. 근 30년의 군사독재가 마침내 국민 앞에 무릎을 꿇고 전두환이 백담사로 들어갔고, 대통령 직선제를 약속하는 이른바 6·29선언을 군사정권이 스스로 발표하게 한 때였다.

역사의 이와 같은 진전이 있은 직후인 7월에 채광석 시인은 세상을 떠났다. 그는 누구보다도 민주화를 열망했고 그의 아름다운 청춘 시절 전부를 바쳐 "피를 다 흘리고 눈물이 바닥날" 만큼 온몸을 던져 행동으로 반독재 항쟁의 선봉에 섰다. 그리고 피와 눈물을 다 뿌린 후에도 마지막으로 '사랑'은 남는다는 득도(得道)의 경지에서 그는 왜 그리 빨리 우리의 곁을 떠났는가.

그의 시 「기다림」은 "기름진 고독의 밭에 / 불씨를 묻으리라 / 기다림을 익히리라 / 자유의 여신이 찾아오는 그날 / 고이 목을 바치리라" 하였다.

흙을 뒤엎으면 이상 한파의 심장 속에서
스스로 새싹을 키워 온 꽃순들을 만나느니
우리들은 버리운 계절의 고통을 귀에 담으며
무엇을 할 것인가
펑펑 쏟아지는 눈발 속에서
무성한 푸르름으로 우거지는
부활!

— 「그러면 우리들은 무엇을 할 것인가」에서

냉혹한 압제가 계속되는 속에서도 그는 정의의 역사가 부활한다는 데 대한 신념을 가슴 깊이 지녔었다. 1987년 6월 시민항쟁의 승리 단계를 그는 벌써 자유의 여신이 온 때로 여기고 자신을 바쳐 버린 것 같다.

그는 평론을 통해 "참된 민주화가 앞당겨지기를" 주장하기도 하였다. 그러면서도 그는 평화와 해방과 사랑의 영원한 불씨를 민족의 수난사 안에 깊이 묻어 두고, 자신은 영원히 기다리는 이의 몸짓으로 훌쩍 떠나가버린 것이다.

시인 채광석이 타계한 바로 다음해인 1988년부터 그 이듬해까지 풀

빛출판사는『채광석 전집』으로 다섯 권의 책을 펴냈다. 시집, 산문집, 편지 글 한 권씩과 평론집 두 권으로 엮어졌다. 짧은 생애에서 채광석은 이렇게 많은 일을 하였다. 그가 이렇게 많은 일을 할 수 있었던 데에는 그의 남다른 열정이 있었다. 그 열정은 역사의식의 정대함으로 뭉쳐져 있지만 그것은 또한 투쟁의식 자체만이 아니었다.

그의 열정은 마지막으로 사랑에 의거하는 것이었으므로 지치지 않았다. 피와 눈물 다음에도 '사랑'은 남는다고 그는 시로써 썼다. 민족 상잔의 전쟁에서마저 그는 창궐한 병같은 기존질서와 악덕이 껍질을 벗고, "이제 전쟁은 다시 없어야겠다는 흐느낌을 드러내는" 것으로서 차라리 좀 아름다운 데도 있다고 하였다.(시「사담 민중사 11」)

채광석의 시「사담 민중사」연작은 어수룩한 인간의 덕, 익숙한 일상의 큰 무게, 절창이 님을 움직이는 것이 아니고 님은 이미 우리와 함께 있다는 하나됨의 시학(詩學)을 가지고 있었다. 그러면서 그는 남아프리카의 젊은 시인 몰로이즈의 죽음을 선망하였다. "일어설 때와 인간 해방을 쟁취할 때"에 대한 긴장을 잃지 않았다.

평론「소시민적 민족문학에서 민중적 민족문학으로」에서 보여주듯 채광석은 80년대 민중문학론의 기수였다. 70년대에 보수반동과 한자리에 있는데도 가을하늘은 푸르구나 하며 정의의 역사 청산을 뼈저리게 앓은 그는 소외되지 않아야 하는 민중, 역사의 주인이 되어야 하는 민중을 끝없이 사랑하였다.

민중문학이란 결코 문학을 이념과 조직의 규율성에 함몰시키는 것은 아니다. 민중문학은 역사 발전의 주체인 민중의 쪽에서 현실의 바람직한 미래 전망 아래 형상화한다는, 다양한 자기 전개를 이룩하는 문학이다.

— 「민족문학과 민중문학」에서

1980년 5월의 광주 민중항쟁을 치루고 난 때이므로 격앙된 민중문학 제창의 흐름이 있었다. 그러나 그 상황에서도 채광석은 문학으로서의 작품성과 대중 수용의 효율 문제까지 골돌히 고뇌한 흔적을 보인다.

평론집 제2권인 『찢김의 문화 만남의 문화』는 조국의 남북 교류가 트이는 2천년대에 더욱 애틋이 그리운 글들이다. 「분단상황의 극복과 민족문화운동」 「지식인의 인간화를 위하여」 등 평론은 우리에게 길이 남을 소중한 목소리이다.

시인 채광석은 길지 않은 인생을 살았다. 그러나 그가 온몸을 던져 추구했던 민족문학, 민주화, 민족통일의 큰 길에서 채광석은 길이 살아 있다. 그가 묻은 불씨는 길이 꺼지지 않는다. 그의 기다림에 대해 민족의 역사는 보람을 가져다 주며 위로하는 날이 반드시 올 것이다.

자유를 향한 변모

윤정규의 소설

소설가 윤정규는 지금 항도 부산에서 가장 긴 연조를 지닌 작가이다. 그는 1957년 「축생도(畜生圖)」, 1963년 「사각(死角)」으로 월간 『현대문학』지 추천을 거침으로써 문단에 나왔다.

그 뒤 우리 사회의 정치적 부조리를 풍자한 「오욕의 강물」(1969), 산업사회의 부조리를 다룬 「장렬한 화염」(1972), 「산타클로스는 언제 죽었나」(1973) 등을 통해 일관되게 현실의식의 작품들을 발표하였다.

「장렬한 화염」은 신상웅·임헌영·백승철·구중서 등이 엮어내던 동인지 『상황』에 발표됐고, 이어서 연극으로 각색되었다. 이 연극이 당시 서울의 제일교회에서 공연되었다. 제일교회는 민주화운동의 선봉에 서 있던 박형규 목사가 담임으로 있어 군사독재정권으로부터 혹심한 탄압을 받고 있었다. '상황' 동인들이 이 연극의 개막공연을 관람

하였다.

　부도덕한 사장과 항거하는 노동자들 사이에서 고뇌하는 공장장 민수가 주인공인데, 이 주인공의 어린 아들마저 병원비가 없어 목숨을 잃는 대목에서 공장은 분노의 화염에 휩싸이게 된다. 관람 직전에 저녁식사를 하면서 약간의 반주를 한 나는 이 연극이 막을 내리는 순간 무대에 뛰어올라갔다. 공연이 준 충동에서 나는, 그 때 무대에 올라가 무슨 말을 했는지 지금 잘 생각이 나지 않지만, 비분강개하여 몇 마디의 즉흥연설을 한 셈이다. 부끄러운 치기이기도 하면서 그 때로서는 숫된 열정의 한 표현이었다고 생각된다.

　이리하여 윤정규는 '상황' 동인의 일원처럼 여겨졌고, 그가 가끔 부산에서 서울로 올라오면 으레 '상황' 동인들과 어울렸다. 윤정규의 떠들썩한 부산 깡사투리가 서울의 무교동 뒷골목을 흔들어놓곤 하였다.

　윤정규의 또 한가지 면모는 요산 김정한 선생과의 관계이다. 반골의 기질이라든가 우직한 소설 문체로 보아 윤정규는 가히 요산의 후계라 할 만하다. 특히 1980년대에 요산문학상이 제정되면서부터 그 상의 운영 실무는 거의 윤정규의 몫이었다. 요산 선생은 밤이고 새벽이고 스스럼없이 전화로 윤정규를 부르는 것이었다. 서울의 문인들이 부산에 가 보면 요산 선생과 윤정규의 사이가 퉁명스러운 듯하면서도 곰살궂은 정리로서 아름다워 보였다. 요산 없는 윤정규, 윤정규 없는 요산은 무언가 허전할 것 같았다.

　부산은 얼핏 보기에 뱃사람들의 고장으로서 거칠게 느껴질 법하다. 그런데 요산 김정한 선생을 둘러싸고 되어 돌아가는 분위기를 보면 아주 농익은 문화도시의 격조를 띠고 있다.

요산이 어떤 인물인가. 그는 일제 말엽에 붓을 꺾은 지사이다. 해방 후에는 친일문인들의 재등장에 역심이 생겨 계속 문단을 외면하였다. 그러다가 1960년대 들어와서야 다시 소설을 쓰기 시작하였다. 그것은 현실의 부조리를 끝내 외면할 수만 없는 책임감 때문이었다. 그 비타협의 고집스런 역정 속에서 요산은 으레 불온사상가쯤으로 관변의 괄시를 받아왔다.

그런데 1980년대 이른바 신군부의 독재가 기승을 부리던 때에 요산문학상 제정이 추진되었다. 주변의 그러한 추진에 요산 자신도 소탈하게 나서서 거들고자 하였다. 부산에서는 요산이 만나자고 하거나 부르는 경우 시장·대학총장·신문사 사장, 모든 이가 "예, 선생님" 하고 따랐다. 요산의 한 마디 말에 순응하지 않는 인사가 부산 바닥에 없다는 사실이 중요하다.

요산문학상 시상식장에 부산의 각 기관장이 축사를 하러 나온다. 그들의 축사 내용을 들으면 "요산 선생은 우리나라 농민문학과 민중문학의 개척자이시고……" 이렇게 나아간다. 당시로서는 공직자가 '민중문학'을 찬양하는 언사를 쓸 수가 없었다. 그런데 윤정규 휘하의 젊은 문인들이 그와 같은 내용의 축사를 써서 그 기관장들에게 제공했고, 기관장들은 무슨 뜻인지도 잘 모르고 그 축사 원고를 그대로 읽었던 것이다. 그리고 이런 정도로서는 문제가 되지 않고 넘어간 것도 모두 요산이라는 나무의 그늘이 컸기 때문이었다.

그러다가 결국 한 번 사건이 발생하였다. 제2회 요산문학상 시상 때였던가. 광주의 문병란 시인에게 상을 주기로 심사위원회에서 결정을 하였다. 이 결정에는 주저하는 심사위원들도 있었다. 심사위원장은 시인 박두진 선생이었다. 심사위원의 한 사람인 내가 유난히 문병란 시인에게 수상하기를 고집하였다. "요산문학의 성격이 민족적이고 민중적이므로 ……" 이것이 나의 주장에 전제가 되었다. 당시는 광주 민주항쟁이 신군부의 진압군에 의해 참담하게 유린된 때였다. 과연 정보부가 나서서 저지하므로 이 상은 시상식을 갖지 못하고 상장과 부상만 조용히 문 시인에게 전달되었다. 여기에서 그치지 않고 상운영위원회에서 몇 사람이 쫓겨나고 윤정규도 물론 쫓겨났다. 박두진 선생을 모시고 1·2회까지 심사위원을 맡았던 나도 그 후로는 심사위원 위촉을 받지 못하였다.

지금 작가 윤정규는 부산에서 의연히 요산문학제의 대회장직을 맡으면서 성대하게 행사를 잘 꾸려가고 있다. 요산 선생은 이제 별세하였지만 해마다 부산과 전국의 문학인들이 모여 문학강연회도 하고, 폐가가 된 요산 생가와 소설 「사밧재」의 무대인 실제의 사밧재를 순례한다. 저녁이면 50명도 더 되는 문인들이 바닷가 횟집에 가서 축제의 뒤풀이 잔치도 한다.

요산 선생 생전의 한 장면이 떠오른다. 서울에서 박두진 선생이 부산에 내려가면 요산 선생과 휘하 문인들이 열 명 남짓 모인다. 윤정규·김규태·허만하를 비롯한 사람들이다. 요산 선생이 한 말씀한다. "오늘 점심은 허만하씨가 내야겠네" 하면 의사 직업을 가지고 있는 허만하 시인이 "예, 선생님 알겠습니다" 한다. 그리고 일행이 몇 대의 택시에 나누어 타고 해운대의 바닷가 횟집으로 가는 것이다.

　단란하고 돈독해서 좋았지만 그 때의 요산 선생 실력은 그런 차원의 것이었다. 그런데 지금 윤정규가 요산 당대보다 훨씬 큰 규모로 요산 문학제를 치르고 바닷가로 뒤풀이를 나간다. 영남 출신 군인 대통령들이 30년 간 독재정치를 펼쳤지만, 그 영남의 큰 아성인 부산에서 오척단구의 강직한 소설가 요산 김정한이 그처럼 당당하게 군림했던 그 현실은 무엇인가. 그것은 전설 같으면서 전통이며 지역사회 부산의 높은 문화적 격조이다. 국토의 끝에서도 이와 같은 격조가 있을 때 민족문학과 문화국민의 전도는 스스로 긍지를 지닐 만하다.

　여기에서 다시 전개되는 역사 단계의 한 몫이 소설가 윤정규에게 지워져 있다. 이 때에 윤정규의 장편소설『얼굴 없는 전쟁』이 책이 되어 나온다.

　윤정규 원래의 소설은 대개 사회현실을 주제로 한 정공법의 것이었다. 그런데 이번에는 돌연 변신의 수법을 쓰기로 작심한 것 같다. 서울 충무로 영화판의 한 분장사가 주인공이다. 이 작가가 서울을 무대로 하는 소설을 쓰는 것도 눈길을 끈다. "누구는 국토의 끝 부산에만 갇혀서 살라는 법이 있느냐"라는 역심이 발동한 것일까. 하기야 노무현 하나마저 국회의원에 낙선시키는 지역감정의 정 떨어지는 한계에서 작가는 차라리 황당무계한 모습을 보여주고 싶은 심정이었는지도 모른다.

　한 늙은 분장사, 그 인생의 말로에 하나의 활극을 연출하다니. 한 조직폭력단의 살인사건으로 피신을 하게 된 청년 박학수가 영화 분장사 출신으로 독신생활을 하고 있는 노인 김덕중의 아파트에 침입한다. 피

신중에 강제로 침입하게 된 사정이었지만 아파트 주인과 침입자 사이에 인간적인 이해가 싹트기 시작한다. 뜻하지 않은 정황에서 동지적인 한패처럼 되어버린 김덕중과 박학수는 자신들과 관련되는 뉴스를 듣기 위해 수시로 라디오에 귀를 기울인다.

그런데 이 뉴스에 당연히 따라나오는 일반사회의 뉴스 내용들이 있다. 사회로부터 소외된 독신자 김덕중 노인은 이 사회적 뉴스들에 대해 무심히 흘려넘기지 못한다. 몇 마디씩 뇌까리는 언급이 삽입된다. 이 삽입 부분들을 통해 작가 윤정규는 실상 황당할 수만은 없는 자신의 본색을 소설의 바닥에 깔아나간다. 가령 이러한 뇌까림의 대목들이 있다.

"박정희 시대 십팔년 동안 품격 있고 진짜 영화 같은 작품 하나 나온 게 없어. (… 중략 …) 정치적으로 민감한 감독들 여럿이 욕을 봤어. 그런데 요즘 박정희기념관을 만든다더군. 그것도 나랏돈 들여서 말야. 포복절도할 노릇이야."

"궁류는 내가 살던 유곡면의 윗면이야. 합천군과 인접해 있는 조용한 산골 마을이야. 그 마을 지서에 우모라는 미친 순경이 근무를 했는데 어느 날 밤 이놈이 (… 중략 …) 마을사람들에게 총을 쏴서 삼십여 명이 죽고 이십여 명이 큰 부상을 입었어. (… 중략 …) 전두환이가 권력을 빼앗아 쥐고 깃발 날릴 때였지. 윗물이 그 지경이니 아랫물도 그랬던 거야. 죽일놈!"

뒤이어 정치권의 진흙탕 싸움이 재연됐다는 개똥같은 소식을 전하고 있었다. (… 중략 …) "6·15를 기점으로 남북한 사이에 무슨 물꼬가 트이긴 트이는 모냥인데 정치하는 놈들이 저 지경이어서야 통일을 해봐야 나라 잘되긴 그른 것 같애."

이것이 분장사 출신 김덕중 노인의 뇌까림이다. 비록 부수적인 삽입 부분들이지만 이러한 언급들을 개재한다는 것은 작가 윤정규가 이번 소설을 통해서도 할 생각은 다 하고 할 얘기도 다 하고 있는 것이다. 그렇다면 이 이성적인 현실인식의 견지와 소설의 큰 줄기가 되고 있는 일견 황당한 활극 사이에는 어떤 의미의 맥락이 있는 것일까. 실상 이 소설이 펼치는 플롯이 아무 경위 없이 돌출하거나 일탈한 것은 없다.

박학수는 국내 조폭에 휘말려 일본에 가서 야쿠자 두 명을 살해하고 돈가방을 가지고 귀국한다. 그러나 박학수가 원래 폭력배였던 것은 아니다. 선량한 아내와 어린 아들을 둔 정상적인 시민이었다. 그런데 식구들이 교통사고로 죽고 사고를 낸 덤프트럭은 뺑소니를 치고 말았다. 박학수는 뺑소니 운전사를 잡아주지 않는다고 경찰서에 가서 항의를 하다가 격해져서 기물을 부수고 유치장에 들어갔다. 이 유치장에서 박학수는 군대시절에 특수부대 동료였던 오기삼을 만난다. 이 오기삼이 폭력조직의 거물이 되어 있었고 그의 호의에 신세를 진 탓으로 박학수는 일본인 야쿠자를 공격하는 데에 하수인이 되었다. 그러나 일본에서 박학수가 거액의 돈가방을 가지고 귀국할 때 오기삼은 그 돈을 아무도 모르게 독식하기 위해 박학수를 죽이려 하였다. 이 음모에서 탈출해 피신하던 박학수가 김덕중 노인의 아파트로 숨어들게 된 것이다.

이 경위를 듣고 난 김덕중 노인은 본성이 불량하지 않았던 박학수를 돕기로 하여, 모험적인 공격으로 오기삼을 응징한다. 김덕중과 박학수는 화염병 투척의 방법으로 오기삼의 조직 본거지를 공격했는데 그 결과로 오기삼이 부상을 입은 끝에 목숨을 잃는다.

이것이 이른바 느닷없는 '전쟁'이라는 것이다. 김덕중 노인은 젊은 시절 충무로 영화판에서 배우들의 분장사로 으뜸가는 성가를 얻었다. 그 결과로 풋내기 여배우들과 염문을 뿌리는 호시절도 누린다. 그러나 정교하게 분장을 해 준다는 일은 철저하게 거짓을 꾸미는 기능이다. 이 기능인은 한 때 자기도취에도 빠졌지만 끝내 분장하지 않은 사람에 대해서는 제대로 신원을 알아보지 못하는 일종의 정신병 상태에 빠져 버린다. 그리하여 그 직종에서 쫓겨난 처지가 되었다. 소외되고 기약 없는 홀로살이로 노년기에 접어들었다.

박학수가 피신 도중 막다른 골목에서 마침 문이 열려 있는 어떤 아파트에 침입한 것이 김덕중 노인과의 만남이다. 이러한 만남이 우연이라면 우연이다. 그러나 개연성이 전혀 없는 우연은 아니라고 볼 수 있다. 작가는 이 소설에서 나름대로 황당한 우연들을 경계한 흔적을 보인다. 김덕중이 충무로 영화판의 분장사를 지망하게 된 동기도 그렇다. 그것은 김덕중이 군대시절에 황토와 검정으로 얼굴을 위장하고 행군을 했던 경험에서 흥미를 가지고 시작한 일이다. 폭력조직과의 관계도 그렇다. 영화판 생활을 할 때 임화수라는 폭력조직 왕초가 정치권력을 등에 업고 수많은 예술인들에게 행패를 부린 사실을 김덕중은 치가 떨리게 기억하고 있다.

결국 어차피 보잘것없이 된 인생에서 종말을 어떻게 지을 것이냐. 이런 문제에 김덕중의 인식이 접근하였다. 이제 외로이 시드는 인생의 폐쇄된 공간은 싫다. 과거가 방탕과 정신도착에 빠졌던 것도 후회스럽다. 이제 함께 의논을 할 한 명의 인간이 그립고, 함께 탈출을 할 하나의 행동이 있을 수 있다면 더욱 신선한 일이다.

여기에서 김덕중은 피신자 박학수의 침입을 반갑게 맞이한다. 그리고 운명적 불행이라든가 구조적 불행을 획책하는 적이 나타난다면 그 적을 향해 몸을 던져 행동으로 대결하는 것이다. 어차피 사회 전반을 볼 때, 또 책임의 중심지대인 정치 분야를 볼 때 도덕성에 의해 책임을 지는 인간이 하나도 없다.

억울한 박학수의 인생에 편을 들어주자. 이 하나의 타자를 위해 나를 희생하자. 이것이 마지막 나의 최선이다. 김덕중은 그렇게 생각한다.

그리하여 자신의 노련한 기술로써 박학수를 분장시켜 함께 피신해 있는 아파트에서 탈출케 한다. 김덕중 자신은 박학수의 얼굴로 분장을 한다. 끈질기게 설득해 박학수의 신분증도 김덕중이 지니게 되었다. 박학수가 떠난 후 김덕중은 박학수가 되어 경찰에 자수하면서 발악처럼 권총을 난사한다. 여러 경찰의 대항사격을 받아 김덕중은 이 세상에서 사라진다. 박학수는 죽었고 그에 대한 지명수배도 해제된다. 이렇게 해서 박학수를 자유의 몸이 되게 한다. 김덕중도 스스로 택한 길에서 기꺼이 죽었으므로 자유를 얻는 것이다.

박학수를 떠나보내고 김덕중 노인은 이러한 상상을 하면서 자신의 얼굴을 박학수의 얼굴로 열심히 분장하고 있다. 그의 기술은 노련하고 분장은 성공적이다. 여기에서 소설이 끝난다. 그 뒤를 더 상상하더라도 김덕중은 그렇게 죽었을 것이다. 거기에서 그는 자유를 느꼈을 터이니까.

작가 윤정규. 그는 지금 많이 자유롭고 싶은 것 같다. 변모하고 탈출하고, 황당할 정도로 상상의 나래를 펴며 그는 끝내 자유를 얻고 싶은 것 같다.

불의 문학, 물의 문학

신상웅의 소설

사람의 삶은 리듬을 타기도 하고 숨을 고르며 쉬는 시간도 갖는다. 작가의 작품 활동도 마찬가지일 것이다.

작가 신상웅은 1960년대 후반부터 1970년대에 걸쳐 견실하고 활발한 작품 활동을 전개하였다. 그 뒤 1980년대 전반기에 대학 강단에 서면서부터 작품 발표를 거의 중단하였다. 그리고 이번 가을로써 학교에서의 정년을 맞으며 10권 분량의 『신상웅 전집』을 발간하였다. 작품 발표가 활발했던 시기의 소설 전부를 전집으로 묶은 것이다.

쉰다고 하더라도 20여 년을 쉬다니. 그리고 다시 지난 시기의 작업을 결산해 독자 대중에게 제시하였다. 여기에는 무언가 비상한 의미가 담겨 있다고 여겨진다.

시인의 경우이지만 신동문은 20여 년의 절필 끝에 끝내 재집필을 하지 않은 채 타계하였다. 생전에 그 시인의 위치가 미미했다거나 시인 자신의 무기력 증세가 있었던 것도 아니다. 1960년대 명동 문단 시절에 신동문은 탁월한 활동을 하던 이었다. 그러나 분단의 체제 권력으로부터 혹심한 필화를 겪은 것을 계기로 그는 내상을 입고 절필을 고집하다가 타계하였다.

소설가 신상웅은 작품 발표를 하지 않는 동안 강단에서 문학을 강의했다는 점에서 소설과의 연을 끊은 것은 아니며, 내심으로 소설에 대한 애착과 열정을 후진들에게 심어주는 역할을 하였다. 그리고 이제 전집을 묶어냈다.

신상웅의 소설은 발표를 계속하던 당시에 많은 평판을 모았다. 그 평들은 민족문학연구회가 엮어낸 『꿈꾸는 리얼리스트—신상웅 문학세계』(범우사, 1998)에 고스란히 실려 있다.

이 평문들 중에 「외세·분단·민족의식의 증언록」(임헌영), 「시대의 핵심을 찾아」(구중서) 등이 있다. 신상웅 소설세계를 특징짓는 뜻이 담겨 있다고 말할 수 있다. 신상웅의 거의 모든 소설이 실로 민족적 역사의식과 현실의식의 덩어리이다.

이렇게 선명하고 강한 주제의식은 그의 등단작 「히포크라테스 흉상」에서부터 보이듯이 치열하고 밀도 있는 문체에 실려 전개되고 있다. 그의 이 탄탄한 문체가 아니었다면 신상웅 소설은 이데올로기적 도식주의라고 매도되었을지도 모른다. 여기에다가 이 작가를 만나본 이들은 또한 그 인간의 올곧고 진지함에 긍정을 보내지 않을 수 없다. 이리하여 신상웅의 소설들은 1970년대 문단을 잡아끌거나 짓누르는 힘을 가지고 있었다. 좋든 싫든 독자와 평자들은 그의 소설을 주목하고 긍정하게 되었다.

신상웅의 대표작은 장편소설 『심야의 정담』이다. 그 밖의 단편들은 이 대표작에 종횡으로 의미의 맥락을 통하고 있다. 『심야의 정담』은 계간 『창작과비평』 1972년 여름호·가을호·겨울호, 3회 연재로 발표되었다. 1972년 10월에 이른바 유신헌법이 선포되었으니 바로 이 기간이 박정희 군사독재의 절정기였다. 소설 『심야의 정담』 뒷부분을 서둘러 끝낸 인상이 있는 것도 계속 연재가 불가능한 물리적 여건 때문이다.

그러한 제한 속에서도 이 소설은 해방 후 분단 상황에 중첩되는 부조리의 축도가 담겨 있다. 소설의 무대 자체가 휴전선 최전방의 병영으로부터 개막된다. 병사들의 일상을 지배하는 악역이 있는데, 그것은 일본군 출신으로 포악과 부패의 화신인 박 상사이다. 그의 횡포가 자행되는 구실 자체가 "조센징의 악질적인 곤조를 뜯어고치겠다"는 것이니 그것은 상징적으로도 반민족적·반역사적 부조리이다.

이 부대에 같은 날 함께 배속된 서준학·윤경·박민욱 세 병사가 소설의 주인공이다. 이들은 전우애로써 이 악의 상황을 끝까지 직시하며 견뎌내자는 다짐을 지닌다.

그런데 서준학은 밤 초소의 암호에 불응한 연대장을 사살하는 사고를 일으킨다. 그는 이렇게든 저렇게든 사람을 죽이는 군대의 생리에 저항하는 의식으로 고뇌하는 한편, 박 상사의 폭력에 겁을 먹고 휴전선 북방으로 도주해버린다. 월북을 한 것이다.

윤경은 삼팔선 접경 북한 땅 태생인 점이 문제가 되어 타 부대로 전출되고, 뒤에 공군 장교를 지원하여 베트남전쟁에 배속된다. 박민욱은 제대를 하지만 4·19민주혁명이 5·16군사쿠데타로 유린되는 체제에서 생존의 정신적 가치를 긍정하지 못해 고뇌한다. 민욱은 학업을 끝내는 일도, 마지못해 들어선 중학교 교사직도 다 불의로운 시대와 타협하는 이상의 의미가 없는 데에 고뇌한다.

베트남 전선으로 간 윤경은 스스로 귀국을 연장하며 "뜻 없는 남의 전쟁, 이 전쟁의 악덕을 지켜보겠다"고 위스키에 취해 지내다가 전사한다. 좌절하고 있는 박민욱의 꿈에 인민군 복장을 한 서준학과 베트남에서 전사한 윤경이 나타나 나무란다. "너한테 책임을 물으러 왔다. 너는 도대체 무슨 일을 했나, 너는 무엇을 보호했고 무엇에 저항했나." 이 추궁이 『심야의 정담』의 문제의식이다.

외세 타기, 분단 극복, 민족 주체의 의식 지향은 다른 소설들에도 나타난다. 「분노의 일기」는 주한 미군에 배속된 한국군 병사의 이야기이다. 행정 착오 탓인지 국민학교도 제대로 다니지 않은 서 일병이 카투사에 편입되어왔다. 어느 날 내무사열 시간에 대대장 부캐넌 대령이 서 일병을 지목해 "내무사열의 목적을 말해 봐"라고 한다. 같은 카투사 소속 송 병장이 재빨리 통역에 나선다.

"아무 말이나 지껄여, 서 일병, 아니 유행가나 뭐 아는 거 없어?"

송 병장의 이 말에 서 일병은 머뭇거리다가 정말 동요와 유행가 가사를 섞어 외어댄다. "맞느냐, 송 병장?" "맞습니다, 대령님." 외국 군대의 말을 알아듣지 못한다는 것 때문에 본토 군인이 욕을 먹는 일이 있어서는 안 된다는 것이 송 병장의 생각이었다.

　미군 영내에는 다음과 같은 벽보문도 있다. "베트남 전선의 미국 병사들을 돕자! 당신의 전우는 피가 모자라 죽어가고 있다. 헌혈한 사람에게는 다음과 같은 것이 서비스된다. 우리 모두 헌혈하자. 도너츠 5개, 시원한 레몬 주스(혹은 포도 주스) 1컵." 사람의 목숨이 죽어가고 있고 그 생명의 회복에 도움이 되라고 피를 보내는 데 대한 대가로 '도너츠'와 '주스'가 제시되다니. 철없는 장난과 같은 쇼에 냉소를 보내는 소설 속 장면이다. 전쟁과 외국 군대라는 것이 이렇게 덧없는 짓거리로 제시되고 있다.

　강대국 외세에 휘말려 일어난 민족상잔의 전쟁과 그 전선에 대한 거부가 그려진 소설로 「추적」이 있다. 주인공 김준은 독립운동가의 아들이며 일본 유학을 한 사람으로서 친일 재벌의 딸과 결혼을 했는데, 해방 후 월북을 하게 된다. 인민군 병사로 전선에 나와 있던 김준은 휴전협정이 발효되는 밤에 남쪽으로 걸어내려오다가 국군 병사 곽수원의 총탄을 맞아 죽는다. "같은 나라 사람끼리 같은 땅덩이 안에서 도대체 귀순이라는 것이 있을 수 있소? 난 단지 이제 전쟁이 끝났다기에 집으로 돌아가던 참이었을 뿐이오." 죽어가는 김준이 마지막 남긴 말이다. 그리고 그에게는 나이 어린 아들 김건이 남쪽에 살고 있다는 말도 남긴다. 곽수원은 자기가 죽인 김준의 아들 김건을 찾아보기 위해 20여 년의 세월을 보낸다. 곽수원의 이 의리심은 민족적 비극에 대한 통한이다.

　신상웅 소설의 인간관계들은 대체로 의리에 묶여 있다. 『심야의 정담』의 세 주인공의 관계도 마찬가지이다. 이 '의리'를 시정적 이기주의의 시각에서 보면 허구이거나 전제된 도식이 될 법하다. 그러나 작가의 의식에 의하건대, 이 의리는 허구가 아니라 진실이다. 바로 이 점에 신상웅 소설이 오늘날의 한국 사회와 소통하기 순탄치 않은 문제로 남을 수 있다.

『심야의 정담』의 세 친구 중 다른 길로 간 두 명, 준학과 경이 남한 사회의 한 시민으로 살아가고 있는 민욱에게 가하는 추궁은 무엇인가. 그것이 비록 민욱의 꿈 속에 나타난 추궁이라고 하더라도 민욱 자신은 일상에서 그 추궁을 실감하고 있는 것이다. "너는 도대체 무슨 일을 했나, 무엇을 보호했고 무엇에 저항했나." 이 추궁을 민욱은 받아들이고 있다. 작가 신상웅도 이 추궁을 받아들이고 있다.

그러면 이 추궁의 의미는 과연 무엇이며, 이 물음에 대응하거나 화답할 방도는 어떤 것일 수 있을까. 이것이 『심야의 정담』 속편을 쓸 내용이며, 20년간 중단한 신상웅 소설 작업의 재기 과제가 아닐까 생각하게 된다.

과연 북쪽으로 간 준학과 베트남에서 죽은 경이 남한에 남은 친구 민욱에게 문책하듯 추궁할 자격이 꼭 있는 것일까. 역사의 부조리를 아파하는 화풀이 같은 그 추궁, "너는 무엇을 했나" 하는 것은 실상 세 친구가 공유해야 할 아픔인 것이다. 그런데 박민욱과 신상웅은 그 추궁을 자기 혼자서 받아들여야 하는 것처럼 강박에 짓눌린다.

바로 이 강박에 작가 신상웅의 미덕이 있고 동시에 혼자서 감당하기 힘든 한계가 있다. 실상 작가 신상웅이 무엇을 잘못했는가. 그의 단편

「불타는 도시」는 4·19민주혁명을 양명하게 긍정적으로 그린 거의 유일한 작품이다.

같은 세대 다른 작가들의 4·19 기술은 4·19 당일에 그 혁명의 의미를 미처 몰랐다든가, 또는 뒤이어 일어난 5·16군사쿠데타에 의한 좌절 때문에 갈등하는 자의식 정도로 되고 만 것들이 있다. 「불타는 도시」에서는 4·19 현장에서 경찰의 총탄을 맞은 학생 송진수의 주검에 아침 햇살을 비추고 있다. "건장한 모습 그대로 잠자듯 누워 있는 송진수의 눈두덩이며 이마며 콧날을, 마침 솟아오르고 있는 아침 햇살이 자애롭게 어루만져 주고 있었다."

민주주의 시민혁명에 대한 긍지의 형상화는 당위이고 보람이다. 신상웅은 역사소설로 『장의사지』와 『장군의 길—고선지』도 썼다. 『장의사지』는 『삼국유사』 기록에 의거한 것이다. 신라의 두 화랑 장춘랑과 파랑이 태종무열왕 김춘추의 꿈에 나타났다. 나당 연합군의 당나라 장수 소정방을 따라다니기 싫다는 것이다. 저희들에게 따로 군대를 달라는 것이다. 꿈에서 깬 태종무열왕은 진땀을 흘렸다. 그리고 이미 전사한 두 화랑 장춘랑과 파랑의 혼을 위로하기 위해 북한산주(지금의 북한산)에 절을 짓도록 하였다. 그 절이 장의사이고, 그 절 터가 지금의 서울 세검동초등학교 자리이다. 석당간지주 두 개가 운동장 한 모퉁이에 남아 있다.

이 돌기둥 두 개가 외세 영합에 대한 반성적 민족의식으로 진땀을 흘린 태종무열왕의 심중을 지니고 있다. 누가 이 사연을 알고 찾아서 소설로 썼겠는가. 고선지 또한 고구려의 후예로서 중국의 서역 실크로

드 일대를 주름잡은 사람이다. 민족사의 기운을 돌이켜 동경하며 작가
가 소설로 썼다.

　이제는 어떠한 구실로 한국의 병사들이 중동의 이라크에 가게 되는
가. 저 베트남 전장에서 윤경이 '의미 없는 남의 전쟁'을 되씹다가 죽
은 일이 일깨워진다.

　그래도 역사는 서 있지 않고 앞으로 나아간다. 물은 흘러서 바다로
간다. 민욱이 혼자서 자책만 하며 아무 일도 하지 못해서는 안 된다.
작가는 민욱으로 하여금 물처럼 흘러서 오하일미 보편적 가치의 바다
로 가게 해야 할 것이다.

　물은 가장 부드러우면서도 가장 굳어진 것에 스며 녹여버리는 방법
으로 가장 강력하다. 스스로 낮은 데를 묵묵히 흘러가며 풀 뿌리와 벼
포기에 생명을 주고 품 속에서 물고기를 기른다. 그러면서 큰 강이 되
고 바다가 된다.

　그동안 작가 신상웅은 「불타는 도시」에서처럼 너무 불길처럼 지내
오지 않았을까. 이제 좀 마음을 바꾸어 물길처럼 앞으로 나아가보면
어떨까. 이렇게 하는 데에 『심야의 정담』 속편이 있을 수 있고, 신상
웅 소설의 또 다른 단계, 강박이 아닌 가능의 단계가 있을 수 있지 않
을까 생각하게 된다.

감각과 정신의 사이

신중선의 소설

 신중선 소설은 일정하게 성취된 견실한 문체로 인해 어느 작품이나 독자에게 순탄하게 읽힌다. 읽고 나서 생각되는 것은 그 다음의 문제이다. 문체는 소재와 주제에 연결되는데, 이 점에서 신중선 소설은 변모 발전하고 있어 의미의 갈피와 폭이 넓다.

 이 상황을 다른 말로 하면 아날로그 시대와 디지털 시대가 연결되어 있는 소설이라는 것이다. 이 소설집에서 작품의 배열은 역순인데, 앞쪽이 디지털 계열이고 뒤쪽이 아날로그 계열이다. 작가에 따라서는 양쪽의 어느 한쪽에 정주해 개성의 세계를 형성하기도 한다. 그러나 시대의 변화는 사람들이 굳이 거부하거나 피하기가 용이한 일이 아니다.

 어차피 신중선 소설은 변화하는 시대의 최근과 지난날에 함께 걸쳐 있으니, 앞쪽의 최근 경향에서 시작해 뒤쪽의 지난 시대로 거슬러 올라가며 작품의 의미를 밝혀 보아야겠다. 그래도 신중선 소설에서는 일 상 속 인간생활의 구체성들이 근거를 이루고 있으니 의미의 체계가 끊 어지지는 않고, 시각에 따라 오히려 다채로운 인생 지대를 음미하는 일이 가능한 점도 있을 것이다.

우리가 원하든 원하지 않든 디지털 시대, 컴퓨터의 인터넷 사회가 도 래해 있는 것은 엄청나고 심각한 사실이다. 전에는 사람들이 자유를 부 르짖었어도 그것이 관념적인 한계에 갇히는 수가 많았다. 그런데 이제 는 컴퓨터의 인터넷 세계에서 모든 것이 자유로이 개방되고 소통된다.

예로부터 사람이 마음속으로 생각하는 것은 남이 알아차릴 수도 없 고 금지시킬 수도 없다는 것은 다 잘 알았다. 이것은 인간의 생래적 자 유권이며 인간기본권과 동의어였다. 그러나 그때에는 이것이 양심의 자유를 뜻하는 것이고 칸트의 실천이성이고, 인간이 하느님과 마주앉 는 다락방이라고 생각하였다.

그런데 현대사회에 와서 무한경쟁의 분업화사회, 물질주의 인간 감각 의 말초화는 책임을 동반하지 않는 일탈의 자유를 사회에 촉진하였다.

소설 「파이트 클럽」에는 가정주부가 외간 남자와 컴퓨터로 채팅을 하는 문제가 나온다. 남편은 직장의 격무에 시달리며 일종의 격투기장 인 파이트 클럽에 가서 때리고 얻어맞는 이벤트에 참여한다. 그리고 '싸워봐야 진정한 자신을 알 수 있다'는 생각을 한다. 인간본성이 얼마 나 마모되었기에 아픈 충격에 의해서 자신을 발견하려드는가.

아내의 채팅, "빌어먹을 정보화 사회! 대체 이게 무슨 조화속이란 말인가. 사적인 외출조차 꺼릴 정도로 가정적이던 아내에게 밀어닥친

이 사건을 인터넷 강국으로 부상한 우리나라의 정보화 바람 탓으로 돌려야 한단 말인가. 남자가 목격한 채팅의 문구에 의하면 아내는 폰팅까지 하고 있었다는 얘기가 된다.”

소설은 윤리교과서 투로 해답을 내지는 않는다. 파이트 클럽에서 빈사상태가 되도록 얻어맞고 돌아와 현관 마루에 쓰러진 남편의 눈에 흐르는 눈물을 닦아주며 아내의 가슴이 아려온다. 남편은 한 방 갈기고 박수를 받았고, 그리고 결국 빈사상태가 되도록 맞았다. 때리고 맞고 싸워봐야 자신을 안다던가. 남편의 무관심에 의해 아내도 맞았고, 아내의 채팅에 의해 남편도 너무 아프게 맞았다. 그래서 부부는 각기 자신을 알게 되었다. 자신을 알고 나면 또 어떻게 할 것인가. 어쩌다 그들은 이처럼 죽을 만큼 아프게 되었던가.

고대 그리스의 어느 신전 문턱에 새겨져 있었다는 말 “너 자신을 알라”가 소크라테스를 거치면서 그리스 철학의 명제가 되었다. 일차적으로 절실한 말이다. 그러나 나 자신을 안 다음에는 과연 어떻게 할 것인가. “진리가 그대를 자유케 하리라” 역시 많이 들어본 이 말에서 이성과 영성이 만난다. 이때의 자유는 더 따라붙을 조건도 없다. 의미 있는 모든 정신활동과 더불어 문학예술도 이만한 차원의 자유에 동참한다.

그러나 문학은 한낱 개념으로 정주하려 하지 않고 살아 움직이는 생물이고자 한다. 그러므로 소설은 같은 가치를 가지고도 그것을 자유라 부르기보다는 그 어떤 창조적 ‘전망’이고자 한다. 소설은 적나라한 노출로 충격을 주면서도 종국에는 정돈하고 승화하는 전망이다. 이것이 바로 ‘창작’이다.

소설 「파이트 클럽」에는 충격적인 위험도 있고 아픔도 있다. 그러나 이 성찰의 현실을 통해 은은하게라도 창조적 전망을 향해 통로를 열고 나아갈 수 있는 조짐이 있다. 이 통로에서 눈을 떼지 않는 데에 신중선 디지털 시대 소설의 가능성이 있다.

「당신을 버리지 않음」은 예민한 자의식의 소설이다. 소박한 일상에서 삶이 시작되지만 불임과 입양과 강아지 기르기와 관상용 열대어 기르기 등의 진전과정에서 남편의 사소한 무의식이 젊은 아내의 폐쇄성을 조장해 간다. 파양을 하고, 기르던 것들이 다 사라진다. 부부가 다른 방을 쓴다. 그러나 장모의 방문을 맞아서는 정상적이고 다정한 부부의 분위기를 연출할 만큼의 기반은 남겨 놓는다.

어느 날 아내는 모처럼 아름답게 성장을 하고 외출을 하며, 남편 쪽을 향해 미소의 기미도 보여준다. 남편은 아내의 방을 열고 들어가 폐쇄적 공간이 풍기는 엽기적 음습성을 느낀다.

"아내는 어쩌면 방안에 웅크리고 앉아 하염없이 사랑을 기다렸을지 모른다." 이것이 남편의 새로운 인식이다. 이렇게 신중선 소설의 문제의식들은 치밀하고 치열하게 전개되면서도 끝에 가서 어떤 구원의 통로를 내비친다.

「몬스터」야말로 괴기한 분위기에 좀 통속적인 직언들이 섞이지만 역시 문체의 기반이 견실해 순탄하게 읽힌다. 이른바 황금만능주의 사회에서 거액의 대가를 걸고 자살 방조를 의뢰하는 인물이 있다. 큰 재산을 받기로 하고 남의 자살을 돕던 계획이 실패로 끝나는 스토리의 황당한 통속성에도 불구하고, 결말이 무위로 환원되는 희화 속에 어느 정도의 신선한 쾌감이 있다. 어차피 돈도 끝까지 가지고 갈 수 없으며, 자살을 하지 않아도 당연히 죽음을 맞게 되는 유한한 존재가 인간이다. 그러므로 철학에서는 인간의 운명 지워진 죽음을 '형이상학적 소외'라고 한다. 가장 충실한 인식에 의하면 '인간은 본질적으로 소외되었고 죽는 존재'이다.

이러한 죽음을 헛되이 맞이하지 않는 것, 가장 잘 죽는 방법은 무엇일까. 그것은 '가장 잘 사는 것'이다. 그런데 자살 클럽을 만드는 사람들이 있다니. 또 남의 자살을 도와주는 대가로 큰돈을 받기로 하는 약속을 하다니. 이러한 계획에서는 실패해서 맨손으로 돌아오는 것이 최선이다. 이 최선의 결말을 보여주는 것이 소설 「몬스터」의 주인공이다.

여기까지가 크게 보아서는 디지털 시대의 소설이다. 시간을 거슬러 올라가면 경제가 덜 발달했던 시대의 가난한 삶들이 소설에 담긴다. 소설의 성격도 아날로그 풍이다. 빈부의 격차가 양극화 추세로 가는 현실에도 불구하고 사람들은 한국이 세계 10위권에 오르내리는 경제 대국이 되었다는 관념에서 허영에 들뜨는 현상이 있다.

소설도 한때는 한국 산업화 과정의 가난한 삶들을 왕성하게 그렸는데, 허영의 부자의식에 영향을 받으면서 가난을 다루는 소설들은 현격히 줄어들고 있다. 그러나 가난해도 물질화에 덜 감염된 상황 속의 삶들은 오히려 인간의 체취를 더 짙게 풍기고 있다.

신중선 소설의 또 다른 큰 부분은 이 가난 속의 인간적인 체취를 탁발하게 그리고 있다. 「어느 보일러공의 특별한 하루」는 문득 심하게 열패감과 소외의식에 휩싸이는 한 젊은 보일러 수리공의 민망한 실수를 그리고 있다. 공부 잘해 출세를 했고 프랑스 지사로 발령이 나 출국하는 형을 배웅하려고 직장에 결근하면서까지 공항에 나갔던 보일러공 갑석은 손톱에 검은 때가 낀 몰골로 형과 사돈네 식구들로부터 무참히 소외를 당한다.

시내로 돌아오는 길에 심하게 낮술을 마신 이 보일러공은 화장실을 찾아다니다가 어느 결혼식장 접수부에 접근하고 금전 절도범으로 경찰에 넘겨진다. 상이군인 출신인 아버지가 출현해 어수선하게 수완을 부린 덕에 갑석은 훈방조치 된다. 이 촌극의 핵심은 아버지가 갑석을 집요하게 책망하지 않고 그냥 사라져버린 것이다. 술 취한 아들과 체념한 아버지의 거동에 짙은 연민이 깔린다. 충격적인 소외감과 인사불성의 취기 속에서 좀도둑이 된 이 실수의 극치, 그러나 불문에 붙여지는 연민과 초탈의 경지, 인생에는 이러한 국면도 있는 것이다.

「꺽다리 사촌누님」은 착하다 못해 용렬해 보이는 인간상의 제시이다. 남편이 중동에 가서 고생하며 벌어 보낸 돈을 사촌 남동생에게 빌려주었다가 내내 돌려받지 못하는 사촌누님은 계속 가난에 시달리며 몸에 병까지 생긴다. 그래도 동생에게 섭섭해 하지 않으며, 동생을 심하게 나무라는 작은 어머니를 말린다. 누님의 용렬한 거동들이 작품에 종횡으로 진하게 칠해져 있어, 재래 조선 사람의 심성이 저런 것이었을 거라 절감하게 된다.

「가장 유능했던 세일즈맨」은 난쟁이 체격으로 대학 캠퍼스에 드나들며 외판을 하는 한 남자 상인이 등록금을 못 내고 있는 한 여대생을 도와주는 이야기이다. 이 외판원은 아무런 야심도 공치사도 없이 숨겨

가며 여대생의 학비를 대납한다. "공부는 마쳐야지." 이게 도와주는 명분의 전부다. 외판원의 인생유전은 한 술집의 꼽추춤 출연장에까지 이어지며 불운한 처지이다. 그 광경을 발견하고서도 지난 날 막대하게 도움을 입은 여대생은 은혜를 갚지 못하고 눈물을 머금은 채 지나친다. 삶의 갈피갈피에서 은혜 갚기인들 도리에 맞게 이행이 되던가. 주든 받든 그 자체로서 신비에 묻히고 만다. 그 의미와 여운을 곱씹는 것은 별도의 문제이다.

신중선의 가난 소재 소설들은 궁상 자체로 인한 피곤함을 비치지 않는다. 그것은 인정의 심오한 차원에 대한 곰살궂은 조명이다. 인정(人情)은 다른 말로 하면 '인간본성'이며 이것은 변하지 않는 것이다. 이것은 아날로그 시대와 디지털 시대를 통해서도 마찬가지이다.

변화무쌍한 것들의 흐름 속에서 돌파구라든가 '전망'을 트는 것은 무엇인가. 그것은 '변하지 않는 그 어떤 것'을 발견하는 것이다.

다채한 소재와 탄력 있는 문체를 가지고 있는 신중선 소설은 변하는 것과 변하지 않는 것을 분별하는 작가적 안목에 따라 계속 정진하기를 기대한다.

단순 언어의 풍부한 화법

박구경의 시

박구경 시인의 시는 언어의 질감이 단순해 보인다. 그러나 시적 발설의 기세는 강하고 활달해 마치 시위를 떠난 화살들처럼 시의 행들이 자유로이 휙휙 날아다닌다.

노자가 남긴 원목(原木)과 같은 말 중에 "하늘과 땅 사이는 풀무와 같다"라고 한 것이 있다. 대장간의 풀무는 그 속이 텅 비어 있다. 그런데 이 비어 있는 공간이 움직이면 바람이 일고 불을 지펴 연장을 만든다. 호미도 만들고 무쇠솥도 만든다.

박구경의 시 「기차가 들어왔으면 좋겠다」는 엉뚱한 것 같은 시상들이 교차하며 날아다니는 공간이다.

기차가 들어왔으면 좋겠다

대숲과 코스모스를 휘저으며

어디서 오래도록 덜컹거리며 나를 싣고 왔듯

사람들이 몰려왔으면 좋겠다

몰려왔으면 좋겠다

어둠 속을 달려온 시커먼 그 쇳덩이가

쉭쉭, 숨을 몰아쉬는 동안

큼직한 보따리와 흰옷의 사람들이

시끌벅적 이 바닷가에 펼쳐졌으면 좋겠다

기차가 들어왔으면 좋겠다

자가용은 너무나 미끈하고

핸드폰은 점점 작아지고

디지털의 표정,

그 생각은 너무나도 엉뚱해지고

그 꿈들은 세련되고 약아빠졌으니

육중한 열 량 스무 량의 기차가

거친 쇳내를 풍기며 들어서는 바닷가 역사驛舍

사람들이 사철나무 울타리에 깃들어

아침 햇살과 바다 물결을 길게 이고 지고

사람들이 왔다야! 하며

홍청홍청 장터처럼 모여들었으면 좋겠다

그랬으면 좋겠다

—「기차가 들어왔으면 좋겠다」 전문

이 시가 그리워하는 것은 숨을 몰아쉬며 달려오는 시커먼 쇳덩이 기차의 행렬이다. 지금 고속의 디젤 열차가 미끄러지듯 달리는 시대에 "쉭쉭, 숨을 몰아쉬는 시커먼 쇳덩이 기차"가 어디 있는가. 시인은 석탄을 때던 증기기관차의 시대밖에 모르고 있는 것이 아니다. 작아지는 핸드폰과 세련된 디지털의 시대까지 잘 알고 있다. 오히려 그 세련된 약아빠짐이 싫은 것이다. 거친 쇳내를 풍기며 기차가 덜컹거리며 역사에 들어올 때 대숲과 코스모스 줄기가 허공을 휘젓고, 사람들이 기차에서 쏟아져 나오고 "왔다!" 하며 사람들이 기차 쪽으로 몰려가는 시끌벅적한 마당이 보고 싶은 것이다. 사람들의 거친 숨결이 뒤엉키는 마을이 그리운 것이다.

보따리와 흰옷과 시끌벅적한 사람들의 만남은 텅 빈 듯한 풀무가 세상이란 대장간에서 일구어내는 산물이다. 숫된 사람들의 삶의 요람을 이 시는 구가하고 있는 것이다. 삶을 구가하거나 토로하는 것이 시라 할 수 있다. 그러면 그 시를 쓰는 시인은 무엇인가.

나는 돼지고기 붉은 살점을

붉고 매운 고춧가루와

또 고추장과 마늘과

혀가 얼얼하도록

더 매운 풋고추를 썰어 넣고 볶아 먹는 조선 년이다

아랫배에 그것들을 그득 가두고

죽어라 하고

땅을 파고

땅을 판다

이런 우리를 야만이라고 하지만 나는 야만이다

야만이라는 목소리를 열심히 들으며

나는 또 돼지고기를 붉고 맵게 무쳐

그것을 목구멍으로 뜨겁게 넘기기 위해

미치도록 마른침을 억제할 수밖에는 없는

들판의 한복판을 종일 구부리고 일하는 조선 년이다

잊을 수는 없다

이 길밖에는 길이 없다

이게 현실이고 까마득한 이 조선 사람들의 말이다

그러나 이것은

부드럽고 따뜻한 밥과 함께하고 늘

늙거나 어린 사람들의 곁에 달디단 맛으로 있다

이게 오늘의 내 시의 이름이고

돼지고기도 웃는다

— 「나의 시」 전문

좀 긴 이 시를 인용하며 어느 한 토막을 생략하려 해도 할 데가 없다. 자유롭게 많은 것을 이야기하는데 시인이 토로한 이 전체가 완성을 뜻한다. 시를 가리켜 노래라고 사랑이라고 하는 말을 우리는 흔히 듣는다. 그러나 돼지고기를 맵게 볶아 먹는다든가 들판에서 구부리고 일만 하는 것이 시란 말은 들어보기 쉽지 않다. 그리고 이렇게 야만스레 사는 '조선 년'이 박구경 시인이라는 것이다.

여기에서 야만스런 삶이 거칠고 피곤한 것으로 끝나지 않는다. 이 일은 "부드럽고 따뜻한 밥과 함께하고 늘 / 늙거나 어린 사람들의 곁에 달디단 맛으로 있다 / 이게 오늘의 내 시의 이름이고" 이렇게 된다. 몇 번을 우회하며 시의 개념을 이렇게 말하고 있다. 논리적으로는 비약이 있지만 가슴으로는 속 깊은 인생과 닳아빠지지 않은 삶의 진실과 힘을 느끼게 한다. 마지막 행 "돼지고기도 웃는다"에서 야만스러움이 경쾌하게 승화되기도 한다.

시는 이렇게 개성적인 화법을 지닐 수 있다. 그리하여 시의 가능성은 이 세상에서 무진장할 수가 있는 것이다.

박구경의 시는 마냥 치열하기만 한 것도 아니다. 보일러 관에 따뜻한 물길이 돌듯이 삶의 일상에 돌고 고이는 정도 전해준다.

시장 들목에서 걸려

술이 많이 늦었지만

병아리 몇 마리와
산 닭 두 마리를 사 든 아버지

새끼들을 어리 속에 몰아넣고
마당까지 내려온 보름달을 치는 것은
내리치는 것은
흰 눈 위에 붉게 물들이던 그것은

인삼 향이 배인 뜨거운 닭국으로
동생들을 깨워
자다 일어난 입맛을 쌉싸래하게 하며
이미 오래전 오래전부터 그랬듯이
수없이 많은 애비들이
먹여 살리려는 밤이었을 뿐이네

─「겨울밤의 아버지」 부분

　　가족과 아버지의 정에 대한 향수다. 이러한 정은 더 폭을 넓혀가기도
한다.

　　내 고향 산천에 눈 퍼붓는 날 쌀이 죽으면 고모가 죽고 고모가 죽으면

쌀이 영 끝나고 만다

　　고모가 있어야 고종이 있고 고모가 있어야 고모의 오빠가 있고 고모
가 있어야 밥을 먹는 조카 표정이 밥 먹을 때마다 행복하다

　　내 고향 산천에 눈 내리거나 비 내리거나 아휴, 하며 고모는 삽짝을
턱 들어서야 한다

—「쌀과 고모와」 부분

정이 친척 계보 사이까지 돌아 나아가는데, 여기에서도 쌀로 표상되
는 경제 현실과 인간 존재 사이의 끈질긴 인연을 지나쳐 보지 않는다.
삶의 환경이라는 것이 이러함에도 불구하고 스스럼없이 삽짝을 밀치
며 들어서는 다정한 사람의 방문, '마실 다니기'의 행동성이 한 마을의
생동성을 드높인다. 일상의 생동성, 이것은 신비와도 같은 것이며 역
사의 운행에 윤활유 구실을 한다.
　그렇다면 오늘날 지구의 역사는 어떻게 운행되어가고 있나. 여기에
까지 박구경의 시가 관심을 갖는다고 볼 수 있을까. 이번의 이 시집에
내포된 작품들 중에는 「미국을 생각하며」라는 제목의 시가 있다.

　　뜨거워지는 물을 피해 두부 속으로 파고드는 미꾸리

　　눈 깜짝할 사이에

무역센터로 들어간 한 세기 초유의 증오이고 싶다

······

한 세기를 괴로워하다 두부 속에 파고든 미꾸리의 생각이고 싶다

—「미국을 생각하며」 부분

　서울 안암동의 곰보추탕집에 가보면 두부 속에 파고든 미꾸라지가 뚝배기에 담겨 나오던 시절이 있었다. 끓는 국물이 너무 뜨거워 산 미꾸라지가 우선 두부 속에라도 뚫고 들어갔지만 결국 죽기는 마찬가지였다. 미국이 겪은 9 · 11테러사건 때 뉴욕의 무역센터 빌딩 속으로 비행기가 뚫고 들어가는 모습을 온 세계 사람들이 보았다. 그때 그 조종사의 결단은 투철한 의지로 보면 증오이기도 했겠지만 본질적인 의미에서 참을 수 없는 슬픔이었을 것이다.

　지구라는 뚝배기 안의 패권주의에 대한 저항이었을 것이다. 그 아랍인 청년 조종사의 죽음을 추어탕 두부 속의 미꾸라지로 본 시심의 안목이 파격으로 탁발하다. 시인의 염원은 다름 아닌 '평화' 그것이다. 그 어떠한 명분에도 불구하고 폭력과 전쟁을 저지하고 싶은 것이다.

전 세계의 시퍼런 젊은이들이

얼마나 많이 죽어 나갔는가!

사나이 붉은 피!

조국에 바쳐!

목청껏 노래 부르며

……

내 자식이 군에 가 있어서가 아니라

— 「꽃들은 어디로 다?」 부분

　이 시는 훈련소 담장 안의 "헛둘 헛둘" 구령 소리까지 묘사하며 역시 생동성 안에서 전쟁에 대한 성찰을 하고 있다.
　이러한 세계 현실에 대한 자성은 국내 사회의 정서가 비정신적 탐욕으로 지글지글 끓고 있다는 데서 매듭을 짓는다.

오랜만에 서울에 가 고깃집에서 술을 마시니

너무 많은 사람들과

마구 떠들어대는 소리로 나는 어지러웠으니

이백이 넘는 사람들이

고기 타는 냄새 속에 연옥 지옥으로 자옥했으니

이것은 너무나 크나큰 종교며 의식이 아니던가

— 「그만 그리고 그만!」 부분

　이제 한국 사람들은 먹을 만큼 먹기도 했을 터인데, 서울에서 개성으로 가는 고양과 파주의 모든 대로변이 아직도 먹자 집 대형 간판들만 즐비하게 내세우고 있다. 서울 시내도 마찬가지다. 한국에서 이렇게 지글지글 타는 고기 냄새가 파키스탄과 이라크 그리고 아프리카 사막에까지 번져나갈 형세라고 시인은 스스로 역겨워하고 있다.

이것은 정신적인 것에 대한 희구다. 그리하여 시인은 밭에서 허리를 굽혀 흙을 파는 것이 바로 자신의 시라고 말하고 있다. 마실 오는 고모가 있는 고향 마을을 그리워하고 있다. 패권주의 전쟁과 지구의 온난화가 뜨거워 두부 속으로 파고드는 미꾸라지와도 같은 현대인의 비애까지 지적하고 있다.

박구경의 시는 가벼운 직언을 절제하면서도 연민과 포용을 통해 결국 모든 것에 소통하는 여유와 탄력을 지니고 있다. 감수성의 과잉과 허무주의적 난삽이 횡행하는 시대에 원형질의 직관과 역사의식으로 마주하게 되는 시집이다.

2

문학사의 기반

역사의 탁류에서

채만식의 소설 세계

◎ 식민지의 사회구조

작가 채만식의 대표작은 장편소설 『탁류』(1937)이다. 『탁류』의 소재가 되어있는 곳은 군산이다. 충청도와 전라도를 가르는 경계를 흘러 서해로 들어가는 금강의 하구 바로 남쪽에 붙어 있는 항구도시가 군산이다.

군산의 바로 남쪽으로 이어지는 곳은 전북의 김제·만경 들판이다. 한국 반도에서 유일하게 언덕이나 산이 보이지 않고 지평선만 펼쳐져 있는 넓은 들이 이 지역이다. 따라서 이 일대는 우리나라 제일의 곡창지대이다. 군산의 옛 이름은 통일신라시대부터 옥구(沃溝)였다. 비옥한

하구를 끼고 있는 곳이란 뜻이다. 물도랑, 즉 하구가 기름지다는 것은 무슨 뜻인가. 금강 하구, 옥구 선창에 곡물을 많이 실은 배들이 드나든다는 것이다.

갑오경장 이후 1899년에 구한국 조정이 옥구선창 일대를 군산항으로 지정하였다. 이 때엔 이미 일본의 정책자문이 구한국 정치에 깊이 간여하고 있었다. 군산항은 한반도에서 생산하는 농산물을 일본으로 운반하기에 가장 적합한 거점이 되어갔다.

작가 채만식은 1902년 전북 옥구군 임피면 읍내리에서 아버지 채규섭과 어머니 조우섭 사이의 7남 2녀 중 막내 아들로 태어났다. 누이 한 명과 바로 위·아래 형제가 일찍 별세했으므로 채만식을 5남 막내로 여기게 되었다. 그는 소년기를 비교적 유족한 지주 가문의 형세 속에서 보냈다. 그리하여 서울에 가서 중앙고보를 졸업하고 이어서 일본의 와세다대학에 유학하였다. 그러나 바로 다음 해인 1923년에 동경 대지진이 일어나 귀국하고 신문과 잡지의 기자로 진출하였다.

1924년『조선문단』잡지에 단편「세길로」를 발표하고 작가 활동을 시작하였다. 바로 다음 해인 1925년은 카프, 조선프롤레타리아예술동맹이 결성된 해이다. 카프 활동은 단순한 사상적 문예운동만이 아니었다. 일제로부터 해방되려는 조선 독립운동의 일환인 점도 있었다. 많은 문학인이 여기에 동조하였다. 카프에 정식으로 가담은 하지 않더라도 항일의식과 더불어 일본 제국주의 침략 아래 있는 식민지 사회구조를 근본적으로 문제삼는 작가의식이 있을 수 있었다.

이러한 의식을 가지고 작품을 쓰는 작가들은 이른바 동반작가로 지칭되기도 하였다. 채만식도 동반작가로 불리웠다. 그의 단편 「레디메이드 인생」(1934)은 그 식민지 사회구조의 문제를 직시한 작품이다.

3·1독립운동의 위력에 당황한 일제는 하나의 위무책으로 이른바 '문화정책'을 표방하고, 지식계급을 대량으로 주문하였다. 그러나 식민지 요직의 대부분은 봉건적 친일 귀족과 일인들의 차지가 되고, 전문학교와 대학을 통해 배출되는 수많은 인텔리들은 실상 취직할 자리가 없었다. "농촌으로 들어가라?" 그 곳에서도 인텔리는 쓸모가 없었다. 1920년대 이광수류의 하향식 계몽주의도 자기만족적인 위선이 되고 만다. 조선의 인텔리, "초상집의 주인 없는 개들이다." 이것이 「레디메이드 인생」의 풍자적 결론이다.

장편 『탁류』는 일제의 식민지 수탈 정책에 의해 조선의 민중 사회가 삶의 활로를 열 수 없게 된 구조적 조건의 문제를 주제로 삼았다.

백마강 맑은 물이 강경 젓갈장에 이르러 비린내를 풍기고 서해 조수의 역류와 섞이며 금강 탁류로 흐른다는 소설의 서두는 역사의 혼탁을 상징하고 있다,

군산에서 특별히 성행한 미두장은 곡물의 집산지라는 지역 여건에 연유했다고 볼 수 있다. 원래 현찰이 아닌 쌀을 걸고 벌이는 투전판이지만 아울러 잔돈푼의 놀음판이 되기도 한다. 『탁류』의 주인공 정주사는 몰락한 양반으로서 이 미두장에서 체신 없이 봉변을 당하는 인물이다.

정주사 정도의 입장이 이러하니 이 미두장과 더 넓게는 군산 바닥 전체의 조선인 신세라는 것이 미래와 희망을 잃은 처지들이다. 또 더 확대해 보면 조선 전체의 백성이 희망과 기백을 잃고 있다.

조선의 토착 양반 계급이었다 하더라도 사회의 경제 운영에서 능력을 상실하면 몰락할 수밖에 없다. 조선의 경제권을 지배하려는 일본인들의 계획은 갑오경장에서부터 시작되어 1910년의 한일합방이 이루어지고부터는 공공연히 정책으로 추진되었다.

그것은 조선 총독부의 토지조사 사업으로부터 현실화되었다. 조선의 국토는 원천적으로 국유지였고 농민은 세습된 경작지 개념만 가지고 있었다. 이 상태에서 일제의 정책이 근대 자본주의의 소유권 분산책을 적용하였다. 땅의 소유문서도 없고 경계 표시도 불분명한 토지에 대해 총독부가 조선인 각자의 소유지 신고제를 까다로운 방식으로 적용하였다.

행정사무 경험이 없고 대일 비협조 감정마저 지니고 있는 조선의 백성들은 저절로 땅을 일본의 동양척식회사와 총독부에 영합한 매국적 지배계급에게 빼앗기게 되었다. 특히 전라도와 황해도의 곡창지대 대부분이 이러한 경로로 수탈되고 세습 농민의 대부분은 빈한한 노예적 소작인 계급이 되었다.

토착 양반 출신임에도 몰락의 길에 들어선 정주사가 군산의 미두장 놀음판에서 봉변이나 당하는 신세가 되었다는 것은 식민지 조선 백성의 전형적인 모습이었다.

정주사의 딸 초봉이가 기운 가세를 도우려고 제중당 양약국의 고용인으로 들어가고, 성숙한 이 처녀를 둘러싸고 박재호·고태수·장형보 등 타락한 남성들이 벌이는 각축전은 복마전을 연상케 한다.

『탁류』가 『조선일보』의 연재소설이었다는 상업적 여건이 이 소설의 통속적 부분을 더욱 조장한 것이겠으나 이 요소는 장편소설 『탁류』에서 흠이 되는 부분이다.

다른 면으로는 이상주의적 정열을 지닌 건전한 청년 주인공 남승재의 역할이 있다. 금호병원의 조수인 의학도 남승재는 조선 사람들이 사는 군산의 빈민촌 골목을 누비며 무료진료를 하고 한편으로는 야학의 선생 역할도 맡는다. 자신의 가난한 주머니를 털기도 하고 육체적인 피로도 겪는다.

예서부터가 조선 사람들이 모여 사는 곳이다. 지금은 개복동과 연접된 구복동을 한데 버무려 가지고 산상정이니 개운정이니 하는 하이칼라 이름을 지었지만 예나 시방이나 동네의 모양다리는 그냥 그 대중이고 조금도 개운은 되딜 않았다.

급하게 경사진 언덕 비탈에 게딱지같은 초가집이며 낡은 생철집같은 오막살이들이 손바닥만한 빈틈도 남기지 않고 콩나물 길듯 다닥다닥 주어박혀 언덕이거니 짐작이나 할 뿐이다. 이러한 몇 곳이 군산의 인구 칠만 명 가운데 육만도 넘는 조선 사람들의 거의 대부분이 어깨를 부비면서 옴닥옴닥 모여 사는 곳이다. 면적으로 치면 군산부의 몇 분지 일도 못 되는 곳이다. 정리된 지구라든지 제법 문화도시의 모습을 차리고 있는 본정통이나 전주통이나 공원 일대나 또 넌지시 월명산 아래로 자리를 잡고 있는 주택지대나 이런 데다가 빗대면 개복동이니 둔뱀이니 하는 곳은 한 세기나 뒤떨어져 보인다. 한 세기라니, 이제 한 세기가 지난 뒤라도 이 사람들이 제법 그만큼이나 문화다운 살림을 하게 되리라 싶들 않다.

실로 칠분지 일도 못되는 인구로 도시의 대부분을 차지하고 한 세기나 앞선 문화다운 생활을 하는 사람들은 일본 사람들이다. 이 부조리한 현실을 참지 못해 애쓰는 청년 남승재는 생각한다. "이 조그만 군산 바닥이 이러할 바이면 조선 전체는 어떠할 것인고."

식민지 조선 전체의 규모에서 보면 물론 더 심한 참상이다. 그러나 이 참상의 전형적 모습을 한 눈에 뚜렷이 볼 수 있게 하는 현장이 바로 군산이었다. 승재는 결국 지치고 만다. 무료진료와 야학의 성과도 도무지 이루어지지 않는다. 한 순진한 청년의 이상주의적 분투가 제도적으로 방대한 땅을 빼앗긴 식민지의 피수탈 경제구조를 어떻게 뜯어고칠 수 있단 말인가.

직장 일을 마친 시간에 쉬지도 못하고 무료진료와 야학을 위해 뛰어다니는 승재의 외로운 고투는 결국 남들을 위한다기보다 "자신의 감정을 만족시키는 제 노릇에 지나지 못하는 일"이었다. 승재는 이러한 군산에서의 생활을 포기하고 서울로 간다. 이것은 위선적일 수 있는 하향식 계몽주의의 반성이며, 식민지 피수탈 사회구조에 대한 정면적인 지적이다.

가난과 불행 속에서 운명에 순종하고 희생되는 여인 초봉이에 비해 동생 계봉이의 성격은 보다 적극적이고 발랄한 것이 대조를 이룬다. 이 계봉이가 남승재와 서로 사랑하게 된다. 소설 『탁류』의 주제는 절망에서 끝나는 것이 아니다. 총체적 상황이 한 차례의 자체 성찰을 거치고 그 다음에는 나름의 재출발을 의도하는 것이다.

1937년 『조선일보』에 연재된 『탁류』보다 1938년 『조광』 잡지에 연재된『태평천하』(원제『천하태평춘』)를 더 높이 평가하는 견해도 있다. 보다 정돈된 문체 때문이라는 것이다. 그러나 갑오농민봉기 무렵부터 시작되는 윤직원 가문 3대의 소재는 가계소설인 만큼의 범주적 한계를 지닌다.

◎ 소년은 자란다

채만식은 「치숙」(1938), 『태평천하』, 「논 이야기」(1946) 등에서 특히 두드러진 풍자적 수법을 보인 작가였다. 그 풍자적 특성은 그의 냉철한 지성과 결벽스러운 성격에 연유한 것으로 보인다. 이러한 성격에다 그의 고향 집 부친과 형들이 경제적으로 몰락해 그마저 가난에 시달리게 된다. 이 시달림이 또한 그의 건강을 쇠진하게 하였다.

1930년대 말엽 작가 채만식이 처한 생활 환경의 곤궁함에 대해 문단에서 가장 가까운 동료였던 이무영이 수필로 쓴 것이 있다. 작가 이무영이 오늘의 경기도 군포에 있는 궁촌이란 농촌에 들어가 살고 있던 때의 일이다.

개가 요란히 짖어서 내다보니 싸리삽작 밖에 모던 보이처럼 모자를 슬쩍 젖혀 쓴 채만식이 손을 번쩍 든다.

"이 개 물지 않소?"

"왜 안 물어, 조심하라구."

채만식의 공견병을 아는지라 이무영이 이렇게 대답을 했더니 채만식은 눈이 둥그래진다.

"그래? 그럼 붙들어 매우. 난 개하구 무식한 사람하구가 제일 무서우니까. 대체로 경우가 없단 말야."

채만식이 그의 형들과 개성 지역에서 경영하던 금광 일이 실패로 돌아가고 3형제의 10여 명 가족 생계를 한 때 그 연약한 채만식이 떠맡게 된 때였다. 안양에다 초가 한 채를 장만하고 이사를 했는데 아직 배급 통장이 옮겨지지 않아 양식이 떨어진 모양이었다. 마침 또 보릿고개이기도 했었다. 쌀밥에 병아리 고기 반찬을 차려 주니 채만식은 눈물이 글썽해질 정도로 심약한 모습을 보였다.

작품에 대해서도 채만식만큼 결벽인 예도 없지만 일상 생활도 그러했다. 심한 예로는 객으로 왔지만 상에 놓인 수저를 반드시 자기 주머니에서 꺼낸 종이로 씻었다. 이러한 그의 결벽이 대부분의 문우들과 휩쓸리지 못하는 원인이 되어 고독했고 그것이 그의 건강을 해친 원인의 하나가 되기도 하였다.

그 날의 이야기도 그의 눈에 거슬리는 모든 사람들에 대한 불만이 대부분이었다. 왜정에 대한 불평불만, 출판사, 친구 …… 조그만 문제에 대해서도 그는 참지를 못하였다.

해가 질 무렵이 되어 보리쌀 한 말에 쌀 닷 되를 채만식과 이무영 둘이서 작대기에 꿰어 들고 10리도 더 되는 역에까지 함께 걸었다. 이렇게 걷는 동안에도 채만식은 건강에 자신이 없다는 말을 몇 번이나 되풀이하였다. 이무영은 친구 채만식을 영겁의 길로 떠나보낸 것 같은 슬픔 때문에 주막에 들러 만취하도록 술을 마셨다.

러시아의 작가 도스토예프스키는 아내·집사·비서·가정부 등 여러 명을 데리고 외국을 여행하면서 소설을 썼는데 우리는 무어냐고 채만식이 푸념을 했다는 것도 이무영은 기억하였다. 이처럼 일제하 식민지 조선의 작가가 겪은 빈곤과 비애는 큰 것이었다.

1945년 5월에 채만식은 서울 생활을 더 지탱하지 못하고 고향 옥구로 내려왔다. 이듬해엔 이리시 고현동에 있던 중형 집으로 옮겨 얹혀 살았다. 또 그 다음 해에는 그래도 작품 단행본 『여자의 일생』과 『잘난 사람들』을 간행했고 『탁류』의 재판 인세도 받아 이리시 주현동 4번지의 집을 사기도 하였다.

그러나 1949년에는 자신의 폐결핵 치료비를 대느라고 주현동 집을 팔고 이리시 마동 269번지의 조그만 초가로 줄여서 이사를 하였다. 병석에 누워 채만식은 고향 후배 장영창에게 편지를 썼다.

　　장군! 인편이 허락되는대로 원고용지 한 20권만 보내주소. 그러면 군은 혹 내가 건강이 좋아져서 글이라도 쓰려고 하는 것같이 생각할는지도 모르지만 사실은 그렇지가 않네.
　　나는 일평생을 두고 원고지를 풍부하게 가져 본 일이 없네. 그렇기 때문에 이제 임종의 어느 예감을 느끼게 되는 나로서는 죽을 때나마 한 번 머리 옆에다 원고지를 많이 놓아 보고 싶은 것일세.

그러나 해방 후 시골 고향 지역에서 보낸 몇 해 동안에 채만식은 자신의 작품 세계 전체 안에서 없어서는 안될 결말같은 작품들을 써서 남겼다. 그것이 단편 「논 이야기」(1946) 중편 분량의 「낙조」(1948) 「소년은 자란다」(유고, 1969년 『월간문학』 게재) 등 세 편의 소설이다.

「논 이야기」는 『태평천하』와 『여자의 일생』에서부터 제기된 주제, 도무지 나라가 백성에게 해 준 일이 무엇인가라는 문제를 다루었다. 한 생원은 갑오 농민봉기가 실패한 후 고을 원에게, 망국 후엔 일본인 지주 길천에게 논을 빼앗겼다. 전쟁에서 진 일본인들이 본국으로 쫓겨가니 길천에게 빼앗겼던 논은 이제 한생원이 저절로 되찾게 되어야할 것이 아닌가. 그러나 모든 적산은 다 공매에 붙여지는 과정에서 한생원의 논은 다시 읍내의 어느 돈 많은 사람에게 넘어간다. 해방됐다 했을 때 "만세 안 부르기 잘했지." 이것은 힘없는 농부 한생원의 독백이다.

「낙조」는 미군의 진주와 독립운동자 후예의 불우 문제를 다루었다. 「소년은 자란다」는 만주에 이민해 고생하다가 해방 후 귀국한 동포들의 난민 행색 와중에서 부모를 잃은 고아 영호 남매의 이야기이다. 무작정 이리역에 떨구어진 소년 영호는 역구내에서 구두닦이를 하면서 대견하게 성장해 간다.

채만식의 해방 후 작품 3편에 담긴 이 역사의식과 소설적 형상화는 한국 현대소설사의 주요한 자산이다. 이 대목에 대한 우리 문학계의 관심과 평가는 앞으로 더 충실해져야 할 것이다.

서정과 의지의 맑은 언어

신석정의 시

　신석정(辛夕汀) 시인은 1930년대에 시단에 등단하여 시대의 우수를 담은 전원시의 한 경지를 이루었다. 그에게 전원은 향수의 대상이 아니었고 관념적인 자연이 아니었다. 그는 실제로 전원에 발을 디디고 서서 예민한 감수성으로 해 지는 들녘을 바라보며 생명 있는 모든 것에 연민을 느끼고 그리고 어떤 커다란 그리움을 지녔다.

　신석정 시의 이 원초적 성격을 잘 담고 있는 것이 「임께서 부르시면」 「아직 촛불을 켤 때가 아닙니다」를 비롯해 1939년에 발간한 그의 첫 시집 『촛불』의 세계이다. 그 뒤 이 시인의 시세계는 전원시 성격을 바닥에 깔고 있으면서도 다양하게 발전해 나아갔다.

　신석정은 1907년 전북 부안(扶安)에서 출생하였다. 1930년에 서울에 가서 불교전문강원에서 수학하고 이듬해인 1931년에 『시문학(詩文

學)』에 작품을 발표하기 시작하면서 그의 시단 활동이 시작되었다. 1933년에 그는 고향으로 내려갔는데 그 뒤 다시는 전북 지방을 벗어나 산 적이 없다. 귀향 후 그는 노자·장자의 사상에 심취했다고 한다. 어려서 배운 한문과 더불어 불교와 노장(老莊)이 그의 정신에 자양을 준 셈이다.

1939년으로부터 1940년 무렵에 걸쳐 그가 중앙 문단에서 발간되던 『문장(文章)』『인문평론(人文評論)』『가톨릭 청년(靑年)』 등에 작품을 활발히 발표해 이른바 1930년대 모더니즘 그룹에 가까운 편이기도 했던 것은 그의 매우 섬세한 회화적(繪畵的) 언어 탓이었을 것이다. 그 섬세한 언어는 그의 초기 시에서부터 돋보였었다.

"굽이굽이 하늘가에 흐르는 물처럼 / 이른 봄 잔디밭에 스며드는 햇볕처럼"(「임께서 부르시면」)이라든가, "이윽고 하늘이 능금처럼 붉어질 때 / 그 새새끼들은 어둠과 함께 돌아온다 합니다 / 조용한 호수 우에는 인제야 저녁안개가 자욱이 나려오기 시작하였습니다"(「아직 촛불을 켤 때가 아닙니다」) 이런 언어들은 그리움과 연민에 찬 전원에서의 명상이 시인에게 육화되어 있음을 느끼게 한다.

그는 바닷가 부안에서 나서 자랐지만 산을 좋아하였다. 이것은 그의 전원 정서가 한낱 감상이 아니고 동양적 우주관을 지녔던 때문인 것으로 보인다.

나와

하늘과

하늘 아래 푸른 산뿐이로다

― 「슬픈 구도(構圖)」에서

　예부터 동양에서는 일월(日月)로 표상되는 하늘과, 산천(山川)으로 표상되는 땅을 대별하고 그 사이에 나서 사는 인간을 합하여 우주의 세 요소로 여겼다. 이 중에서 인간은 우주의 정화(精華)요, 세계의 마음이므로 인간은 존귀하고, 그 인간이 쓰는 글 또한 위대하다고 하였다.

　신석정 시인이 산을 좋아한 것은 땅을, 세상을 좋아한 것이다. "내 마음 / 주름살 많은 늙은 산의 명상하는 얼굴을 사랑하노니"(「산으로 가는 마음」)의 대목은 사연 많은 세상에 향하는 자기의 문학을 의식하고 있는 것이다. 주름살이 많다는 것은 사연의 갈피가 많다는 것이고, 이 많은 사연을 다루는 시에는 가다가 해설조로 긴장이 풀린 대목도 있고 기교 없는 되풀이도 있다. 이 시인의 시집 『슬픈 목가(牧歌)』에서는 「애가(哀歌)」라는 제목의 시가 세 편이나 있기도 하다. 이런 요령 없음을 보고 어떤 이는 신석정 시의 일면적인 촌스러움과 엉성함을 느끼기도 할 것이다. 그러나 이러한 일면까지 포함해서 신석정의 시 세계는 크다는 것과 그 큰 속에서의 화음까지를 긍정할 줄 알아야 할 것이다. 그도 서정주의 피냄새 나는 징그러운 시를 잘 알았고, 파초의 넓은 잎을 보면 조지훈을 떠올리기도 하였다. 또 더 지난 날에는 만해(萬海)와 타골을 좋게 생각하기도 했다고 한다. 그러나 신석정은 다만 그다울 뿐이다. 전원적인 서정과, '어머니'를 불러놓고 시 행을 시작하는 동화적 분위기와, 속삭이듯 건네는 대화가 있는가 하면, 일제의 식민지시대에 산과 세상을 생각한 것은 어두움과 슬픔을 동반했었다. 장구한 그의 시골 생활에서 살아가는 실제 모습은 한 칸 서가에 담긴다. "개미새끼 흙탑을 쌓아 올리듯 / 작은 서가에 틈없이 책을 쌓아 놓고 // 때로는 서가가 드높은 산같이 보이기도 하고 / 나는 그 산을 천천히 오르기도 하고"(「서가(書架)」) 이렇게 칩거하고 이렇게 산을 통해 대지(大地)에 참여한다. 그의 「산방일기(山房日記)」는 자신을 산에 동화시킨 것이다. "봉우리 넘어오는 구름 / 추녀를 스쳐가고 // 골엔 꾀꼬리 화답(和答)하는 소리 / 산(山)이 울린다" 하였다. 그러고서도 그는 다시 "산(山)도 을씨년스러워 하늘만 바라보는데" 하며 다시 집착을 벗어난다.

신석정이 산을 오르는 데엔 하늘도 의식되어 있다. 즉 산의 정상(頂上)을 접점으로 하여 "신(神)은 거기에 내려오고 / 사람은 거기 오른다"는 서설을 붙여 그는 「지리산(智異山)」을 썼다. 「지리산」은 신석정 시의 대표작급에 들 만한 노작으로서 대자연의 교향곡과 같다. 이 작품에서 그는 "발 아래 구름이 구름을 데불고 우릴 몰고 간 골짝엔 어느덧 빗발이" 이는 웅장한 공간을 펼친다. 그리고 그 공간에 다시 그가 원래 능하게 친화하는 만물을 떠올린다. "진달래, 물푸레, 가래, 전나무, 더덕, 으름, 칡, 고비, 질경, 물소리, 새소리, 갓나온 매미 소리, 산귀또리 소란한 소리, 소쩍새 울어 ……, 간드라운 가지 바람, 새포름한 물결, 사운대는 숲바다, 담상담상 서있는 자작나무" 등 그의 초기시에 발휘된 섬세한 감수성까지 재현된다. 이 「지리산」은 그의 회갑을 맞아 1967년에 발간된 시집 『산(山)의 서곡(序曲)』에 실려 있다. 평생 산을 노래한 시인으로서 회갑맞이 시집의 제목을 '산의 서곡'으로 붙인 데에도 그의 유장한 마음 씀씀이가 보인다. 그리고 여기에 다음과 같은 마지막 연이 붙는다. "어서 보내야 할 얼룩진 오늘과, 탄생하는 내일의 생명을 구가할 꿈을 의논하는 꽃보라처럼 난숙한 노숙(露宿)." 텐트 자락 밖으로 보이는 야영의 골짜기를 읊은 것으로서, 여기에 그의 시 세계의 결론 같은 '역사의식(歷史意識)'이 담겨 있는 것이다.

필자는 20대 나이 병영 시절에 신석정 시인의 강의실에 들어앉을 기회를 가졌었다. 그때 전북의 어느 대학 야간 분교가 육군 논산훈련소 인근에 설치된 일이 있다. 그 분교의 학생 대부분은 군 장병들이었고 이들의 취학 안내를 하는 데가 훈련소 본부 정훈부였다. 그때 필자는 그 정훈부에 소속된 일등병으로서 신석정 선생의 강의시간에 학적 없는 무료 청강생으로 나가 강의를 들었다. 대학 분교라고 하지만 군대의 막사 같은 가건물에서 신석정 선생은 초콜릿 빛 골덴 양복을 수수하게 입고 서서 열심히 강의를 하였다. 김팔봉의 초기시 「백수(白手)의 탄식」이 그나마 일본의 이시까와다꾸보꾸 시에서 번안하다시피한 것이라든가, 일제하 친일 문인들의 해방 후 재활약으로 인한 민족정기의 타락 대목에 이르면 그의 목소리는 약간 쉿소리 같은 것을 내며 열정으로 얼굴이 불그레해지기도 하였다. 여러 해 뒤 필자가 풋나기 문단인 행세를 할 때 신석정 시인은 회갑맞이 시집 7백 부 한정판에서 한 부를 필자 앞으로 서명해 보내 주셨다. 그 시집 『산(山)의 서곡(序曲)』에는 「쥐구멍에도 햇볕을 보내는 민주주의(民主主義)의 노래」를 비롯해 4·19혁명 후의 사회적 갈등에 마주 서서 쓴 시편들이 담겨 있었다.

'내일은 더구나 빼앗길 수 없다!'

멍든 역사가 질주하는 언저리에

주름잡힌 얼굴

핏발 선 눈을 가진 얼굴

얼굴과

얼굴과

얼굴들 속에서

내일을 약속할 얼굴을 찾아라.

— 「쥐구멍에도 햇볕을 ……」에서

이렇게 분기하는 모습도 그에게 있었다. 그러나 그는 역사의식과 행동에 관한한 대체로 활화산도 사화산도 아니고 자제하는 휴화산 같았다. 그러면서 계속 강직을 지니고 비애를 씹으며 "기척없이 서서 나도 대같이 살이거나"(「대숲에 서서」) 하며 외로워하였다. 이 시집에 실린 「서울 1967년 5월 어느 날」의 황량한 심사도 그 역사의식의 계열에 드는 것이다.

그러나 그는 한편으로 계속 큰 우주에 소통해 나가며 난초에서 청담을 보고 파초 넓은 잎에서 동양의 훈기를 느낀다. 그런가 하면 "돌멩이의 체온도 그리운 / 죽음보다 외로운 오후 // 백목련보다 하이얀 네 가슴을 달라"(「서정소곡(抒情小曲)」) 이렇게 관능을 드러내고, "루오의 그림처럼 / 어둡게 살아가지만, / 눈부신 햇볕을 원하는 건 아니다"(「비가(悲歌)」)라고 구도자의 의지를 보이기도 하였다. 이처럼 일관되게 하나

이면서도 주름과 갈피가 많은 그의 시와 얼굴은 또한 시공(時空)을 초월한 석굴암 대불의 '두근거리는 가슴' 앞에서 장엄한 찬탄에 빠졌다.

　신석정 시인은 1974년에 어두운 세상을 떠나 전북 임실(任實)의 한 산 기슭에 묻혔다. 그러나 그가 남긴 서정과 의지의 언어들은 '굽이굽이 하늘가에 흐르는 물처럼' 이 시공에 남아 흐르고 있다.

한국 근현대문학과 민세 수필

◎ 문학사 자산의 복원

최근 민세 안재홍 선생에 대한 추모와 그의 생애에 대한 재조명 작업은 정치사를 중심으로 진행되어오고 있다. 세계적으로 냉전의 시대가 갔고, 한국의 민주화가 분단된 남북의 교류를 가능케 한 데서 민세에 대한 관심과 연구의 여건이 조성되었다.

일제하 민족 독립운동의 좌우합작 단일전선이었던 신간회의 중심적 위치에 민세가 있었고, 해방 후 남한의 민정장관과 국회의원을 역임한 신분으로 6·25 납북 후에는 재북평화통일추진협의회의 최고위원으로 역할을 한 민세의 독특한 생애에 대한 종합적 재평가가 새로이 이루어지고 있는 것이다.

민세에 대한 이 평가 작업에서 누락되어 있는 한 분야가 있다. 그것은 명문장가 이기도 했던 민세의 수필문학 부분이다. 민세는 일제시대부터 지도적 위치에 있는 언론인으로 방대한 양의 논설을 썼다. 그런데 민세의 논설 형식은 건조하고 기계적인 논리의 글이 아니고, 대체로 그의 정신세계의 총화를 표현한 것이었다.

수필은 문학예술의 한 장르인데 민세는 수필작품과 같은 성격의 문장으로 언론계의 논설을 썼다. 그러한 그의 글들 중에서 더욱 뚜렷이 수필의 형식을 취한 경우들도 큰 분량으로 되어 있다.

바로 이 부분을 민세의 생애 면모에서 주요한 측면으로 보고, 그 의미를 평가하기로 하면 점점 가치의 비중이 증대되어 간다.

수필은 문학이며, 문학은 문화사의 중심 부분이다. 19세기 후반에 테느가 역사학의 방법을 정치사가 아닌 문화사에서 취했으며, 스스로 문학사를 쓴 이유가 거기에 있다. 테느 이후 현대 세계의 역사학은 문화사 중심 사관을 취해 오고 있다. 가치의 중심이 문화에 있다는 뜻이다.

민세는 민족의 상고사를 연구하기도 했고, 위당 정인보와 함께『정다산전서』를 편집하고 교열한 만큼 문화사 학자이기도 하였다. 그의 문화사 연구와 수필 문장이 또한 다행한 융화를 이루었다. 이러한 맥락에서 이제 새로이 민세의 수필문학을 조명하고 거기에 담긴 가치를 밝힐 필요가 있다.

◎ 민세의 수필문학

한국의 근대문학은 육당 최남선과 춘원 이광수로부터 시작되었다. 최남선이 첫 신시 「해에게서 소년에게」를 자신이 창간한 잡지 『소년』에 발표한 것이 1908년이고 그 때 그의 나이는 19세였다. 그는 시 시조 수필의 개척자이기도 하였다. 민세 안재홍은 춘원보다 한 살이 아래인 1891년생이다.

일본에 유학해 와세다대학 정경학부를 졸업하고 귀국한 민세는 1919년 청년외교단사건으로 투옥되고, 이듬해 대구 감옥에서 석방되는 젊은이들에게 한시(漢詩) 한 편을 지어 주는데 아마도 이것이 그의 첫 문학작품이었다. 이 때 민세는 "내 원래 시인이 못되었다"고 하였다.

1924년부터 민세는 수필들을 발표하였다. 민세보다 10년쯤 나이가 아래인 김진섭과 이양하가 문단적으로 참신한 수필의 경지를 열었는데, 김진섭은 독문학 전공자이고 이양하는 영문학 전공자로서 서구문학의 전통과 감수성을 활용하였다.

그 뒤 육당은 1925년에 조선총독부가 관장하는 조선사편수위원이 되면서 일제에 대해 타협하기 시작하였다. 이에 비해 민세 안재홍은 시종일관 일제에 대한 비타협 독립운동의 노선을 걸어 1943년의 조선어학회사건 연루까지 아홉 차례에 걸친 투옥, 통산 7년 3개월의 감옥살이를 한다.

이 오랜 역정에서 민세는 조선사람, 인간의 가치, 사색의 심화, 정열과 긴장, 사심의 초월 등을 주제로 수필을 썼는데, 이 내용들은 정치적 논설을 넘어서는 의미를 지니며, 아울러 그의 실천적 민족운동의 사상을 이해할 수 있게 한다.

민세는 1927년 민족 독립운동의 상황 앞에 전개된 민족주의와 사회주의 계열을 한 데 묶은 '신간회'의 총무간사가 되었다. 그는 비타협적 시회주의자들을 포용하였다. 그러나 이른바 '주의'라는 것이 무엇인가. 민세는 수필 「그대는 조선 사람이다」에서 말하였다.

신(神)이 있거나 불(佛)이 없거나 그는 별문제이다. 우주는 질서가 있고 통일이 있는 일대 생명체이다. 오인은 무슨 주의자로 나기 전에 먼저 사람으로 났다. 사람답게 잘 살아보자 하는 것이 문제이다. 나의 앞에는 인종과 국경의 차별상이 없었다. 그러나 와서 보니 역시 조선 사람이었다. 나는 먼저 그들로부터 시작하여야 하였었다.

여기에서 보면 민세는 종교와 국적을 초월해 개방적이다. 다만 우주 안의 질서와 생명을 긍정한다. 그러나 조선인이라는 현실에서는 도피하지 않는다. 감당하는 것이다. 크고 깊은 내면적 진리를 알면서 현실에 참여하는 것이다. 그러므로 어떤 특정의 '주의'라는 것에 얽매이는 것은 비본질적인 편협한 생각이라고 말하고 있다. 이 큰 인식력은 민세의 일생에 걸쳐 변함이 없었다고 볼 수 있다.

「인간 가치의 등락」에서 말하였다. "종교가가 한번 나서매 천하의 만중(萬衆)이 모두 천자가 되었고, 인간의 가치는 하늘만큼 올라갔다.

종로의 거지도 모양은 허름할망정, 신의 아이인 영광을 얻었다.” 종교
의 의미에 의해 보건대 인간은 평등하고 존엄하다는 뜻이다. 이것은
민세가 소년 시절에 기독교청년회의 영향을 입은 흔적이다. 또한 이와
같은 심지가 해방 후 민세로 하여금 유물론적 이데올로기의 정치세력
에는 동조하지 않게 한 것으로 볼 수 있다.

「심화, 순화, 정화」에서 말하였다. “사람은 위난에서 살고, 안일에
서 죽는다. 나폴레옹 전쟁 시대까지 유린된 독일 인민이 혹은 헤르
더·괴테·쉴러 등의 문학과 피히테의 강론에 인하여, 우수한 국민성
을 창성한 것도 가장 특서할 사실이다.” 이는 한 국민이 역사적 시련
과 패배를 문학예술의 깊이 있는 사색을 통해 오히려 우수하게 다시
정신력으로 북돋우는 수가 있다는 뜻이다.

「위험한 속에 살라」에서 말하였다. “무엇으로써 천하의 동포에게
제창하랴. 그러나 다만 이 한 말, “위험한 속에서 살라.” 고통을 그대
로 사랑하자. 인생은 성공과 실패를 떠나서 다만 영원 미료(未了)한 사
업이 있을 뿐이다. 사람에 따라서는 영원한 고통도 되고 또 영원한 감
격과 투쟁과 희망도 될 것이다.” 이 글에서 민세는 니체의 투지 속에
담긴 성실과 열정을 인용하기도 하였다. 평범한 한 개인으로서나 역사
속의 조선인으로서나 필경 당하게 되는 고통 앞에 끝없는 긴장과 정열
을 가지고 대응하자고 하였다.

「철창에 잠 못 든 수인」에는 이런 이야기가 나온다. 1921년 민세가
대구 감옥에 갇혀있을 때였다. 저녁 식사와 점검도 끝난 시간에 한 방
에 있는 젊은 수인이 이야기를 하나 들려주었다. 여러 해 전에 그 젊은

이가 함남 지방에서 겪은 일인데, 갑작스런 홍수로 어린 소년 형제가 소구유를 타고 떠내려 와 사람들에 의해 구조되었다는 것이다.

그 이야기를 듣고 민세는 자신의 고향 집에 있는 어린 두 아들을 한 3년째 못 보고 있다는 생각이 나 한 밤을 꼬박 새운다. 과연 민세의 장남(안정용)이 쓴 「아버지와 나」라는 글에 다음과 같은 말이 나온다. "40이 넘은 나에게도 아버지와 한 집에 기거한 날이 1,2년이 될까 말까……."

이렇게 민세는 가정적인 안주도 못하고, 사심을 초월해 끝없이 나라 잃은 동포 사회의 일을 위해 분주히 살았다. 일신의 삶에 관한 이 같은 속 내용은 수필이 아니고야 어떻게 담을 수 있겠는가. 읽는 이로서는 그 시절 선인의 현실에서 처연함을 느끼게 된다.

민세는 기행문도 여러 편 썼는데, 대별하면 수필에 추가할 수 있다. 「백두산 등척기」「구월산 등람지」「서석산(무등산) 부감」을 비롯해 몇 편의 여행기가 더 있다.

이 중에서 「백두산 등척기」는 장편의 분량이다. 원산에서 출발해 두만강 기슭으로 오르고, 천지를 본 다음에는 압록강 기슭으로 내려선다. 국경의 역사 사연과 현지의 식물 분포를 포함해 하나의 문화사 기록이며 서사시 성격이기도 하다. 백두 영봉에서 읊은 '망천후(望天吼)'의 시가 장엄하거니와, 신무치 고원(高原)에서의 감개가 더욱 민세다웁다.

"시원한 꽃향기를 맡으면서 고원의 장막 속에서 감회에 젖어 있는데, 그 옛날 우리의 조상들이 유유히 이 영봉에 내려와 오늘에 이르기까지 그 몇 천 년이더냐! 오늘날 역중(域中)을 돌아보건대 자연 뜨거운 눈물이 맺히는 것을 뉘라서 알아주리! 오! 온 세상 모두 잠든 이 땅 위에 어느 누구 큰 꿈을 꾸고 있는가!”

민세는 단순한 미적 찬탄이라든가 애수의 감상으로 끝내지 못한다. 다시 일어서는 ‘큰 꿈’, 이것이 민세 필수의 주제이다.

「구월산 등람지」에서 민세는 북방 외족의 침입을 막은 강감찬 장군의 연고를 살핀다. 아사봉과 삼심전(三神殿)도 둘러본다. 한 때 단군이 도읍을 옮겨왔던 데라는 전설이 있는데, 대종교 교세가 근거지로 삼은 데가 삼신전이다. 이 세력이 뒤에 만주로 옮겨 가 북로군정서를 세우고 이어서 일본군을 맞아 청산리 전투에서 큰 승리를 이룬다. 그 일련의 일이 이 구월산에 뿌리를 두고 있다. 바로 이러한 사적들을 민세는 찾아다닌 것이다.

이 밖의 몇 편 회고담도 역시 수필에 추가될 수 있어, 민세 수필의 자산은 자못 풍성하다.

다만 민세 수필에는 약간 지나치게 한자 어휘가 섞여 있는데, 이 점은 김진섭 수필 이전 세대의 한계로 이해되어야 할 것이다. 민세는 육당과 같은 세대였는데, 육당이 기초한 기미 독립선언문에 한자 어투가 대단히 심하게 있음에 비하면 그보다 훨씬 유연한 민세 수필의 문장을 긍정하게 된다.

민세가 한글날을 맞이하여 “우리의 핏줄과 뼛골에서 우러나온 민족 문화의 보배”라고 동포 대중에게 사뢰는 글을 쓴 것도 우리말과 글에 대한 그의 진솔한 애정을 알 수 있게 한다. 이리하여 민세 수필 자산이 한국 근현대 문학사 안에 한 자리를 잡고, 마땅하고 적절한 해설이 가

해진다면 이것은 민족 정신사의 한 대목에서 진가를 빛낼 수 있을 것이다. 글은 그 글을 쓴 사람을 반영한다. 우리의 근현대사에서 민세만큼 올곧고 아프고 아름답게 산 인격이 묻혀있어서는 안 될 것이다.

◎ 민세와 통일

민세의 생애 역정에서 뚜렷한 세 거점이 있다.

하나는 일관되게 비타협적으로 민족의 독립운동을 추진한 업적이다.

둘은 일제 시대에 신간회를 조직해 좌우합작을 실현한 것이다. 신간회가 일제의 압제와 국제사회주의연대의 정책 변화에 따라 5년 만에 해체되기는 했으나, 신채호 · 한용운 · 조만식 · 안재홍과 홍명희 · 허헌 · 김준연을 한 자리에 모은 점, 단시일에 138개 지회와 3만7천 회원을 갖춘 위력은 높이 평가되지 않을 수 없다.

셋은 해방 후 약소민족의 차선책으로라도 현실에 참여하면서 계속 중도적 민족주의 노선을 추구한 것이다. 이 자세 때문에 민세는 6 · 25 납북 후에도 북녘에서 평화통일 운동을 지속할 수 있었다.

1965년 3월 1일에 민세가 별세했을 때 옛 신간회 시절의 동일 계파 동지로서 북에 있었던 홍명희가 장례위원장으로 나섰다. 민세의 묘소는 평양 교외 위인묘지에 비석과 함께 안치되어 있다.

일제 강점기와 해방 후 분단시대에 걸쳐 겨레를 위한 일에 일관되게 고난을 겪었고 역사 앞에 떳떳한 삶을 산 민세 안재홍 선생의 위치를 이제는 마지막으로 한국문학사의 한 자리에 값지게 복원하는 일이 남아 있다. 앞으로 간행될 범우사 비평판 한국문학전집의 한 권으로 민세의 수필문학이 자리 잡게 되는 일이 이 문학사 정돈 작업의 일환이 되기를 바란다.

문학사 성찰의 광범한 터전

백철의 비평과 생애

작고한 문학평론가 백철(白鐵, 1908~1985) 교수의 근 80년에 걸친 생애는 한국 현대문학사 판도에서 특별히 체험의 갈피가 많고 폭이 광범한 경우였다. 그는 조선인 유학생 신분으로 일본에서 프롤레타리아예술동맹 나프(NAPF)의 맹원이 되었고 귀국해서는 조선프롤레타리아예술동맹 카프의 중앙위원으로 지도적인 문학평론가 지위를 가졌다.

1934년 제2차 카프 검거 때 1년 반의 옥고를 치루고 나온 뒤에는 계급주의 문학운동으로부터 노선을 점차 전환해 일제의 전시 동원령에 타협하고 '현실 수리론(受理論)'이라는 좌절의 논리에 떨어졌다. 해방 직후 이데올로기적 분단의 기운 속에서는 중간파의 입장에 있다가 대학 강단비평의 길로 들어섰다. 1950년대 후반에는 미국의 뉴크리티시즘을 국내에 소개하고자 했고, 1963년부터 무려 20년 동안 펜클럽 한

국본부 위원장직에 있으면서 문단과 저널리즘의 중심적 거점을 이루고 있었다.

문학비평과 병행된 작업으로서 백철 교수는 한국문학사 기술을 추진했는데 이것은 해방 직후부터 시작한 일이다. 문학사 '전통론'에서 문제가 있기도 했으나, 현대문학사 전 기간에 걸쳐 문단과 작품들을 직접 접촉해 온 체험의 실증적 기술과 평가는 독보적인 성과였다.

한 비평가의 이만큼 다양한 편력 그 자체로 백철의 문예비평 일대기는 자연히 문학사적 터전이 된다. 이 터전 안에는 선구적 기개도 있고 좌절의 상처도 있다. 그러면서 백철 교수 스스로 전개하고 추진한 역사적 평가의 내용도 있다.

이제 백철 교수가 타계하고 근 20년이 지난 시기적 단계에서, 또 이른바 이데올로기적 분단의 냉전 상황이 본질적으로 상당히 해소된 시점에서 그의 비평작업 전모에 대해 객관적인 조명을 시도할 수 있게 되었다.

범위가 넓고 내용이 다양하므로 이번의 이 시론은 일일이 실증적 차원에 들어가지는 못한다. 우선 개괄하는 나름의 체계를 잡아 보고, 이 비평가의 생애 편력 이면에 있는 인간적 성품을 대입해 가며 전반적인 의미를 이해해 보려 한다. 한 비평가의 생애 한 부분에 상처가 있었다 하더라도 이것은 앞으로 역사를 살아가는 모든 이가 함께 숙고할 자료가 될 수 있을 것이다.

◎ 마르크스주의와 '인간'의 주제

백철(본명 世哲)은 1908년 3월 18일 평북 의주군 월화면 정산동(亭山洞)에서 소지주인 아버지 백무근(白茂根)의 둘째 아들로 태어났다. 어머니가 천도교 신자였는데 집에서 때때로 수운 최제우 교주가 지은 『용담유사』의 가사를 읊조렸다. 이것은 천도교의 성가와 같은 것으로서 "어화 세상 사람들아" 하는 조선조 후기가사 4·4조의 노랫가락 투였다.

어머니의 이 노래는 어린 백철에게 시적 정서와 함께 한글을 익히게 하였으니, 백철 교수의 회고에 의하면 일찍이 여기서부터 그는 문학의 기운에 접하게 된 셈이라고 한다. 넓은 그의 집 사랑방에서는 농한기에 마을 사람들이 모여 앉아 한 사람이 이야기책을 읽는 데에 귀를 기울였다. 소년 백철도 조숙해 이야기책 잘 읽기로 소문이 나 있었다. 당시에 소년 백철이 읽은 한글 이야기책은 『구운몽』『사씨 남정기』『옥루몽』『삼국지』 등이었다(자서전, 『진리와 현실』, 21면).

소년 백철은 이야기책 구하기에도 열심이어서 어느 해 정월 보름께에 집으로부터 60리 밖에 있는 비현(枇峴) 마을 장터로 『옥루몽』을 사러 갔다. 4책 1질로 된 책을 1원에 사고 주머니에 돈이 한 푼도 없었다. 점심도 굶고 책만 손에 든 채 산길을 돌아오다가 지쳐 성황당 돌무더기에 기대 잠이 들었다. 같은 마을 사람으로 장에 갔다가 돌아오던 한 어른이 발견하고 소년 백철을 소 바리에 태워 데려다 주었다. 이야기책에 이처럼 몰입한 것도 자신이 "문학적인 데로 가는 한 동기가 되었다"고 백철 교수는 회고하였다.

이야기책을 읽은 것만이 아니고 소년 백철은 마을의 한문 서당에 가서 『대학』『논어』『맹자』를 배웠고 한시(漢詩) 짓기에까지 두각을 드러내 글방 선생의 칭찬을 들었다.

그러나 소년 백철은 한 산촌에 묻히고 마는 것이 아니다. 바로 손위 형 세명(世明)이 서울로 가서 신학문을 공부하였다. 뒤에 법학전문학교가 된 경성법과양성소에서 공부를 하며, 아우인 세철에게 편지를 썼다. 서당에서 한문 공부를 하고 있을 때는 아니라는 것이다. 어머니의 영향으로 세명 형은 서울에서 천도교 본부에도 관계하며 『개벽』 잡지도 우송해 주었는데 이것은 신문학에 대한 대단히 진취적인 정보를 담고 있었다.

또한 세명 형은 1919년 3·1독립만세운동 당시 고향 마을에 돌아와 손수 태극기를 그리고 만세 시위의 선두에 섰다. 이 일로 세명은 일본 헌병대에 쫓기어 만주로 피신하고, 집에 홀로 있던 어머니가 헌병들로부터 집단 구타를 당해 몸이 만신창이가 되었다. 늦게 집에 들어간 소년 백철은 인사불성 상태에 있는 어머니를 붙들고 목을 놓아 울었다. 이때의 억울함과 불가항력의 공포는 백철의 일생에 잠재하는 의식이 되었다.

이러한 과정을 거치면서 백철은 신의주고등보통학교에 입학한다. 고보 시절에 백철은 『개벽』지를 통해 계속 신문학에 접하였다. 소설로서 염상섭의 「표본실의 청개구리」 현진건의 「타락자」를 읽었고, 시로서 김소월의 「진달래꽃」과 예이츠의 「버들 동산」(안서 김억 역)을 읽었다. 학교 도서실에 일어판 세계문학 명작들이 들어와 있었는데 백철은 『로미오와 줄리엣』을 읽으며 "안타깝고 아픈 감정을" 느꼈다. 1925년에는 조선프롤레타리아예술동맹(KAPF)이 결성된 것을 알았고, 그 다음 해에는 고보 졸업반인 5학년이 되었다.

신의주고보를 수석으로 졸업한 백철은 일본의 명문인 동경고등사범학교 영문과를 지망해 합격하였다. 신의주고보 출신 백철의 일본 동경고사 합격사실은 국내 신문 『동아일보』에 보도되면서 그 당시 수재로 사회의 촉망을 받았다.

1927년 동경고사에 입학한 백철은 휘황한 신문명의 대도회에 들어서서 처음에는 낭만적인 열정을 갖게 되었다. 바이런과 셸리의 시를 애독했고 감상에 젖은 시 「입술」「K양에게」 등이 교우지에 발표되어 화제에 올랐다.

그러나 입학 당시부터도 백철이 겪게 된 것은 당시의 세계적 경향으로서 마르크시즘의 정치사상과 노동운동이 대세를 이루어 나가는 현실이었다. 동경고사 학생인 백철은 낭만적인 시로써 『지상낙원』이란 동인지의 동인이 되어 있었으나 점차 마르크시즘 쪽에 이끌려 고전적 문학유산이나 낭만주의 문학을 부르조아 유한문학으로 비판하게 되고, 진보적 성향의 『전위시인』이란 지면을 꾸리는 그룹에 동참하게 된다. 그 지면에 시를 발표하다가 또한 「유물변증법적 이해와 시의 창작」이란 평론까지 쓰게 되니 이때부터 백철은 일본프롤레타리아예술동맹(NAPF)의 맹원으로 가입하게 되었다.

그 뒤 백철은 학업을 소홀히 하면서 경찰에 의해 중지당하기가 일쑤인 정치집회에 참석하고 메이데이 행렬 속에서 적기가를 부르며 함께 걸었다. 저녁이면 동지들과 좁은 하숙방으로 전전하며 토론을 하고, 거리의 야끼도리 포장마차에서 술을 마셨다. 학창시절을 이렇게 보내느라고 학구에 충실치 못했던 점에 대해 백철은 뒷날에 후회하기도 하였다.

한편 고향 집의 어머니가 천도교인이었고 바로 손위 형 세명이 서울의 천도교 본부 간부였으며, 백철은 도쿄유학을 위해 물심양면으로 형의 도움을 받았다. 일본 도쿄에는 종리원(綜理院)이라고 하여 기독교의 교회와 같은 집회소가 있었다. 백철은 자연히 이 종리원에 나가 도쿄에 와 있는 조선 천도교인들을 만났다.

도쿄의 천도교 거점은 연조가 오랜 것으로서 3·1독립운동을 일으킨 손병희와 최인(崔麟)이 3·1운동 이전부터 이곳에 와 오래 머문 일이 있다. 이 종리원에 드나드는 젊은 조선 천도교 신자들은 당시에 대개 마르크스주의에 기울어 있었다. 그러면서 천도교의 인내천(人乃天) 사상, "사람이 곧 하늘이다"라는 것이 민주적 평등사상이며 마르크스주의와 상통한다고 해석하였다. 젊은 문학평론가 김오성(金午星)이 이와 같은 논리를 주창하는 대표적 인물이었다. 천도교의 최인과 김오성은 1930년대의 국내 정세 속에서 다시 백철에 관계가 된다.

백철 자신은 천도교의 인내천 사상을 철학적으로 연구하는 편은 아니었다. 그래도 막연하게나마 "사람이 곧 하늘이다" 하는 데에서 '사람' 중심의 관념으로부터 영향을 받았을 수 있다. 백철이 동경고사 시절에 마르크스주의적 프롤레타리아 문학에 가담한 것은 그것이 그 시대 지식사회에서 대세를 이루는 경향이었기 때문이다. 마르크시즘만큼 강세는 아니었으나 무정부주의(아나키즘)의 경향도 있었는데 백철은 여기에도 어느 정도 적응되는 편이었다.

백철 교수는 자신의 삶을 회고하면서 비교적 솔직한 성품을 드러내고 있다. 소년기, 학창시절, 사회생활로부터 가정적 사생활에 이르기까지 자신의 약점을 가리지 않고 실토하는 편이다. 자신은 성격적으로 우유부단하고 유약하고 위선적이기까지 했던 사례들을 밝히고 있다. 이것을 긍정적으로 보면 자유주의적이라고 할지 인간적이라고 할지 참작할 점이다.

1931년 봄에 백철은 동경고등사범학교 영문과를 졸업하는데 장차 무엇을 해야 할지 자신이 서지 않는다. 학교에서 지도교수는 조선의 개성고보 교사로 갈 수 있다고 추천을 하는데 백철은 중학교 선생 노릇을 하고 싶은 생각이 없다. 그리하여 중학교에 부임할 수 있는 시기가 지나도록 도쿄에 머물고 있다. 일본 사회에 적응해 보려 해도 지식인 실업의 시대에 조선인 청년으로서 가능한 일이 아니었다.

무료함과 울분으로부터의 탈출을 위해 국내 저널리즘에 문학평론을 투고하였다. 당시 국내의 카프 문학권에서는 '농민문학' 문제가 제기되고 있었다. 백철은 도쿄의 천도교 종리원에 가서 국내 신문들과 『개벽』 잡지를 보고 있어 상황의 추이를 알고 있었다.

평론가 안함광이 『조선일보』에 발표한 「농민문학에 대한 일고찰」에 "빈농계급에 대한 프롤레타리아 이데올로기의 적극 주입 필요성이 있다"고 되어 있다. 소련의 하리코프에서 열린 국제혁명작가대회가

"농민문학은 국제 프롤레타리아 운동의 예비군이 되어야 한다"는 선언을 한 데에 이어서 나온 주장이었다.

이에 대해 백철이 다른 견해의 투고를 하였다. "농민도 역사의 한 주체이다. 농민문학은 프롤레타리아의 것이 아니고 농민 자신의 것이다."(「농민문학 문제」, 『조선일보』, 1931.10.1) 이와 같은 주장의 백철 문학평론이 『조선일보』 지면에 여러 회 연재로 게재되었다.

국내 문단에서는 "혜성과 같이 나타난 다크호스, 백철"이라는 여론이 일어났다. 원래 백철은 소년시절 고향에서부터 '수재'로 평판을 얻었고, 신의주고보 수석 졸업 후 명문 동경고사에 합격하고 졸업했으며, 당시 일본에서 시대기운을 타고 의기충천하던 프롤레타리아예술동맹(나프)에서도 정식 맹원이 되었다. 이만하면 자홀을 느낄 만도 하였다.

그 뒤 국내 문단에 데뷔해 선풍적 인기를 모으게 되었다. 바로 이 단계에서 백철은 자신의 정신 생리에 대해 발견하게 되는 것이 있다. 그의 자서전 『진리와 현실』(200~201면)에 이 대목이 잘 나타난다. 저널리즘에 대해 매력과 의욕을 느끼는 것이다. "프로문학 측으로선 저널리즘을 부르조아적인 상품 쇼우같이 봐서 몹시 경멸하였다. 그래서 같은 프로문학 진영에서도 하야시 후사오(林房雄)같이 저널리즘의 인기를 갖고 있는 작가를 이단시하기도 하였다. 그렇게 두 개의 바탕은 전혀 체질이 다른 것이다."(201면)

그런데 백철은 저널리즘에서 매력을 느끼게 된 것이다. "내 생리가 프로문학운동과 맞지 않는 이유가 되든지, 그렇지 않으면 의식적으로 방향전환을 하는 뜻이 될는지 모르지만 하여튼 이때부터 내 심정은 그 쪽으로부터 도피하고 싶은 경향에서 어떤 구실을 찾고 있은 것이 분명하였다.” 이렇게 중요한 방향전환의 동기에 대해 ‘하여튼’이라는 전제를 붙이는 것, 이것이 바로 백철이 자인하는 자신의 우유부단이며, 있는 그대로를 인정한다면 솔직한 성격이다. 아울러 백철의 당시 처지를 보면 일본 문단에의 진출도 여의치 않았고 생활을 위한 경제적 방도도 막연하게 되어 그 국면으로부터 도피하는 방편으로서도 귀국을 하게 된다.

동경고등사범학교에 재학하는 4년 동안 마르크스주의적 프롤레타리아 문학에 몰두한 끝에 백철은 그 프롤레타리아 문학이 획일적으로 교조주의를 강요하는 데에 회의를 느끼게 되고, 자유주의적 저널리즘의 소통 기능에 관심을 갖게까지 된 변화 속에서 1931년 10월 중순에 귀국한다. 그러나 그 뒤로도 몇 해 동안은 문단적으로 카프에 속해 있으면서 그의 문학관이 프롤레타리아 문학의 큰 테두리를 완전히 벗어나지는 않았다. 이데올로기 안에서도 ‘인간’이라는 거점을 중시하는 독자적 문학비평을 전개하였다.

귀국 후 첫 직장으로 천도교에서 운영하던 『개벽』 잡지사에 입사한 것을 시작으로 하여 계속 저널리즘 계통에 종사하면서 그는 문학비평 작업을 활발히 전개하였다. 「심리적 리얼리즘과 사회적 리얼리즘」(1933), 「인간 묘사 시대」(1933), 「인간 탐구의 도정(道程)」(1934) 이렇게 리얼리즘과 ‘인간’의 문제에 비평적 주제를 두어 나아갔다.

“자본주의 문학의 정통 문학도 역시 인간 묘사라는 곳에 그들의 관심과 주목이 쏠리고 있는 사실을 알고 있다. …… 우리들은 현대에 있어 두 가지 계급의 문학이 비록 동일한 문학으로서는 아니나 함께 인간 묘사에 주력을 집중하고 있는 것이 사실"이라고 말하고 있다.

"인간 묘사에 있어 개인의 개성의 행동과 특징을 무시하지 않고 언제나 그것을 통하여 사회관계의 본질과 운동을 표현하는 것이다."(「심리적 리얼리즘과 사회적 리얼리즘」, 『조선일보』, 1933.9.16) "금일의 본래의 진실한 문학에 있어 인간 탐구와 그 묘사는 작품의 중심 과제이다."(「인간 탐구의 도정(道程)」, 『조선일보』, 1934.6.2) 여기에서는 사회주의 리얼리즘에서든 본래의 진실한 문학에서든 "인간 탐구와 그 묘사는 중심 과제"라고 말한 것이다. 프롤레타리아 문학도 "인간 창조의 과제"(「도정」)를 지니고 있다고 하면서 "본래의 진실한 문학"에 일치시켜 생각하고 언급하고 있다.

이것이 더 나아가 「인간 탐구와 고뇌의 정신」(1936), 「우리 문단과 휴머니즘」(1936)에 이르면 정치와 이데올로기에 의한 종속에서 문학이 벗어나야 한다는 데까지 나아간다. 이 단계는 일제의 탄압에 의한 카프의 해체를 겪으면서 불가항력의 현실 추세에 타협하기 시작하는 구실의 논리로도 풀이된다.

그러나 사회주의 리얼리즘 안에도 인간 창조의 과제가 있고 본래의 진실한 문학은 "인간에 의하여, 인간을 위한 것"이라고 주창한 단계의 백철 비평은 더 바랄 것이 없을 정도로 원만하고 건강한 것이었다. 한 문학비평가의 생애에서 이만 한 단계의 정신편력 경지는 '절정'이었다고 평가할 수 있는 것이다.

백철은 1939년에 조선총독부의 기관지격인 『매일신보(每日新報)』사에 입사해 문화부장이 된다. 이때의 사장은 지난 날 천도교 본부의 중심인물로서 교주 손병희와 함께 3·1독립운동을 주도했던 최인이었다. 백철은 유학시절에 도쿄에서 최인을 만난 일이 있다. 이보다 앞서 1938년에 백철은 「시대적 우연의 수리(受理)」라는 평론을 발표한 일이 있다. 그 요지는 일본의 전시체제가 이미 정착된 것이 엄연한 사실이니, 이러한 상황에서도 사람들이 생존을 위해 가능한 한 유리한 요소들을 찾아 취택하는 수밖에 없겠다는 것이다(『조선일보』, 1938.12.2). 백철의 이 평론에 대해 역시 도쿄의 천도교 종리원에서 함께 만났던 문학평론가 김오성은 「마술적 정신과 역설적 정신」이란 평론을 통해 통렬히 반박을 한다(『청색지』, 1938.12).

이어서 백철은 1942년 3월부터 1945년 7월까지 『매일신보』의 북경 지사장으로 중국에 체재한다. 일제 말기의 이 중국행에 관해 백철은 국내 사정이 협박과 공포 속의 동원령이므로 '보호색'을 쓰는 구실로 피신을 하는 셈이라고 생각해 본다. 그러나 백철은 총독부 기관지의 특파원이라는 입장을 가지고는 '보호색'이라는 명분도 성립되지 않는 수사(修辭)로서, 부정한 현실과 타협하는 변명이었다고 그의 자서전에서 스스로 반성하였다(속 『진리와 현실』, 148면).

1945년 6월 중순경, 2년 반에 걸친 북경 생활에서 백철은 일본의 패전 기미를 결정적으로 인식하고 귀국을 서두른다. 1945년 8월 2일에 그는 서울에 돌아왔다.

해방 이틀 후인 8월 17일에 종로구 원남동의 한 건물에서 조선문학 건설본부 준비회의가 열렸다. 아직 이데올로기적 분열이 없었고 이원조·임화·김남천 등 과거 카프계 문학인들이 중심이 된 이 준비 모임에서 일의 실무적 구심점인 서기장 자리가 임화의 발의에 의해 백철에게 주어졌다. 과거의 친일 행적 때문에 몇 사람이 이미 퇴장을 당한 이 자리에서 백철이 서기장에 추대되는 대목에서는 반대하는 이가 없었다. 임화의 추천 취지 발언 때에 백철의 중국 체재가 가열되는 일제의 협조 압력에 대한 기피였다는 언급이 있었다.

그러나 이 대목에서 백철은 "양심의 가책을 느껴 그 서기장 자리를 맡을 수 없다"고 재차 천명해 그 모임의 지명을 벗어났다. 자신의 이 태도에 대해 백철 교수는 뒷날 자서전에서 그 때 결연히 '사퇴'를 한 것이 잘한 일이며 그 뒤 주변 사람들로부터 반향도 좋았다고 자위하였다. 그런대로 문학평론가 백철의 일생에서 가장 어려웠던 사회적 처신의 명분 문제는 이 정도에서 수습이 되었다.

그 뒤 백철이 할 수 있는 일은 1945년 10월부터 이미 들어서게 된 대학 강단의 문학 강의였다. 그리고 다른 한편으로는 '문학사 기술'의 작업이었다. 실상 문학사 기술은 비평작업의 동반적 기능이다. 웰렉은 『문학의 이론』에서 말하기를 "작품을 예술적으로 평가할 수 있어야 문학사도 쓸 수 있으므로, 문학사가가 되기 위해서는 먼저 문예비평가가 되어야 한다"고 하였다.

한국의 문학사 기술은 김태준이 고전문학 부분만 가지고 소설사를 썼고, 임화가 신소설 초기 단계까지 문학사를 쓰다가 중단했으며, 박영희의 문학사 기술은 출판이 되지 못하고 있었다.

백철 교수는 『조선 신문학사조사』(수선사, 1948), 『조선 신문학사조사 · 현대편』(백양당, 1949), 『국문학전사(國文學全史)』(신구문화사, 1957. 이병기와 공저) 등 저서를 통해 일제 말엽까지의 한국 현대문학사 기술을 최초로 이룩하였다.

문학사 기술과 아울러 백철 교수는 「국문학사 서술방법론」(『사상계』, 1957.3)을 제시하였다.

각개 작품이나 작가에 대한 단순한 축적적 총화로써만은 문학사는 결코 형성되지 않는다. 즉 우리는 한 시대의 개개의 작품에 공통되는 본질적인 특성을 찾아서 그것을 정확하게 체계화함으로써 문학사의 최종적인 방법이 확립되는 것이라 하겠다. 그리고 이 체계화란 단순한 과거의 상태를 그대로 복구시키는 데에서 그칠 것이 아니라 항상 현재의 그 혈맥이 상통하는 연관성 아래에서 체계화되는 것을 의미하며, 또한 나아가서는 현대문학에게 앞날에의 통로를 제시함으로써 그 사명은 비로소 완수되는 것임을 잊어서는 안 될 것이다.

이렇게 '혈맥'의 상통을 감지할 수 있어야 한다고 하였다.

혈맥의 상통은 문학사의 '전통' 의식이며 전통의 이해를 위해서는 언어학 · 역사학 · 민속학을 비롯한 온갖 보조과학이 동원되어야 한다고 하였다. 이것은 역사의식에 겸한 실증·배경·전망의 총화를 뜻하는 것으로서 비로소 문학사 방법론의 근대화를 보여 준 것이다.

다만 백철 교수의 문학사 방법론에서 문제가 되는 것은 '전통의 혈맥'을 강조해 놓고서, 민족의 언어 표기 즉 한글을 근거로 해서만 국민문학(민족문학)의 실체를 인정할 수 있다고 한 점이다. 그러면 한글 시대 이전의 고려속요와 신라의 자국어 문학인 향가(향찰 표기)의 연속되는 실체를 어떻게 수용한다는 말인가. 그 시대의 문학에 준 국문학적 개념을 해당시키는 것도 적절치 못하다.

이러한 문제는 60년대 이후 국문학계에서 전사적(全史的) 소통의 실체 인정 방향으로 시정이 되었다. 백철 교수 방법론 단계의 일부 문제는 그 시대 나름의 한계였던 것으로 인식하게 된다.

그러나 한국 현대문학사의 전체 기간에 걸쳐서, 문단과 작품의 여러 경향에 걸쳐서 몸소 체험한 문예비평가 백철 교수가 감당한 현대문학사 내용은 독보적으로 충실하고 생동성을 띠고 있다. 이러한 문학사 기술 작업에 자연히 병행하게 되는 현역 비평의 활동도 백철 교수는 일정하게 지속하였다. 그와 같은 활동의 한 측면으로서 백철 교수는 60년대부터 20년간 국제펜클럽 한국위원회 위원장직을 수행한 사실이 있다.

백철 교수가 평생에 걸쳐 감당한 문예비평·학문 연구·사회적 실천의 내용에서 후진들은 힘입은 바 있으며 또한 일부 성찰의 자료와 과제를 물려받고 있다.

한국 현대소설사의 구상

한국 현대사에서 60년대와 70년대는 격동과 변화가 큰 대전환기였다. 60년대에는 4·19민주혁명이 있었고 뒤이어 5·16 군사통치가 시작되었다. 70년대에는 고도의 산업사회가 이루어졌고, 이농과 도시빈민 현상이 생겨났다.

문학이 사회 현실의 직접적인 산물인 것은 아니다. 생각과 발성의 결합을 의식하기 이전에 이미 언어가 존재한다. 언어는 사고(思考)의 체현이 아니라 체현된 사고로서 원초적인 존재와 같은 것이다. 사회적 사건 이전에도 인간이 있고 이후에도 인간이 있다. 인간이 언어를 매체로 하여 창작하는 문학은 그 자체로서 독자적이다.

그러나 문학이 사회 현실로부터 격리되어 있는 것은 아니며 오히려 긴밀히 연대되어 있다. 이 연대를 통해 작가는 타성적인 개인을 벗어

나서 사회적 총체성을 형상화하는 일에 진입하게 된다. 거기에서 작가는 괴롭고 기쁜 의미로 가득찬 삶에 눈뜨는 인간이 되며, 멀리 있는 이상을 향해 끝없이 걸어가게 된다.

이 과정에서 작가가 개성과 체험에 따라 완결하는 의미의 세계가 소설이다. 이리하여 같은 시대 같은 사회에서도 다양한 작품들이 나타나게 된다. 이 여러 작품들을 하나의 역사적 안목으로 정돈해 보면 편의적으로 몇 가지 유형을 헤아리게 된다. 그리고 한 작가의 작품들도 몇 가지 다른 의미 범주에 연관될 수 있다.

그러면서 같은 시대의 여러 작품들이 형성하는 대체적인 흐름이나 경향을 볼 수 있고, 또 독특하게 이채로운 경우가 있을 수도 있다. 이 모두가 소설을 통해 한 시대의 의미와 가치를 수렴하는 일이 될 것이다. 또는 어떤 문제를 제기해 논의의 여지를 마련하게 될 수도 있다. 그리하여 이 시대 문학사의 한 영역이 다음 시대에 전개될 작업에 이어지는 기능을 하게 된다.

◎ 4·19혁명과 소설

한국 근대 정신사의 큰 거점으로 1894년의 동학농민혁명, 1919년의 3·1독립운동, 그리고 1960년의 4·19민주혁명이 있다.

한국의 60년대 소설은 4·19민주혁명과 더불어 출발하게 된다. 50

년대는 6 · 25 전쟁의 시기로서 동족 상잔의 비극과 전쟁으로 인한 생명의 극한상황을 민족 구성원 모두가 체험하였다. 엄청난 불행이었지만 이 고난을 통해 사람들은 정신적으로 한 단계 성숙하였다. 이러한 비극의 원인인 남북 분단은 어떻게 초래된 것인가, 대립하는 남북 체제의 이데올로기는 어떻게 다른가, 남한은 자유민주주의 체제인데 과연 민주주의는 제대로 실현되고 있는가. 이러한 문제들을 가지고 한국의 사회 현실에 대한 국민의 의식이 고조되어 있었다.

1960년 3월에 대한민국 정 · 부통령 선거가 실시되었다. 3월 15일의 투표율이 94.3%라는 것부터 조작이고 군대를 비롯한 여러 곳에서 부정투표 사례들이 속출하였다. 대구 · 마산 · 서울로 이어지며 학생과 시민들의 항의 시위가 일어났다. 4월 19일 서울에서 경찰의 발포로 142명의 젊은이들이 목숨을 잃었다.

그러나 시위는 진정되지 않고 26일에는 군중이 10만 명에 이르니 이승만 대통령이 하야를 선언하였다. 이 나라 수천년 역사에서 민중이 궐기해 중앙 권부를 전복한 최초의 사건으로서 민주혁명이었다. 그 결과로서 야당인 민주당이 집권하고 제2공화국이 수립되었다.

새 정부는 그 동안 언론자유를 통제해 온 미군정 법령 제88호를 폐기해 언론 · 출판의 등록제가 실시되었다. 역사상 최대한의 자유가 보장되었다.

이러한 상황의 변화가 왔지만 소설 작품들은 즉각적으로 4 · 19혁명을 다루지는 못하였다. 시는 감수성만으로도 혁명 당일의 가두를 즉각 반영하였다. 그러나 소설은 장르 양식의 특성 때문에 시간의 여유를 필요로 하였다. 소설은 달리 역사적 불행의 원천인 '남북 분단' 자체에서 부터 다루기 시작하였다. 이 문제는 이미 작가에게 축적된 내용이었다.

억압된 작가의식이 분출한 첫 번째 소설이 최인훈의 중편 「광장」이 었다. 이 「광장」의 출현에 대해 김현은 다음과 같이 언급하였다.

정치사적인 측면에서 보자면 1960년은 학생들의 해이었지만, 소설사 적인 측면에서 보자면 그것은 『광장』의 해이었다고 할 수 있다. 그것을 『새벽』(10월호)에서 처음 읽었을 때의 감동을 나는 잊을 수가 없다. 장 용학의 지나치게 고압적인 관념어들과 손창섭 유의 밑바닥의 삶, 그렇 지 않으면 초기 김동리의 토속적인 세계에 식상하고 있던 나에게 그것 은 지적으로 충분히 세련된 문체로, 이데올로기와 사랑에 대해서 말하 고 있었던 것이다.[1]

작가 최인훈 자신이 『광장』 초판본 머리말에서 4·19혁명으로 인 한 상황의 변화에 대해 다음과 같이 언급하였다.

우리는 참 많은 풍문 속에서 삽니다. 풍문의 지층은 두껍고 무겁습니 다. 우리는 그것을 역사라고도 부르고 문화라고도 부릅니다. 인생을 풍 문 듣듯 산다는 것 슬픈 일입니다. 풍문에 만족치 않고 현장을 찾아갈 때 우리는 운명을 만납니다. 운명을 만나는 자리를 광장이라 합시다. 광장에 대한 풍문도 구구합니다. 제가 여기 전하는 것은 풍문에 만족치

---

1) 김현, 『최인훈 전집』 1, 문학과지성사, 1976, 해설에서.

못하고 현장에 있으려고 한 우리 친구의 얘기입니다. 아시아적 전제의 의자를 타고 앉아서 민중에겐 서구적 자유를 '사는 것'을 허락지 않았던 구정권하에서라면 이런 소재가 아무리 구미에 당기더라도 감히 다루지 못하리라는 걸 생각하면 저 빛나는 사월이 가져온 새 공화국에 사는 작가의 보람을 느낍니다.[2]

위 작가의 말에서 '현장'은 남북한의 체제현실을 말하고 있다. 「광장」의 주인공 이명준은 남한에서 월북한 아버지 때문에 고초를 겪는다. 서해를 통해 월북한 후에는 북한 체제의 전체주의적 도식성 때문에 적응하지 못한다. 전쟁이 나서 남하하는 인민군에 속해 있던 이명준은 포로가 되고, 휴전이 성립되어 남북이 포로 교환을 할 때에 이명준은 제3국을 택해 배를 타고 떠났다가 스스로 바다에 투신해 죽는다.

이 소설이 남과 북에서 양명한 '광장'으로서의 구체성을 보여 주는데에 불충분했다든가, 끝 부분이 남과 북에서 사랑했던 여인들을 생각하며 자살을 하는 주인공에 대해 회의적인 반향들이 있다. 그러나 소설 『광장』의 획기적인 의의는 작품의 무대를 민족의 남과 북 전역으로 개방하고 확장했다는 데에 있었다.

실로 역사와 문화 안에서 살려면 인간이 서는 자리가 개방된 현장이어야 한다는 기본 조건이 중요하였다. 이 조건을 경쾌하고 세련된 문체로 다루어 소설 『광장』이 4월 혁명의 벽두에 신선한 바람을 일으키는 역할을 하였다.

---

2) 최인훈, 『광장』, 정향사, 1961, 1면.

뒤를 이어 이호철의 단편 「판문점」(1961)도 남과 북의 다른 이데올로기에 담긴 분위기 속에서 대화의 자리를 마련하는 것으로 역량을 보여주었다. 「판문점」의 무대는 남과 북의 현장은 아니다. 남과 북의 정전회담 당사자들이 만나는 장소인 판문점에서 만난 북쪽의 여성 기자와 남쪽의 남성 기자가 한 차 안에 숨어 들어가서 벌이는 토론의 형식이다. 북쪽 기자가 남쪽 기자를 설득하려든다. "우리 모랄의 기본이 뭣인지 아세요? 우리 전체가 나갈 바 방향이야요, 개인은 거기 한 데 엉겨 있어요. 그리구 이 속에서 자유야요. 당신의 생각은 나태 그것이야요. 타락되고 싶다는 말밖에, 놀고싶다는 말밖에 아니야요." 남쪽 기자는 성숙한 남자투의 익살로 응수한다. "놀고싶고 적당히 나쁜 짓 하고싶은 자유란 최고급이지요. 그것을 크낙한 관용으로 받아들일 수 있는 사회가 있어요. 부피와 융통이 있는, 그런 것이 적당히 용서가 되면서도 전체로 균형이 잡혀 있는……."

이러한 대화는 논리적 합리성을 가리기 이전에 남과 북의 서로 다른 삶의 분위기를 실감케 한다. 그러면서 사고의 성숙된 수준과 여유를 지닌다.

이만한 단계에서 한국의 문학은 역사라든가 문화를 실제로 감당할 만하게 되었다. 유럽에서는 19세기 후반부터 역사 기술의 방법을 문화사를 중심으로 하는 것으로 택하게 되었다. 떼느와 람프레히트의 생성사관이 바로 문화사관이며, 20세기의 쉬펭글러와 토인비가 추구한 당위사관으로서 문명사관도 마찬가지 성격이었다. 왕조사나 정치사 중심의 사관은 지난 시대의 것이 되었다.

한국에서 1960년에 민주주의 시민혁명이 한 차례 성공한 것은 문화 사관의 시대를 열 수 있게 한 것이다. 그 뒤에 오는 군사 쿠데타로 인한 차질은 또 하나의 지루한 시련이었다. 그러나 그것은 결국 정대한 가치관에 의한 역사적 청산 대상이 될 뿐이다.

문학은 이 역사 발전의 차질 문제와 관련해 부득이 고뇌하고 또 분투하며 진로를 열어 나아갔다. 이러한 뜻에서 4·19혁명의 현장에서도 불명료했던 의식의 문제와 혁명 후에 겪은 좌절을 포함해 한국 현대 문학사는 시민의식의 역사적 정착을 위한 천착을 좀 더 가져야한다.

4·19 당일로부터는 훨씬 오랜 시간을 가지면서, 4·19를 주제로 한 소설들이 발표되었다. 작품이 발표가 앞서고 뒤선 차이는 굳이 생각하지 않더라도 한 시대 안에서 함께 4·19를 다룬 내용과 의미들을 총괄해 볼 수 있다.

먼저 박태순의 「무너진 극장」(1974)을 볼 수 있다.

그날은 4월 19일의 데모가 일어난 지 벌써 엿새가 흐른 4월 25일이었다. 경미한 부상을 당했던 나의 몸은 어느 정도 나아져서 기동할 만했다. 나와 광득이는 아침 열시 쯤 바깥으로 나가다가 융만이를 만났다. 융만이는 마포형무소에서 금방 풀려 나온 길이라고 했다.

"부정선거를 했던 정권은 망하고야 말 것이다" 하고 광득이가 심각한 얼굴로 말을 받았다.

"그래 혁명이야" 하고 광득이가 다시 동의했다. "앞으로 어떻게 될 것이지?" 이어서 광득이는 혼잣소리로 말했으며, 거기에 답변을 하지 못한 채 우리는 걸어서 시내의 중심가로 나왔다.

　이날 밤 이들은 종로5가에 있는 임화수의 평화극장을 때려부수는 인파에 휩싸였고 거기에서 군인들의 발포로 총탄을 맞는 시위자도 생겼다. 혼란과 무질서 속에서 그들은 이 사태가 어떻게 귀결될지 짐작도 못하였다. 바로 다음 날인 26일이면 이승만 대통령의 사임 발표가 나오게 되는데도 시위 학생들은 그 사태의 추이에 대해 확신이 없었다.
　성공했던 혁명이 9개월 만에 군사 쿠데타에 의해 역전되자 혁명 세대의 좌절은 자의식으로 심화되었다. 그것이 김승옥의 「서울, 1964년 겨울」(1965)이었다. 김승옥은 「무진기행」(1964)을 통해 신선한 감수성의 문체로 이미 탁발한 위치에 올라 있는 작가였다. 그러나 그도 4·19 세대로서의 좌절을 예민하게 지니고 있었다.

　　"김형 꿈틀거리는 것을 사랑하십니까?"
　　"사랑하구 말구요 …… 아침의 만원 버스간 속에서 보는 젊은 여자 아랫배의 조용한 움직임을 지독히 사랑합니다. 안형은 어떤 꿈틀거림을 사랑하십니까?"
　　"그냥 꿈틀거리는 거죠. 그냥 말입니다. …… 예를 들면…… 데모도."
　　"데모가? 데모를, 그러니까 데모…….”
　　"서울은 모든 욕망의 집결지입니다. 아시겠습니까?"
　　"모르겠습니다."

이 소설 「서울, 1964년 겨울」의 마지막 장면은 이 '그냥 꿈틀거리는 것'을 사랑하는 '안'이란 청년이 눈 내리는 가두에서 무언지 곰곰이 생각하며 서 있는 모습을 부각하고 있다. 이처럼 시치미를 떼는 표현 기법으로 김승옥의 소설은 4·19의 좌절을 깊은 자의식 또는 자조가 되게 하고 있다. 그의 예술적 재기가 이러한 의식(意識)의 문제를 어떻게 감당하게 되는지에 따라 그의 전도가 좌우될 만한 문제였다.

신상웅의 「불타는 도시」(1970)는 4·19의 현장에 충실한 작품이다. 신상웅은 장편 『심야의 정담(鼎談)』(1972) 단편 「추적」(1970) 「분노의 일기」(1972) 등을 통해 현실의식을 견지해 나간 작가이다.

소설 「불타는 도시」에는 어떤 관념적인 독백이나 회의가 나타나지 않는다. 반면에 영웅주의 같은 것이 드러나 있는 것도 아니다. 4·19 날 종로4가 동대문경찰서 앞 데모 현장에서부터 사태가 전개된다. 지프차 위에 서서 피 묻은 자켓을 높이 쳐들고 고함을 치는 청년이 있고 이마에 수건을 동여맨 청년들이 새까맣게 매달린 대형 소방차가 쏜살같이 내달리기도 한다. 그러나 장갑차를 앞세운 기동대가 총을 쏘며 시내를 포위해 들어오자 학생들은 변두리 지대로 탈출한다. 소설 속의 윤석·인구 등 한 떼의 학생들은 경찰에게 계속 추격을 당해 정릉 산골짜기에까지 밀리고, 밤에 산을 넘어 새벽에 세검정으로 내려선다. 이렇게 쫓겨가면서도 그들은 "그러나 우린 이긴다." "너, 플랙카드 내버리지 않았겠지?" 하며 계속 투지를 다진다.

세검정에 내려선 학생들은 한 반 친구 진수가 총탄을 맞고 그 곳에 실려와 땅바닥에 누워 있음을 발견한다. 가정 경제가 어려워 등록금을 제 때에 내지 못하던 학생이다. 희생 학생의 신원이 방송을 통해 알려지자 학우들과 교수까지 새벽녘에 달려와 죽은 진수 곁에 둘러 선다. 마침 숫아오르고 있는 아침 햇살이 누은 진수의 얼굴을 자애롭게 어루만져 준다.

이 작품에서는 4·19가 단선적으로 그려져 있지 않고, 생활과 우정과 사제의 정이 한 데 어우러져 있다. 아침 햇살을 빌어 혁명에 대한 신념의 자연스러움을 형상화해 놓았다.

◎ 토착사회의 민족의식

혁명, 그리고 뒤이어 일어난 반혁명으로서의 5·16군사통치. 통치자들은 이 사태도 혁명이라고 불렀다. 범속한 대중은 별 의식 없이 시정(市井)의 일상 속에서 삶을 영위해 나아간다.

혁명이 일겠으면 일구, 나라가 바뀌겠으면 바뀌구 아직 이인국의 살 구멍은 막히지 않았다. 나보다 얼마든지 날뛰던 놈들도 있는데, 나쯤이야……

전광용의 단편 「꺼삐딴 리」(1962)의 끝 부분이다. 5·16을 겪고서 발표된 소설이다. 이인국은 「꺼삐딴 리」의 주인공으로서 의사이다. '꺼삐딴’은 러시아어 ‘까삐딴’이 해방 직후 북한 사회에서 와전 된 채로 통용되던 말로서, 우두머리 또는 출세한 사람을 가리키는 뜻이 있었다.

의사 이인국은 일제 때 자기 병원문에 ‘국어상용의 집(國語常用の家)’이라 써 붙였고 자식들도 일본 학교에 입학시켰다. 집안에서 가족들도 일본어를 상용했고 심지어는 잠잘 때 잠꼬대도 일본어로 할 정도였다. 그러다가 일본이 패망하고 북한에 소련군이 진주하니 속히 러시아어를 배우고 소련군 장교 스테코프 소좌의 혹을 수술해 준 덕으로 친일파 단죄에서 벗어나 오히려 유력한 입장이 된다.

6 · 25전쟁을 만나 이번에는 1 · 4후퇴 대열에 끼어 월남한 이인국이 이번에는 다시 영어를 신속히 익히고 딸을 미국에 유학 보내는 등 친미파로 변신한다. 이인국 자신도 미 국무성의 초청을 받게 되도록 미 대사관에 교섭을 한다.

이렇게 시대 현실이 바뀔 때마다 스스로 변신을 해 권력에 영합함으로써 일신의 영달을 누리는 속물의 전형이 의사 이인국이다. 소설에서 이인국은 “나보다 얼마든지 날뛰던 놈들도 있는데, 나쯤이야 ……”라고 말한다. 전광용의 소설은 간결하고 정확한 사실적 문체로 현실의 부조리를 고발하고 있다.

실제로 의사 신분보다는 더 유력했던 정치인과 재산가, 고등경찰 등 친일파 계열의 인물들이 대한민국 사회에서 다시 득세해 잘 살고 있는 것이 현실이었다.

이것은 모두 제일공화국의 이승만 대통령이 반민특위를 해체하고 친일 전력이 있는 이들을 사회 각 분야에 재등용한 데서 빚어진 현상이다. 그리하여 일본군 장교 출신이 제3공화국의 대통령이 될 수도 있었고, 역사 청산의 숙제가 계속 이 사회에 남게 되었다.

청산되지 못하는 역사의 부조리를 고발하고 증언하는 것이 전광용의 「꺼삐딴 리」였다면, 민족 현실로서의 역사 또는 근대 시민사회에 대해 아예 관련조차 갖지 않으면서 소설을 쓰는 경향도 한 편에서는 의연히 지속되고 있다. 그것은 김동리의 소설이다. 「등신불(等身佛)」(1961)과 「을화(乙火)」(1978)가 그것이다.

단편 「등신불」의 주인공은 1943년 중국에 진주해 있던 일본군으로부터 탈출하는 조선인 학병이다. 시기적으로 보아 이러한 상황은 으레 탈출한 학병이 대한 광복군을 찾아갈 법하다. 그러나 김동리의 이 소설에서는 일본의 제국주의 침략전쟁이라든가 조선 출신 지식청년의 민족의식 등에 대해서는 한 마디의 언급도 없다.

탈출한 학병이 찾아가는 곳은 중국 사회에 깊숙이 자리잡은 정원사라는 절이다. 거기에서 주인공은 만적이라는 스님이 어린 시절 고향에서 겪은 가족 관계의 회한과 입산 후 소신공양(분신)을 하는 이야기가 전부이다. 작가는 이 소설에서 주인공으로 하여금 시대적 사회적 현실 안에서의 위치 문제를 의도적으로 배제하였다. 바로 이와 같은 주제 설정 대목에 관해 김윤식은 작가 김동리의 "근대성 부정으로 밖에 볼 수 없는 것"이라고 하였다.[3]

여기에서 김동리가 '근대성'을 부정했다는 것은 이미 현실이 되어

---

3) 김윤식, 「'구경적(究竟的) 삶의 형식'의 문학관 형성과정에 대한 연구」, 『한국학보』 제71집, 일지사, 1993년 여름호.

있는 근대로부터의 탈출을 의도했다는 뜻이 아니다. 그것은 아예 '근대 이전'에 머무르고자하는 것이다. 이렇게 될 때 김동리 소설의 중심 주제는 필경 한국의 일종 원시신앙이라고 하는 샤머니즘에 관련해 작품을 평가하게 된다. 샤머니즘을 주제로 한 소설로서 김동리는 장편 『을화』(1978)를 새로이 발표하였다. 이 『을화』를 발표하면서 작가는 다음과 같은 '후기'를 붙여 놓았다.

> 나는 이번의 『을화』를 통하여 먼젓 번 「무녀도」에서 줄거리의 일부에다 분위기만 붙여 두었던 이 샤머니즘의 세계를 문학적으로 형상화시키는 일과 아울러 샤머니즘에서 이승과 저승에 관련되는 새로운 문제점을 한국문학과 나아가서는 세계문학에 제의해 보고자 하는 것이다.[4]

1936년에 단편 「무녀도」를 발표했고 1978년에 이것을 확대해 장편 『을화』로 발표했다는 것은 작가 김동리 필생의 중심 주제가 이 샤머니즘이라는 것을 말해 준다.

김동리의 소설로 일찍이 「혈거부족」 「귀환장정」 「흥남철수」 「밀다원 시대」 등 역사적 현실에서 취재한 작품들이 있었다. 그러나 이러한 작품들 속에는 작가가 현실 사회에 참여해 문제를 감당하고 그 안에서 궁극의 이상을 내다보는 주제가 없었다. 이 계열의 작품들은 김동리에게 부차적 관심의 작업이었다.

---

4) 김동리, 「『을화』 후기」, 『문학사상』, 문학사상사, 1978년 4월호, 354면.

김동리의 샤머니즘 지향은 원래 그 규모가 크다. 그는 20세기의 서구문명이 그리스도교의 신을 반대하는 '근대 인간주의'로 혼돈과 파괴를 초래하고 있다는 데에 착안한다. 그리스도교의 신은 원래 초자연적인 신이었지만 이제 우리 민족 안에서 대안을 찾자면 좀 더 자연적인 신이라야 하며, 새로운 형의 인간은 좀 더 신을 내포한 인간 즉 여신적(與神的) 인간형이라야 한다고 본다. '신들린 인간'이라고 할 만한 인간형이라고 그는 보고 있다.5)

일찍이 김동리는 일제하 상황에서 서양 나라들이 그리스도교를, 중국이 유교를 정신적 지주로 지니고 있는 것을 보고, 이러한 완성 종교들이 들어오기 이전 상고시대에 우리 민족이 지녔던 원시신앙으로서의 샤머니즘에서 '민족의 얼과 넋'을 취하려했다는 말도 하고 있다.

그러면 신들린 인간, 민족의 얼과 넋을 취한 인간, 이승과 저승의 문제를 보는 인간을 주제로 한 소설은 어떠한 것인가.

『을화』에서 보면 무당 태주 할미가 네 살배기 소년 기호의 사지를 묶고 헝겊으로 입을 틀어막은 후 독에 넣어 굶겨 죽인다. 나흘만에 죽은 남의 집 귀한 자식의 손가락 끝마디를 가위로 잘라 깜장 비단에 싸서 고의 속에 찬다. 그리고 소년의 시체는 뒤꼍에 묻는다. 이렇게 함으로써 무당은 이른바 명도(明圖)를 얻어 신통력이 생기는 셈이 된다.

이것은 근대 시민사회의 양식으로서는 이해하기 어려운 상면이다. 분명한 하나의 살인 문제는 어떻게 긍정될 수 있으며 무당을 통해 인간의 혼이 저승에 인도된다는 것에 인간의 구원(救援)을 의탁할 만한

---

5) 김동리, 「무속과 나의 문학」, 『을화』, 문학사상사, 1986, 277~278면 참조.

것인지, 한국 민족의 얼과 넋의 본질과 그 차원은 어떻게 설명될 수 있는 것인지, 이것이 세계문학에 제기할 만한 주제가 될 수 있을지에 대해 한국문학계의 연구가 분명히 추진되어야 할 것 같다. 60년대와 70년대에 발표한 김동리의 소설 「등신불」과 『을화』가 이러한 연구를 불가피하게 요청하고 있는 것이다.

60년대에 들어와서도 김동리 소설이 인간 삶의 현장이며 역사의 실체인 '사회적 현실'에 연관되기를 거부한 이유는 무엇일까. 「등신불」의 조선인 학병이 중국에서 일본군을 탈출했는데 조선의 운명에 대해서는 한 가닥의 관심도 없이 중국인들의 절간으로 들어간 이유는 무엇일까. 여기에는 작가 김동리의 지론인 이른바 한국적 '순수문학' 이론이 관계되어 있다고 보게 된다.

조연현의 「한국 신문학사 방법론 서설」(1965)에서 보면 문학이 인생의 표현이요 '시대의 반영'이라고 하면서, 10년 단위의 시대 현실에 문학의 현황을 나란히 묶어 나아간 것이 있다. 거기에서 보면 '1930년대' 단계를 만일사변부터 8·15까지로 해 문학의 형세로서는 "성숙기, 순수문학 주류시대(현대적 성격의 문학 대두)"라고 되어 있다.

그러나 실상 그 당대에는 이른바 '신세대 논쟁' 과정에서 "순수·순수성·순문학" 등의 어휘가 쓰였고, "순수문학, 순수문학 주류" 등의 개념은 없었다. 1945년 해방 이후에 남북이 분단되면서 북쪽이 공공연히 정치 위주의 문학을 표방하였다. 이에 남쪽에서는 반대 방향을 취하는 사정에서 비정치적 문학이 되고, 이것이 더 나아가 사회 현실과 무관한 것이 순수문학인 것처럼 여겨지게 되었다. 이러한 관념으로

서의 순수문학이 적어도 1950년대까지는 한국문학계를 지배하다시피
되어 왔다.

1950년대 말에 이미 시작되어 1960년에 4·19민주혁명을 거치면서
문학이 사회 현실에 무관해야 한다는 주장은 설득될 수도 없을뿐더러
그렇게 생각하는 작가가 거의 없게 되었다. 최인훈의 『광장』과 이호철
의 「판문점」이 그 실증이 되고 있다. 인간은 원래 사회적 동물이며 작
품은 인간 개성의 표현일 뿐 아니라 시대정신의 소산이라는 것이 당연
한 이치로서, 60년대에는 모든 문학인이 스스로 의식하지 않고서도 사
회 현실 안에서 제재를 취해 생동하는 인간의 삶을 표현해 나아갔다.

이러한 문학적 상황에서 작가는 전제된 어떤 이데올로기의 도식과
관계없이 다양한 형태로 시대 현실에서 겪는 충격과 고뇌 또는 이상을
작품으로 형상화해 나아갔다.

해방 직후의 한국 사회에 발생한 예리한 충격을 상당한 기간 속앓이
로 삭이다가 신랄한 풍자로 터뜨린 한 편의 소설이 남정현의 「분지(糞
地)」(1965)이다. 남정현은 1958년 『자유문학』을 통해 등단한 작가로서,
불의의 현실에 대해 끈질기게 고발하고 풍자해 왔다. 이 작품의 형식
은 소박한 감정에서 시작해 민망하고 착잡한 상황으로 격발해 나아가
는데 그 이유는 주제가 지니는 도덕성의 문제 때문인 것으로 보인다.

“아가야 이제 아빠가 오신단다.”
“뭐 아빠가?”
“그럼 아빠가 오시잖구. 이젠 해방이 된 거야.”

"해방?"

"암, 해방이 되구말구. 미국이 말이지, 일본놈들을 아주 쳐부순 거란다. 그러니까 아빤 이젠 일본놈을 피해 다니지 않아도 괜찮게 된 거야. 이젠 되려 일본놈들이 아빨 피해 다닐 걸……."

어린 남매에게 이렇게 말한 어머니가 태극기와 성조기를 들고 미군을 환영하러 나갔다가 어떻게 된 일인지 미군에게 강간을 당하고 돌아와 정신이상자가 되고 끝내 세상을 떠난다. 딸 분이마저 뒷날 미군 병사와 살게 되었을 때, 이 병사를 만나러 미국에서 찾아 온 아내 비취를 분이의 오빠가 강간해 버린다. 매우 희극적이고 풍자적인 수법으로 이 행위가 이루어지고 오빠는 결국 범인으로 체포된다.

이 소설 「분지」가 북한에서 발행되는 『노동전선』 지면에 실려 작가가 반공법 위반으로 구속되었다가 선고유예로 풀려났다. 60년대 군사통치의 지루한 현실에서 이 소설은 하나의 희화적인 양상으로 발생한 사건 같은 것이다. 이를테면 "태극의 무늬로 아롱진 한국 청년의 런닝셔츠를 찢어 한 폭의 찬란한 깃발을 만들고, 홍길동의 기적을 재연해 바다를 건너 그 위대한 대륙에 누워 있는 우유 빛 피부의 그 윤이 자르르 흐르는 여인들의 배꼽 위에 한국 청년의 깃발을 꼽겠다"는 환상이 제기되어 있기도 하다. 이것은 매우 기발한 형상화의 작품이다. 해방 후 진주해 온 외국군에 의한 도덕적 불상사가 드물지 않게 있었으며, 이 문제가 결국 작가 남정현의 민족의식을 격발시킨 결과였다.

작가의식이 예민하고 치열하다기보다 순박하고 은근한 편인 하근찬은 등단작 「수난 2대」(1957)에서부터 민족의 수난사를 계속 다루었다. 제2차 세계대전과 한국의 6·25 전쟁을 통해 힘없고 가난한 농촌 사람들이 계속 전장에 끌려나가 팔을 잃고 다리를 잃는 비극이 소재가 된다.

그러나 하근찬의 소설은 이 비극들이 독자의 마음에 살벌과 염증을 느끼게 하지 않고 오히려 훈훈한 인정과 삶에 대한 끈질긴 긍정의 힘을 느끼게 한다. 이것은 작가가 인간 삶의 총체적 상황을 감당해내는 넉넉한 힘과 애정을 지니고 있기 때문이다.

이와 같은 작가의식의 저력은 하근찬 소설이 자칫 소박한 단순성에 떨어질 위험을 극복하고 오히려 넓게 개방된 공간의 현실 문제들을 다루어 계속 독자에게 푸근한 감응력을 발휘케 한다. 그러한 한 대표적 작품이 「왕릉과 주둔군」(1963)이다.

왕릉 규모의 오래 된 조상 무덤을 지키며 살아가는 주인공 박첨지의 딸 금례가 마을에 진주한 미군 부대의 신기한 풍경에 호기심을 지니고 놀아나고 결국 가출을 한다. 강간을 당하는 것과는 또 다른 국면이다. 그리고 결국 박첨지에게 돌아온 것은 딸이 데리고 온 노랑머리의 외손자이다. 이 외손자가 거룩한 조상의 무덤 위에 올라가 놀며 박첨지를 놀려댄다. 낙담을 한 박첨지는 고목처럼 꿍! 하는 소리를 내고 땅에 엎으러진다. 이것은 하나의 희화도 아니고 퇴영적 감상도 아니다. 냉엄한 현실의 극적 구도가 성취하는 하나의 제3세계 소설의 전형이라고 할 만하다.

「삼각의 집」(1966)에 이르러 하근찬 소설의 공간과 의미는 한껏 활

력에 넘친다. 소설의 주인공 '나'는 어느 사진 작가에게서 빌려 온 책
에서 한 가난한 알제리 소년의 사진을 본다. 프랑스의 식민지였던 알
제리의 한 소년이 남루한 옷을 입고 뒷골목 담벼락에 기대 서 있다. 한
손에는 프랑스 문자가 선명하게 찍혀 있는 깡통을 들고 한 손에는 하
얀 꽃을 한 송이 들고 있는 사진이었다.

　　나는 단순한 미적 감각만을 앞세우고 찍은 사진은 별로 높이 사지 않
　　는다. 물론 미의식이 결여되어서는 작품이 되지 않지만, 그것과 함께
　　현실을 보는 눈이랄지 인생과 역사를 생각하는 마음 같은 것이 잘 작용
　　해 있지 않으면 깊은 맛이 우러나질 않는다.

좀처럼 지식의 허영이나 관념적 논리를 드러내지 않는 하근찬이 모
처럼 작품 속에 드러낸 미적 가치관의 한 대목이다. 이것은 하근찬으
로서는 의식하지 않았다고 하더라도 리얼리즘의 미의식과 일치하는
안목이다.

소설 속의 나는 그 사진작가에게 한국적인 소재를 하나 소개하겠다
고 미아리 산꼭대기 마을로 데리고 간다. 사진작가가 가지고 있는 책
에는 크리스마스 장식을 한 미국의 개집 사진이 하나 있었다. 산등성
이에 새로 지은 사촌처남의 판자집은 미국 글자가 새겨진 씨레이션 박
스로 지붕을 이은 삼각형의 집이다. 이 집에서 꿩 사육을 하느라고 사
촌처남은 낡은 트럼펫으로 아리랑 곡을 불어대며 꿩 새끼들을 불러 모
은다.

이 판자집은 결국 철거의 대상이 되고 그 자리에 교회가 들어서게 되는데 이 교회도 뾰죽한 지붕의 삼각형 건물이다. "가난한 자에게 하나님의 은혜를" 그 교회가 들어선다는 신문기사의 제목이다. 이 교회에 밀려 가난한 자는 집마저 잃어버린다. 그 미국의 개집보다도 허름해 보였던 한국의 판자집, 삼각의 집이 뜯겨 버린다. 엄연한 사회 현실을 소재로 한 「삼각의 집」의 이 소설적 형상성에 대해, 그 의미에 대해 설명을 가하는 것은 오히려 군더더기가 될 수 있다. 그리고 이러한 작품의 분출에 대해서는 그 누가 억누를 필요도 없고 억누를 수도 없다. 이것이 적어도 한국의 60년대 소설의 자생적 저력인 것이다.

물이 흐르다가 앞에 굳은 흙 언덕이 가로막으면 물길이 끊기는 수가 있다. 그래도 그 물이 일정한 수량을 유지하며 분명히 흘러왔다면 한때 땅 밑으로 스미는 수가 있다. 그리고 그 다음의 어떤 지점에서 물은 다시 나타나 흐를 수 있다.

60년대에 김정한이 다시 소설을 발표하게 된 것을 뚜렷한 한 수맥의 재분출이라고 볼 수 있다. 일찍이 1936년에 『조선일보』 신춘문예에 당선한 소설 「사하촌(寺下村)」이 이미 어떠한 작품이었던가. 가뭄으로 인한 소작료 면제와 차압 취소를 탄원하러 농민들이 절 쪽으로 행렬을 지어 갈 때, 그들의 손에는 이삭이 열리지 않은 빈 짚단이 쥐어져 있었다.

"철없는 아이들도 행렬의 꽁무니에 붙어서 절 태우러 간다고 부산히 떠들어댔다."

「사하촌」의 이 끝 행이 암시하는 것이 있다. 탄원이 받아들여지지 않을 때엔 일제에 영합해 지주 노릇 하는 승려들의 절간을 불질러 버릴 수도 있다는 가능성을 눈치채게 한다. 이것이야말로 소설의 끝에 전망이라든가 이상을 붙여 놓는 리얼리즘 소설의 힘이다. 이 힘이 그냥 땅으로 스미고 끝날 수는 없다.

1940년에 그가 절필을 한 것은 친일파가 되어 『국민문학』 잡지에 일본어로 소설을 쓰지 않는 한 당연한 결단이었다. 그 뒤 해방이 되었지만 일제 때에 치안유지법 위반으로 경찰에 검거되곤 하던 전력이 계속 불평분자 혐의로 남는다. 한 중학교에서 교편생활을 하다가도 느닷없이 "팔공산 아지트를 자백하라"는 취조를 당하기도 한다.

"8월 공산이란 화투짝은 알아도 팔공산이 어디 붙어 있는지 알 배 없었다. 결국 아니 밴 애는 낳아지지 않았다."6)

1961년에도 5 · 16군사쿠데타는 그가 봉직하던 부산대학교 교수직을 물러나게 하였다. 1965년에 부산대학교에 전임강사로 복직을 하자 그 다음 해인 1966년에 그는 59세로 다시 소설을 쓰기 시작해 「모래톱 이야기」를 『문학』 6월호에 발표한다.

김정한의 소설 역정은 강직한 한 작가가 해방 전후 시대를 거쳐 60년대에까지 겪는 부조리한 사회의 속박이었다. 다시 소설을 쓰기 시작한 김정한은 「수라도(修羅道)」(1969), 「인간단지」(1970), 「사밧재」(1971)를 비롯해 여러 편의 노작을 발표하였다.

「수라도」는 중편의 분량으로서, 구한말 애국지사의 집안이 일제를

---

6) 김정한, 『낙동강의 파숫군』, 한길사, 1987, 22면.

거치고 해방 후에까지 이르는, 4대에 걸치는 이야기이다. 이 소설은
한 가족사의 연면한 나열이 아니다. 김정한의 소설답게 해방 후 시대
에도 좋은 꼴이 없는 사회를 제시한다. 정대한 정신 자세로 시대의 현
실들을 감당해내는 주인공들이 불가피하게 맞이한 삶의 상황들이다.

김정한의 소설의 백미는 「사밧재」이다. 작가의식의 도식성이 드러
나지 않고 작품 전체가 예술적으로 형상화되어 있으면서 어떤 장편소
설 정도의 중량을 지니고 있다. 일제하 상황에 역사의식의 체계를 담
고 있다.

주인공 송노인이 자기보다 더 늙어 세상을 떠날 때가 된 누님을 만
나보려고 생후 처음 버스를 탄다. 송노인은 어수룩한 한 시골 늙은이
다. 그가 탄 버스에는 이른바 학도 지원병 오륙 명과 일경 순사 2명이
동승하고 있다. "지원? 말이 지원일 테지, 와 도망질들을 못했을꼬?"
송노인은 생각한다. 지금 찾아가는 누님의 손자 상덕이도 일본 유학생
으로서 학병에 나가기를 피해 자기 집에 와 있다가 끝내 만주로 도망
쳐 버렸다.

자기 집에 상덕이가 피신하고 있을 때 들려 준 시국담 속에 이런 것
이 있었다. 3·1운동 때는 독립선언서인가 뭔가까지 만들었다는 사람
이든가, 그 때 앞장을 선 사람, 그리고 글 잘한다고 소문 난 누구 누구
들꺼정 덩달아서 학생들이 빨리 군에 나가 일본에 충성을 다하라고 떠
벌이고 댕긴다니 그럴 수가 있을까?

이러한 시국에 저항하여 상덕이는 간도로 도망하여 독립군에 들어
가겠다고 했었다. 이 날 학병에 나가는 청년들과 순사를 태운 버스는

사밧재에서 발동이 꺼져 일반 승객들만 내려서 차를 밀고 올라갔다. 그런데 버스가 높은 낭떠러지기로 굴러 떨어져 버렸다. 버스를 밀었던 눈이 부리부리하고 상덕이의 친구라고 하는 청년에게 송노인이 물었다.

　　“운전수가 실수를 했다캤나?”
　　“글쎄요 ……?”

　확실찮은 대답을 하는 청년은 뒤쫓아 온 순사를 피해 숨었다가 다시 길을 간다.

　이 청년의 거동이 암시하는 것은 그 날 버스가 굴러 떨어진 것은 운전수의 실수가 아니었다는 것이다. 송노인의 촌스러움을 조롱하고 귀한 뱀술을 강탈해 마시던 순사, 답답하게 학병으로 끌려가고 있던 청년들에게는 미안한 일이지만 이 역사의 죄악이 낭떨어지기로 굴러 떨어진 것이다. 그것도 차를 미는 사람들 속의 어떤 의도적인 힘에 의해 그렇게 되었다는 것이다. 사건의 이와 같은 과정의 암시를 담은 “글쎄요 ……?”의 여운에다가 지금 쯤 만주의 독립군에 들어가 뛰어다니고 있을 상덕이의 영상이 겹친다. 이만큼 「사밧재」는 강렬한 역사의식을 담은 예술적 작품이다.

　해방 직후에 이미 김동리 · 황순원과 어깨를 나란히 했던 안수길도 꾸준히 소설 작업을 전개하였다. 일찍이 그의 단편 「여수(旅愁)」(1949)는 일제하 친일파의 딸인 주인공 숙의 처신을 다루었다. 6 · 25 전쟁으로 비참해진 생활전선에서 오히려 인격적으로 떳떳해하는 개전의 인간상을 그렸다.

무엇보다도 안수길의 작가적 업적은 1967년에 5부작으로 완성한 장편 『북간도』이다. 원래 간도 망명문단에서 1945년까지 장편 『북향보(北鄕譜)』를 신문에 연재하고 있었던 작가인 만큼 『북간도』의 집필은 그에게 지워진 일종의 사명같은 것이었다.

이 소설 『북간도』는 1870년 조선조 말엽부터 만주에 이민으로 간 우리 동포들이 1945년 광복을 맞을 때까지의 수난사를 그렸다. 4·5부에서 특히 만주 한인들의 독립투쟁의 실상을 구체적으로 그린 내용은 민족문학의 소중한 한 자산으로 남게 되었다. 안수길은 「여수」에 대한 작자의 말을 통해 "나에게 있어서 소설은 당면한 현실에서 어떻게 사느냐를 더듬어 찾는 것이 된다"고 말한 것처럼 현실의식을 지닌 작가였다. 그의 훈도 아래 최인훈·남정현·박용숙 등 후진이 있기도 하였다.

김정한·안수길 등이 일제하에서부터 60년대·70년대까지 전개한 소설 작업은 토속사회의 민족의식에 일관한 맥락이었다고 볼 수 있다.

토속사회는 단순한 시골을 가리키는 것이 아니다. 세계의 각 민족은 전통문화의 토양을 가지고 있다. 그 토양 속에 그 민족의 개성과 재능과 생명력이 있다. 그러므로 토속성 자체에 대해 한 차례 의미 부여를 할 필요도 있다. 이 의미를 부여받을 만한 작가가 방영웅이다.

방영웅이 발표한 첫 작품은 장편소설 『분례기(糞禮記)』(1967)이다. 바로 전 해에 창간된 문예 계간지 『창작과비평』은 이 『분례기』를 게재해 독자층의 확장에 한결 힘을 얻었다. 그만큼 이 소설은 발표 당시에 큰 성가를 얻었다.

이 소설의 특성은 밀도 짙은 토속 생활의 묘사에 있다. 외부 문명의 개입이 거의 없다. 이 점에서는 소재주의적 한계를 느끼게 하는 면도 있다. 작가는 이 소설의 후기에서 말하였다. "똥예란 똥처럼 천한 인간이고 운명적으로 그렇게 되어버린 인간인데 그런 인간은 이 땅에 너무나 많기 때문에" 이 작품을 만들 의욕을 느꼈다고 하였다.

'천한 인간들'에 관심이 간다는 것 자체가 작가로서는 의도하지 않았다고 하더라도 일종의 주제를 지닌 셈이 되기도 한다. 토속성을 통한 생동감은 한국 근대 소설사에서 되새겨질 만한 요소이다. 가령 김유정의 단편들에서 토속소재는 부자와 빈자 사이의 갈등, 돌파구 없는 의욕의 광기같은 것이 되었다. 채만식의 장편 『태평천하』는 사회 풍자를 짙게 드러냈다.

방영웅의 토속성은 '생명과 삶' 자체에 대한 본능적인 긍정을 담고 있다. 그 본능이 야만스러울 만큼 징그럽게 그려져 있다. 그만큼 『분례기』는 한국 토속의 삶 깊은 데에 자리잡고 있다. 동시에 소박성, 순수 직관, 폐쇄적 공간에 근거한 주인공들이 결국 느끼게 되는 갈등도 있다. 그 갈등의 종국은 똥예가 시집에서 내쫓겨 광녀가 되어 떠나가는 것으로 절정을 이룬다. 이러한 비극성이 또한 『분례기』의 역설적 주제가 된다고 볼 수도 있다. 『분례기』 이후에 방영웅은 과작이지만 밑바닥 사람들의 삶을 생동감 있게 그려 창작집 『살아가는 이야기』(1974)가 되게 하였다.

짙은 토속사회를 총체적 사회 현실에 직결시키는 작가로 이문구가 있다. 그의『관촌수필』연작(1972)은 서구로부터 들어온 현대 소설 양식도 아랑곳하지 않고 순 입심으로 끌고 나아가는 이야기이다. 그런데 이와 같이 독특하고 완강한 문체에 독자들이 빨려 들어가며, 읽은 결과로서의 내용은 소설이 할 구실을 다한 것이라고 긍정하게 된다. 그의『관촌수필』은 내밀한 문화전통 속의 다기한 삶을 제시한다. 그의 또 다른 연작『우리 동네』(1977)는 제3공화국 시대에 시작된 이른바 새마을 운동과 70년대 산업화 사회가 재래 토속사회에 침투해 벌여 놓는 온갖 부조리와 갈등에 대한 작가의 강인한 풍자를 담고 있다.

산업화의 물결은 이농 현상과 더불어 도시 주변의 빈민촌을 형성하고, 이 세태를 감당하는 산업사회 소설들도 많이 나오게 하였다. 그런데 이문구는 원래 농촌 출신으로 서울에 살다가 이농의 대열과는 반대로 한 때 다시 농촌으로 들어가 살면서, 70년대 농촌을 현지 보도하듯이『우리 동네』연작을 발표하였다.

이문구의 언어 감각과 문체는 그의 표현 투를 빌면 의뭉스럽다. 엉큼하고 익살맞고 입심이 좋다. 이 요소들은 우리나라 판소리계 소설의 전통 저력을 느끼게 한다. 아직도 민족 정서의 고향이고 문화전통의 뿌리가 숨겨져 있는 농촌에서 이문구는 도회의 세태에 대응하는 작품을 썼다.

연작 중「우리동네 장씨」는 산업화 시대 농촌의 현실을 여실히 보여준다.

도회지에서 넘쳐나는 공산품 더미 속에서도 수준 이하의 조잡한 물건들을 실어다 버리는 처리장 같은 천덕스런 지대 천동 읍내 · 목욕탕도 극장도 산부인과 병원도 없으면서 비밀 댄스홀이 하나 생겼고 서울 땅 장사들의 자가용이 샅샅이 누비고 드는 부황하게 바람 든 동네가 소설의 무대이다.

역사의 한 계절에는 분명히 들판의 쑥을 뜯어다 연명했고 송부자집 사랑방의 숭늉대접, 달아맨 메주 부스러기 떼어 먹기로 치사스럽게 살아 본 적도 있는 농민들이다. 그런데 어쨌든 종이 쪽지에 불과했던 땅문서를 내 주고 거액의 현찰이라는 돈을 손에 잡아보는 농민이 되었다. 그리고 한편으로 농사 사정을 본다.

논 마흔 마지기를 가질 경우 전날 같으면 백 석지기가 넘는다고 부농 소리를 들어야 마땅할 터였다. …… 통밀어 백이십 석을 추수한다 해도 요즘 쌀금으로 치면 고작 사백팔십만원이 일년 소득이었다. 생산비에도 못 미치는 것이 쌀값이지만 생산비를 생각하지 않고 순이익으로 가정하더라도 그 사백팔십만원의 정체는 삼십만원 짜리 봉급장이의 일년 월급에다 사백프로의 상여금을 보탠 것에 지나지 않았다. 그것은 삼천삼백만 원의 사채 금리를 잊고 일년 동안 정기예금을 넣더라도 은행 이자 구백육십만원의 절반에 불과한 것이다.

그리하여 서울 사람에게 산을 판 장씨는 그 돈으로 논을 살 생각은 않고 땅장사 복덕방장이로 나설 계산을 한다. 농민들 중 중년층이 대개 복덕방장이에나 매력을 느끼는 현실에서 백성들의 삶의 가치는 대지(大地)에 뿌리를 내리지 못하고 허영과 갈등, 퇴폐에 들뜨기만 한다.

촌읍 다방마다 들어찬 땅 거간꾼들의 할 일 없는 잡담 속에는 요령도 없이 화장품 공단, 대학 분교 등의 말꼬리가 말씨름의 자료가 되고 결론으로는 서로 "불쌍하다"고 욕을 한다. 그리고 "불쌍은 불알이 두 쪽 이구"로 말씨름이 끝난다.

이문구의 소설에서는 낭패와 허탈도 익살 속에서 용해되며, 그야말로 가래지 못하고 탄하지 못할 완력스러움까지 느끼며 마냥 독자가 빨려 들어간다. 이것이 한국 농촌 소설의 사뭇 이색적인 70년대 단계이다. 그리고 이 낭패 이 허탈은 장차 민족이 고향을 어떻게 재건하라는 뜻인가. 당시 현장의 계산 수치까지 치밀하게 들이대는 이문구 소설의 섬뜩한 현실 인식이다.

개인과 개인 사이에도 그렇듯이 나라와 나라 사이에도 덕을 본 일이 있기도 하지만 손해를 크게 입은 잊을 수 없는 관계들이 있다. 장구한 역사 안에서 용서는 하더라도 잊을 수 없는 일들이 있다. 잘못된 역사를 잊지 않는 것은 미래의 역사에서 민족이 그리고 한 인간이 정대하게, 사람답게 살기 위해서이다.

제2차 세계대전이 진행중인 1943년 11월 22일 미·영·중 연합국은 장차 일본에게 승전하면 일본이 타국으로부터 약탈한 영토들을 원래 소속국에 돌려 주고, 연합국은 각기 자국의 영토를 확장하지 않기로 한다는 「카이로 선언」을 발표하였다.

이 선언은 특히 한국에 대한 특별 조항을 넣었다. "현재 한국 인민이 노예 상태에 있음에 유의해 앞으로 한국을 자유로운 독립국가가 되게 할 것을 결의한다(……in due course Korea shall become free and independent ……).”이로써 제2차 세계대전이 종전되면 한국이 독립한다는 국제적인 보장이 이루어져 있었다.

1945년 7월 7일 미·영·중에 소련이 가담한 '포츠담 선언'에서도 카이로 선언의 이행이 재확인되었다. 그러나 1945년 2월의 얄타 비밀 회담에 따라 미·소 양국 군대가 전쟁 종식의 수단으로 한반도에 분할 진주한다는 계획이 시행되어 38선 경계가 설정된 것이다. 이것이 종전 후에 미·소 냉전의 발생에 따라 계속 한반도의 분단으로 작용하게 되었다.

한국 민족 내부에서는 1948년 3월 1일에도 김구·김규식 등이 남한 단독정부 수립을 위한 총선거를 반대한다는 성명을 발표하였다. 원래 한국 민족 안에서 국토와 체제의 남북 분단을 원한 사람이야 어디 있겠는가. 분단은 외세인 미·소 두 강대국의 새로운 냉전 발생에 의해 생겨난 사태였다.

그러한 상태대로나마 백성의 집단적 인명 희생은 방지되어야 했는데 체제 경영 과정의 기계적 조직 행태들이 비인간적 방향으로 일탈해 나아간다. 여기에서 비극의 역사가 전개된다.

현기영이 집중해서 다루는 제주도 백성들의 수난사는 한반도 분단의 원초적인 문제점에 관련되는 부분이다. 현기영의 이 소설 작업은 「순이 삼촌」(1978)에서 진술하면서도 견고하게 시작되었다. 이것은 이른바 제주도 4·3 사건의 역사성에 대한 인간적인 재해석이다. 그의 「아스팔트」는 이 분단 비극의 원초적 양상 뿐 아니라 시대 현실에 관련된 인간으로서의 반성과 화해에까지 이르고 있다.

　　한 마디로 비극은 달음박질에서 시작되었다. 최초의 달음박질은 5·10 선거일에 있었다. 그 날 선거인을 데리러 오는 경찰 스리쿼터 한 대가 동쪽 길 끝에 나타났을 때는 마을 주민들은 농민회 청년들이 뒤에서 감때 사납게 몰아대는 대로 산으로 내달린 다음이었다. 중산간 부락은 물론 해변 부락도 반수 이상 선거에 불참한 이 사건이 바로 비극의 발단이었다. 미군정이 이를 단순히 '좌익의 선거인 납치'로만 보지 않고 '주민의 선거 보이코트'로 보는 데에 문제의 심각성이 있었다. 변혁을 고창하는 농민회 청년들의 눈은 불면으로 붉게 충혈되어 있었다. 경찰도 무서웠지만 머리띠를 두르고 죽창 든 그들의 지시를 거역할 수는 없었다. 비협조자는 자기비판에 회부하여 가차없이 린치를 가했으니, 한밤중 "왓샤 왓샤" 하는 횃불 시위 소리가 들리면 마을 사람들은 오늘은 또 어느 집 누구가 애꿎게 당하나 가슴을 졸이곤 했다. 나중에 경찰로부터 호된 고문과 닦달을 당할 줄 알면서도 모이라면 모여야하고 입산자를 위한 식량과 기부금을 내라면 또한 지체없이 내야만 했다. 농민회에 의탁하여 사사로운 원한을 푸는 자들도 있었다. 좌우 양단간에 어느 쪽에도 정처를 못 두고 양쪽 눈치를 살펴야 하는 괴로운 생활이었다. "…… 해변 사람들 바다에 나갈 젠 부자간이나 형세간에는 절대로 한 배에 안 탄다고 하는디 느네들도 한 쪽에만 모다져(몰려) 있다가들 다 몰사하면 느이 집안에 씨 멸족 아니가. 대가 끊어지는 거여." 그것이 할머니의 시국관이었다.

육지에서 큰 동란이 터져 입산 경력이 있는 남정네들을 대상으로 예비검속 바람이 불었다. 읍내에서 스리쿼터가 들이닥쳤다. 지난 밤 사이에 부락에 불온 삐라가 두 군데나 나붙었다고 하고 범인을 색출한다고 남정네들을 연행해 간다. 애꿎은 청년들 여럿이 끼어 죽게 되었다.

그런데 그 밤의 삐라를 몰래 붙인 장본인 두 명이 있다. 임씨와 강씨, 경찰 쪽에 붙어 있는 사람들이 조작극을 연출한 것이다. 그리고 그 밤에 한 사람은 풀통을 들고 한 사람은 삐라를 붙이는 장면을 우연히 목격한 사람이 있었다. 창주 어머니였다. 36년 전의 일인데 지금 강씨가 늙어서 창주를 불렀다. 그날 밤의 죄를 아는 창주에게 자백하고 사죄하는 것이 유언이다. 아들을 보내 창주를 부른다.

유언을 들으러 가는 도중에서 소설이 끝나지만 죄인의 아들과 창주는 이미 화해를 한다. 그 아들이 페달을 밟는 자전거 뒤에 함께 탄 창주가 말한다.

"음……내 그럴 줄 알았지. 자네도 아버님이 무슨 유언을 하실지 알고 있구먼."

"예……."

혹시 이 청년이 아버지를 설득한 것은 아닌지?

창주는 청년의 넓적한 등을 손바닥으로 찰싹 쳤다.

"좋은 일이여. 참말로 좋은 일이여. 사람 사는 게 이래야 되는 거라."

이제는 길을 덮은 아스팔트 위로 눈송이들이 날린다. 36년 전의 애은 과거를 깔아 봉해 버린 아스팔트 관광도로.

현기영은 민족 분단의 원인과 경위를 따지기에 집착하거나 원망을 품지는 않는다. 지리적으로 격리되어 있고 거대한 한라산 기슭이라는 점 때문에 하나의 오지와 같기도 하고 그만큼 순수한 자연이라고도 할 수 있는 제주도에서 백성의 삶에 어쩔 수 없이 덮어씌워진 것 같은 현실에서부터 이야기를 시작한다.

그리하여 사람들과 사건들의 구체적인 정황을 증거로 하여 작품 세계를 형상화한다. 이러한 작업이 부조리의 고발 뿐 아니라 궁극의 화해에까지 이른다. 이것은 작가정신의 균형과 원숙에 힘입어 성취된 경지이다.

화해는 상대적인 타협이 아니다. 궁극적으로 자기 운명의 극복을 뜻하는 경지이다. 소설 속의 비극들은 이렇게 안으로 감추어진 자기 극복의 전망을 향해 진행되고 있다.

김원일의 「어둠의 혼」(1973)은 분단 비극의 원형질과도 같다. 아직 국민학생인 어린 갑해에게 술 취한 찬길이 형이 불쑥 묻는다.

"자슥아, 네 애비가 죽는데 넌 지금 어델 홰질러 댕기는 거야?"

"……"

"제가 무슨 볼세비키라고 우뉴월 개처럼 제물이 되겠다는 게야. 차라리 유관순처럼 진작 못 죽고, 해방 된 마당에서 동포의 손에 개 값도 못 하고 죽어……."

빨갱이짓을 하려면 숫제 삼팔선을 넘어가서 해야 마음 놓고 할 수 있다고. 그런 말을 사람들은 쉬쉬하면서 낮게 소곤소곤 말한다. 그런데 아버지는 왜 그런 짓을 하게 되었을까?

갑해는 지서 뒷마당 느릅나무 밑에 총살당해 누워있는 아버지의 시체를 발견한다. 이모부의 팔에 끌려 가 보았다. "이거다, 이게 니 아버지의 시체다. 똑똑히 보았제. 앞으로는 절대 아버지를 찾아서는 안된다, 알겠지 ……" 이모부가 왜 아버지의 시체를 어린 나에게 구태여 확인시켜 주었는가. 소설 속의 어린 주인공 갑해가 의문을 갖는 것이 이 작품의 끝이다. 갑해의 이모부는 일본 유학을 한 지식인이다. 그는 잇빨을 갈고 결단을 내린 후 어린 조카의 손을 끌고 가서 그 아비의 처참한 시체를 보여 준 것이다.

과연 왜 그는 이 장면을 보여 주었을까. 어짜피 저질러진 이 지긋지긋한 죽임의 역사를 어린 너는 눈으로 확인하고, 그리고 끊고 빨리 떠나라는 뜻이었다고 풀이할 수 있다.

김원일의 이 분단 주제 소설은 장편 『노을』(1978)을 통해 더욱 폭을 넓혀 나아갔다.

분단 비극의 인식과 통일 지향 노력은 남북 체제의 정치협상을 통해서도 가끔 다루어진다. 70년대의 획기적 남북협상의 소산이 1972년의 7·4남북공동성명이다. 이 성명은 당시 남한 정부의 이후락 중앙정보부장이 비밀리에 판문점을 통해 북으로 가고 평양에서 김영주 북측 대표와 회담을 한 결과였다. 이 성명의 정신은 그 뒤에도 남북 쌍방에서 번복되거나 부정되지 않은 것으로서 그 요지는 다음과 같다.

최근 평양과 서울에서 남북 관계를 개선하며 갈라진 조국을 통일하는 문제를 협의하기 위한 회담이 있었다. 쌍방은 오래 동안 서로 만나보지 못한 결과로 생긴 남북 사이의 오해와 불신을 풀고 긴장의 고조를 완화시키며 나아가서 조국 통일을 촉진시키기 위하여 다음과 같은 문제들에 완전한 견해의 일치를 보았다. ① 쌍방은 다음과 같은 조국 통일 원칙들에 합의를 보았다. 첫째, 통일은 외세에 의존하거나 외세의 간섭을 받음이 없이 자주적으로 해결하여야 한다. 둘째, 통일은 서로 상대방을 반대하는 무력행사에 의거하지 않고 평화적 방법으로 실현하여야 한다. 셋째, 사상과 이념 제도의 차이를 초월하여 우선 하나의 민족으로서 민족적 대단결을 도모하여야 한다. …… ⑦ 쌍방은 이상의 합의사항이 조국 통일을 일일천추로 갈망하는 온 겨레의 한결같은 염원에 부합된다고 확신하면서 이 합의사항을 성실히 이행할 것을 온 민족 앞에 엄숙히 약속한다.

이 성명은 당시에 남한의 문학 작업에 즉각적인 영향을 주었다. 7·4남북공동성명의 충격을 직접적으로 다룬 소설로 박영준의 「72년 하절」 이정환의 「부르는 소리」 박용숙의 「소경 아즈바이」 이호철의 「이단자·5」 등이 있다. 시 쪽에서도 신기선·황명걸 등이 이 성명에 연관해 작품을 발표하였다.

이호철의 소설 「이단자·5」는 6·25전쟁의 1·4후퇴에서부터 1972년의 7·4남북공동성명에 이르는 분단 세월의 어처구니없는 부조리를 작가 자신의 체험에 의거해 쓴 작품이다.

1·4후퇴 당시 고향 원산에서 집집마다 몽땅 쏟아져 나온 듯이 피난대열로 거리에서마다 사람들이 우왕좌왕하고 있을 때 '현우'도 자연스레 그 틈에 섞여 들었다. 그 때 그는 집에 남겨 두고 온 어린 아우와 동구 밖 거리에서 마주쳤다. 현우는 퉁명하게 말하였다. "뭐허러 거기 그러구 있니? 어서 집으로 가 보지." 이것이 동생과의 마지막이었다. 소설 속의 주인공 현우는 7·4남북공동성명을 맞이해 신문에다 고향의 아우에게 부치는 편지 형식의 글을 발표하게 된다.

……나는 항용 형이라는 자들이 동생에게는 누구나 괜히 그러듯이 무뚝뚝하고 쌀쌀하게 그 한 마디를 던지고는 총총이 지나쳤던 것이다. 그 후 20여 년, 나는 그 때 아무렇게나 한 마디 던졌던 그것이 늘 가슴에 아팠다. 그 때만이라도 너한테 좀 부드러웠으면 하고 말이다. …… 월남 후 어찌 어찌 나는 문사라는 것이 되었다만, 가장 안타까운 네 소식 물어볼 편지 한 장 쓸 수 없었던 문사가 그게 무슨 문사냐. 이런 것이 어찌 법이 되어야 하는지 나는 아직까지도 모르겠다.

분단 체제의 법, 그리고 정치협상의 내막이나 본질은 정말 모를 일이다. 그 7·4남북공동성명은 그 뒤 남북 간의 평화적 통일 촉진은 고사하고 긴장 완화 약속마저 오히려 역행하는 결과를 가져왔다. 3개월 후 박정희 정권의 유신헌법이 공포되어 독재의 절정을 이루었다. 통일 추진의 미사여구는 정치 현실에서 민중을 기만하는 방향으로 악용되는 것이 예사였다. 그러므로 역사의 진정한 발전은 더욱 문학예술의 사명으로 남게 된다.

　분단 부조리 속에서도 1970년 7월 7일에는 남한 영토를 종단하는 경부 고속도로가 개통된다. 이것은 산업화사회로의 도약을 의미하게 된다. 한 사회의 산업화 추세는 단순히 도시의 공업화를 의미하는 것이 아니다. 상대적으로 농촌의 위축을 수반한다.

　1945년 8·15해방 당시까지는 농민이 전체 인구의 70%를 넘었다. 이것이 1979년에 이르면 32%선으로 줄어든다. 한 마디로 이농(離農) 현상을 말해 주는 것이다. 농업 분야에서 보람이 감소하거나 상실되는 것은 산업구조상의 문제만이 아니다. 문화와 정신생활 영역에서 유의할 점이 있다. 농촌은 원래 창조적 생활의 원천 지대이다. 사람들이 농업에 쏟을 수 있는 정성과 방법의 가능성은 무진장하다. 심은대로 거둔다는 정직의 법칙이 거기에 있다. 다양한 식물과 동물의 생명에 접하면서 자연에 내재하는 섭리의 신비를 체험할 수 있다.

　이와 같은 생명과 창조의 원천에서 떠난다는 것은 곧 고향의 상실이며 뿌리 뽑힌 인생이 되는 것이다.

　산업화 초기에 생기는 이농 현상은 그것이 곧 도시 노동자로 수용되는 것도 아니다. 떠돌이 날품팔이 신세가 되거나 도시 변두리의 달동네, 즉 고지대 판자촌의 빈민이 되는 것이다. 과도기의 부랑층 또는 빈민층이 형성되는 것인데, 제3세계 지역에서는 이들의 빈곤이 쉽게 해결되지 못한다. 다소 생활이 향상되더라도 축소되지 않는 빈부 격차 속에서 상대적 빈곤감이라는 불행이 오래 지속된다.

부랑층의 사회적 기능을 무력한 것으로 보는 견해도 있지만, 아프리카의 프란츠 파농은 소농(小農)과 룸펜 프로도 사회개혁 운동에 힘이 된다고 보았다. 또 피차에 바라지 않았지만 이와 같은 계층이 생기지 않을 수 없었던 사회적 병리 현상이 있었던 것이다.

바로 이러한 시대 상황에서 황석영과 윤흥길의 소설이 출발하였다. 황석영의 중편 「객지」(1971)는 등단 초기에 한 때 해안 간척공사장에 들어가 날품팔이 인생의 현장을 직접 취재해 쓴 작품이다. '운지 간척 공사현장 일용인부 일동' 명의로 노동 여건의 마땅한 개선을 회사측에 전달하고 집단 항거를 지휘한 주인공 동혁은 의지를 관철하지 못한다.

그러나 소신을 굽히는 것도 아니고, 민족적 자조(自嘲)를 적어 보낸 숙부의 편지도 찢어 버린다. 그러면서 황석영의 소설은 도덕적이지 않고 생동하는 구체성으로 활력과 재미를 내포한다. 소재도 밑바닥 인생에 국한되는 것이 아니고 다양하고 풍부하게 동원한다. 마침 당시 문예비평 분야에서 리얼리즘 문학론이 제기되어 있었는데 「객지」「한씨연대기」(1972) 「삼포로 가는 길」(1973)을 비롯한 황석영 소설이 리얼리즘의 작품적 실제로서 뛰어난 본보기가 되었다.

윤흥길의 「아홉 켤레의 구두로 남은 사내」(1977)와 「직선과 곡선」(1977)은 당시 큰 규모의 사회적 사건이었던 '광주대단지(廣州大團地, 오늘의 성남시 일대)' 빈민 항거를 소재로 하여, 인간적인 따스한 가슴으로 형상화한 작품이었다.

급조된 빈민지대의 전형이었던 광주단지 주민들이 데모 도중 대치한 경찰 병력이 보는 앞에서 쓰러진 삼륜차의 황금빛 참외 더미로 몰려가는 장면이 있다. 광주단지 주민이면서 데모에 참여하기를 기피하던 지식청년 권씨는 배고픈 주민들이 비를 맞으며 참외를 씹어먹는 현장을 보고, 함께 옷을 벗고 민중의 욕탕에 뛰어드는 변신을 한다. 그리하여 데모의 선봉이 되고 옥살이도 한다. 그것은 권씨 자신이 미리 의식하지 못한 행동이었다. 소설의 극적인 국면 전환 수법과 주제의 핵심인 민중상의 체득을 생동하게 담고 있어 역시 리얼리즘의 성과가 되는 작품이었다.

70년대 산업사회 소설로서 대표적인 위치를 차지하는 것은 조세희의 『난장이가 쏘아 올린 작은 공』 연작(1978)이다. '난장이'는 힘없고 가난한, 왜소한 존재를 상징하고 있다. 부자 집 호화주택 곁에 붙어 있는 판자집 주민 난장이 가족의 슬픈 이야기이다. 공장에서 근로기준법대로 대우해 달라고 요구하다가 쫓겨나곤 하는 소년 영호는 홀로 독서를 하고 일기도 쓴다.

폭력이란 무엇인가? 총탄이나 경찰 곤봉이나 주먹만이 폭력이 아니다. 우리의 도시 한 귀퉁이에서 젖먹이 아이들이 굶주리는 것을 내버려두는 것도 폭력이다. …… 햄릿을 읽고 모차르트의 음악을 들으면서 눈물을 흘리는 '교육받은' 사람들이 이웃집에서 받고 있는 인간적인 절망에 대해 눈물짓는 능력은 마비당하고, 또 상실당한 것은 아닐까?

개천 건너 주택가 골목에서 고기 굽는 냄새를 냄새로만 맡는 공터 판자집의 소년과 동생 영희는 절망하고 운다. 조세희의 「난장이 ……」

연작은 단조롭지 않게 관념적인 사색에다 가난한 집 마당의 잡초 냄새, 노동 현장의 법조문 시비와 해고 등을 복합한 구성으로 플롯을 전개한 다. 발표 후 상당 기간 이 소설이 공장 노동자들과 일반 독서층에 폭넓 게 수용된 점이 이 작품의 높은 성취도를 증명해 주었다.

제어하기 힘들게 비인간화 현실을 촉진하는 산업화 과정의 현실에 서 한국의 70년대 소설들은 고통 속에서도 사회의 인간화를 지켜내는 박진한 성과들을 거두었다.

60년대와 70년대의 소설에서 또 다른 하나의 흐름이 조성되었다. 그것은 소설의 주인공이 바로 작가이며 지식인인 경우들이다. 이러한 영향의 의미에 대해 김병익은 다음과 같은 이론으로 풀이하려 하였다.

우리는 이 리얼리즘 정신에 입각한 물음의 문학을 발견하는 데 퍽 다 행스러움을 느낀다. 대표적인 예가 최인훈과 이청준·서기원이다. …… 최인훈·이청준·서기원의 경우에 지식인이 똑같이 주인공으로 등장하는 것은 질문의 치밀성과 세련성을 위해서일 것이다. 그들은 리 얼리즘의 기법을 파기하는 대신에 그리고 소박한 해답을 제시하는 '현 실의 재현'을 포기하는 대신에 현실의 근원을 포착하고 그것의 핵심을 탐구하는 근대 리얼리즘의 정신을 실천하고 있는 것이다.[7]

이 경우에 최인훈의 「소설가 구보씨의 1일」(1970), 이청준의 「소문

---

7) 김병익, 「리얼리즘의 기법과 정신」, 『문학이란 무엇인가』, 문학과지성사, 1976, 237~238면.

의 벽」(1972), 서기원의 「마록열전(馬鹿列傳)」(1971) 등이 해당된다.

　앞에 제시된 김병익의 평가를 먼저 살펴 볼 필요가 있다. 위의 세 작가가 '근대 리얼리즘'에 연관되어 있다. 리얼리즘은 원래 '근대' 리얼리즘이다. 그것은 또한 소박한 해답이라든가 현실의 재현이라는 모사론적 단계를 넘어서는 원리로 되어있는 것이다. 문제는 김현의 경우 최인훈 소설이 리얼리즘을 거부한 것으로 설명한 일이 있었다는 것이다. 지식인을 주인공으로 하는 최인훈 소설 안에서 직접 "한국적 주변문학, 이 상황에서 리얼리즘을 고집하는 것은 조무라기 잡아치기다"라고 했다는 것이다. 이른바 지식인 소설이 불러일으키는 논리의 혼란들은 그것대로 헤아려 보아야 할 어떤 의미가 있을까. 「소설가 구보씨의 1일」의 연작인 「느릅나무가 있는 풍경」에서 이 유형의 소설 한 대목을 본다.

　구보야 너는 아까 어린 학생들 앞에서 우리들은 모두 떨어질 수 없는 연대 속에 살고 있으며, 인간의 일은 모든 인간에게 무관할 수 없다고 하지 않았느냐. 물론 그렇게 말했다. …… 할 수 있는 테두리에서의 정의(正義)를, 그런 정의가 무서운 정의다. …… 구보는 그런 말들과 놀다가 이제는 꼼짝없이 그것들에게 잡혀버린 자기의 지난 십년을 생각했다. 비록 지금, 담배 연기 때문에 사라졌을망정 말들은 결코 그를 떠나지 않을 것이었다. 신이 내려버린 무당처럼 비참하다고 자신을 생각했다.

　설명하기에 따라 말들에 일리가 없는 것은 아니다. 그러나 삶 자체가 아니고 '말'들과 놀다가 말들에게 잡혀버리는 사변적 관념의 오랜 공전, 이러한 사정이 지식인 소설들의 처지인 것으로 보인다.

이청준의 중편 「소문의 벽」에서도 주인공인 작가 박준은 자신의 삶을 감당하거나 타개해 나아가는 형이 아니다. 6·25 전쟁 중에 경찰과 공비가 엇갈리며 밤에 전지 불을 들이대고 "어느 편이냐?"고 다구치던 때에 받은 충격이 오랜 강박으로 남아 광인과 같은 행태를 보인다.

서기원의 「마록열전」은 네 개의 단편으로 된 연작으로서 각기 시대 현실 속의 불의나 위선을 비판한다. 그러나 하나의 소설 공간에서 시제를 깨고 과거와 현재가 섞이는 수법이다. 이로 인한 혼란과 시험적 작법같은 한계가 있다.

70년대 지식인 소설들은 종래의 한국적 순수문학 차원에 동참하기를 거부한다. 그러나 다른 한 편으로 60년대 70년대에 현실의식을 내용으로 해 형성된 리얼리즘에 대해서도 차별성을 두고자 한다. "현실의 근원 포착, 질문, 세련, 말들과 놀기" 등을 추구하거나 거기에서 소설의 활로가 열리지는 못하였다. 폐쇄적이고 관념적인 특성을 띠면서, 지식인 소설의 흐름은 다음 시대에로의 연계와 발전이 분명하지 않은 상태에 처하게 되었다.

이 유형의 작가들 중에서 이청준이 또 다른 방법을 취해 발표한 「이어도」(1966)에서 상상의 융통을 열어 나아가는 저력을 보였다. 이청준은 원래 「병신과 머저리」(1974)를 비롯해 견고한 작가의식을 보인 바 있다.

긴긴 세월 동안 섬은 늘 거기 있어 왔다.

그러나 섬을 본 사람은 아무도 없었다.

섬을 본 사람은 모두가 섬으로 가 버렸기 때문이었다.

아무도 다시 섬을 떠나 돌아온 사람은 없었기 때문이다.

그러나 이어도에 집착하다가 바다에 빠져 죽은 천남석 기자의 시체는 파도에 밀려 제주도 바닷가로 돌아왔다. 그리고 그 바닷가에 술집 '이어도'가 있다. 그리하여 「이어도」는 꿈과 한과 구원으로 순환하며 사람들의 삶에 존재한다. 예술혼의 주제 추구와 집요한 문체에서 장인 의식을 느끼게 하며 이청준 소설은 지식인 소설 유형을 벗어나고 있다.

60년대와 70년대는 50년대까지 지배적 형세를 이루어 온 이른바 순수문학 경향으로부터 다른 흐름을 열어 나아간 전환기였다. 이 흐름은 50년대 말부터 태동한 참여문학 의식이 한 단계 더 진전해 원리론으로서의 리얼리즘에 이른 것이었다.

세계문학사에서 보자면 한국에서의 70년대 리얼리즘 제기가 갑작스러운 돌발사처럼 보일 수도 있을 것이다. 그러나 서구에서 19세기 말로부터 20세기에 이르면서 식민주의 나라들이 도덕적 자책에서 정신적 가치 질서를 잃게 되었다. 이 이른바 세기말적 퇴폐의 문예사조가 19세기 시민민주의 대두 시기의 리얼리즘을 대세에 있어서 차단한 사정을 상기할 수 있다. 그러나 20세기를 거치면서도 리얼리즘의 저류가 끊겼던 것은 아니며, 제3세계 문학의 성격에는 그것이 계속 합당한 원리론으로 되어 왔다는 인식이 필요하다.

　이 현실의식의 흐름이 60년대 초 4·19민주혁명으로부터 대두한 시민사회를 기반으로 하고, 70년대 산업화 과정을 거치면서 인간화의 버팀목 같은 수많은 소설들을 낳았다. 이 단계가 또한 한국 현대문학사에서도 중요하고 풍요한 부분이 되고 있다.

　이 밖에도 이 연대에 조정래·전상국·김용성·최인호·박완서 등의 소설 작업이 활발히 전개되었다. 이들의 작업은 다음 연대에 더욱 본격화한다.

문학사와 근대기점

◎ 머리말

한국문학사에서 근대 또는 근대기점을 거론해 온 경위는 오랜 기간에 걸친다. 문학사 기술 과정에서 처음에는 '신문학'이란 말을 쓰기도 하다가, 일반 역사학 분야에서 시대구분을 서구의 3분법에 의거해 고대·중세·근대로 나누는 통례에 따라 '근대'가 거론되는 데서 자연히 영향을 받았다. '근대문학'의 장을 설치하는 예들이 생겨났다.

이 때에 '근대'에 대한 정의가 구체적으로 설명되는 경우는 드물었고 문학사의 시대를 편의적으로 구분하는 방법이었다. 해방 후 국학 분야의 정비와 연구의 축적이 어느 정도 이루어진 1970년대에 이르러

한 단계 더 구체적인 논의로 진전된 것이 '근대문학 기점론'이었다. 그 하나의 계기는 서울대 『대학신문』에서 마련한 좌담 「한국 근대문학의 기점」[8]이었다. 이 자리에서 김현이 언어의식에 기준을 두고 김만중(金萬重)의 '자국어 사용'에 근대문학 기점의 비중을 두는 의견을 내었다. 국어의식을 드는 점에 있어서는 정병욱 교수가 신라 향가의 예를 들고 정한모 교수가 세종대 한글 창제기를 예로 들며 김만중 기점론에 이의를 제기하였다.

김윤식·김현은 1972년 봄호 『문학과지성』지에서 한국문학사의 「방법론 비판」을 발표하면서 김만중의 자국어 선언에 영·정조대의 실학파 문학을 연결시켜 「18세기 근대기점」론을 제기한다. 그러나 김만중과 실학파의 박지원은 100년 간의 나이 차가 있으며 실상 김만중은 "당시 훈척층에 속해 있었기 때문에 실학파와 대립적 위치에 있었으며 그의 의식세계는 그대로 귀족적 고답적인 것"[9]이라는 문제가 있다. 이 문제는 뒤에서 더 언급하기로 한다. 다만 이 계기에 종래 지배적이었던 '갑오경장' 기점설 외에 18세기설, 1860년대설, 개항기설, 3·1운동설 등이 더 망라하여 거론되는 상황이 된다. 그러나 근대문학 기점론 자체는 학계에서 어느 한 시기로 쉽게 합의되기 어려운 문제이다. 다만 문학사가 각자의 연구와 논의들이 더 축적될 필요가 있다.

이러한 단계에서 근래엔 국내외적으로 이른바 '근대성'에 관한 논의들이 제기되고 있다. 이 개념에 대한 합당한 인식이야말로 근대문학의

---

8) 서울대학교, 『대학신문』, 1971년 10월 11일자.
9) 이우성, 「실학파의 문학」, 『국어국문학』 16집, 1957, 92면.

기점 설정에도 크게 참고될 수 있다. 즉 우리가 근대라든가 근대문학의 의의를 굳이 밝히려는 의의가 무엇이며, 그러한 근대의 기점은 우리 한국문학사에서 과연 어느 시점이어야 할지를 아는 데에 도움이 된다. 이것이야말로 우리가 민족문학사 전체와 특히 당대의 우리에게 절실한 보람으로서 근대문학기를 누리고 평가하는 방법이 되는 것이다.

◎ 근대성, 완성인가 이탈인가

오늘의 우리 시대는 이미 전개된 근대를 제대로 완성해야 하는가, 아니면 기존의 근대로부터 탈출해야 하는가, 이 문제를 아울러 감당하는 데에 이른바 '근대성' 논의가 연결되고 있다. 먼저 근대성이란 용어에서부터 생각해 보자. 서양에서는 modernity, modernite, Modernität가 마찬가지로 근대성도 되고 현대성도 된다. 그러나 오늘의 사람들로서 더욱 '최근(contemporay)'에 실감이 가는 경향에서 편의적으로 우리나라에서는 '현대', '현대성'으로 번역하는 예가 흔하다. 그러나 역사적 시대구분 개념으로서는 이 어휘들을 가지고 '근대성'이라는 뜻으로 쓸 수 있다. 이와 같은 혼용의 사정을 미리 생각하면서 필자는 '근대성'을 논하는 이 대목에서 한국어 번역의 실제대로 '현대성' 또는 '현대'라는 말로도 쓰겠다.10) 국내 필자들은 대체로 '근대성'으로 쓰는데 외국 저서

10) 이 용어 문제에 대해 백낙청은 modern을 '근대' 내지 '근대성'으로 풀이하며 '현대(성)'라는 번역

의 번역서들이 '현대성'으로 번역한 예들이 있으므로 같은 어휘로 여겨 혼용하게 된다.

국내에서 '근대성' 문제가 본격적으로 논의되기 시작한 것은 1993년에 서울대학교 민주교수협의회가 주최한 토론회「한국 근대사회의 형성과 근대성 문제」인 것으로 생각된다. 이 토론회 내용은『창작과비평』1993년 가을호에 수록 발표되었다. 우리 사회에서 이 문제가 불거져 나온 데에는 세계 현실의 변동이 한 자극제로 작용한 점이 있다고 본다. 종래에 진보적 지식계층에서는 1917년의 소련 볼셰비키 혁명 이후를 사회주의적 '현대'로 보고 그 이전을 자본주의적 '근대'로 보았다는 것이다.11) 그런데 1989년부터 이 지구상에서 사회주의 세계권이 붕괴되어 세계사의 '현대'가 사라져 버린 셈이 되었다. 그러면 세계사의 오늘은 과연 어떠한 시대인가. 어쩔 수 없이 근대의 연속이다. 그렇다면 이 근대는 과연 무엇인가. 그 내용과 성격을 제대로 몰랐다면 이제부터라도 되돌아가며 빨리 따라잡기를 해야 할 것이고, 그리고 나서는 결국 다시 '탈근대'를 추구해야겠다는 생각들도 나타났다. 왜냐하면 근대는 곧 자본주의인데, 자본주의는 해결할 수 없는 내적 모순을 지니고 있다고 보는 이들이 있다.

서울대 민교협 토론회에서「문학과 예술에서의 근대성 문제」를 주제로 발제 강연을 한 백낙청은 뒤이어 전개된 토론에서 다음과 같은 견해를 말한다.

도 가능하다고 하였다. modernity의 '근대성'과 '현대성'도 마찬가지 경우이다(『창작과비평』, 1993년 겨울호, 11면).

11) 이병천, 좌담「한국 근현대사의 성격과 민족운동」,『창작과비평』, 1988년 여름호, 14면.

자본주의를 극복할 지혜가 아직 우리에게 없다는 안병직 선생 의견에
동의합니다. …… 자본주의 현실을 수용하는 과정에서도 이미 지혜가
발휘되어야 지혜가 생기는 것이지 그런 건 다음에나 보고 지금은 우선
돈이나 벌자 해서는 탈근대가 안 되는 것은 물론이고 교육혁명도 안되
고 선진국도 안 되고 …….12)

이렇게 말하여 그는 자본주의적 근대를 탈퇴하는 것에 당위의 목표
를 두는 것으로 보였다. 서울대 경제학과 교수 안병직의 지혜 부족론
도 대조해 볼 의미가 있다.

이 점이 백 선생의 발표와 제 발표가 뚜렷하게 다른 점입니다. 근대를
극복하는 방향이 제 발표에는 전혀 제시되어 있지 않습니다. 현재 인류
의 지적 수준으로는 자본주의를 극복할 수 있는 지혜가 없어요. 저는
그렇게 생각합니다. 마르크스가 이상적이라고 생각했던 자유로운 인간
의 자각적 결사, 사회주의 체제가 실현되면 그렇게 행동하지 않느냐?
그렇게 행동했기 때문에 사회주의가 붕괴한 것이지요. …… 그 다음에
북한을 어떻게 생각하느냐? 내가 평가하고 싶지는 않습니다. 소련과 중
국이 이미 스스로 평가하고 있기 때문에 더 이상의 평가는 필요 없다고
생각합니다.13)

---

12) 백낙청, 토론 「한국 근대사회의 형성과 근대성 문제」, 『창작과비평』, 1993년 겨울호, 83면.
13) 앞의 책, 79면.

'탈근대'에 대해 안병직은 회의적이다. 이종오 교수가 말한 일이 있다. "진정한 근대성의 성취 위에서 분단체제가 해소되어야 한다."14) 이 경우는 오히려 근대성을 옹호하는 논리이다. 같은 『창작과비평』 지면에서 이처럼 다른 견해들이 허심탄회하게 개진되는 것은 바람직한 일이다. 같은 동지들 사이에서도 이견을 말하는 대화가 이루어져야 한다. 대화는 곧 진리에 대한 사랑이기 때문이다.

백낙청은 또 말한다. "문학에서의 근대성이라 하면 그러한 자본주의적 근대에 걸맞는 인식과 그런 현실에 대한 기본적인 적응력을 바탕으로 하면서도 동시에 문학이란 이름에 걸맞는 작품을 내놓아야 하기 때문에 자본주의사회에 수동적으로 적응하는 것만으로는 그러한 문학이 성립할 수가 없습니다. 그렇기 때문에 근대적인 문학이라든지 문학의 근대성을 규정하고자 할 경우에는 필연적으로 사회경제면에서의 근대를 규정할 때와는 다른 요소가 끼어 들게 됩니다."15) 그 '다른' 요소가 무엇일까. "사회경제적인 현실의 근대성과는 다른 문학의 근대성, 또는 주체적 인간의 대응방법의 근대성"이 바로 그 다른 요소라고 한다면 이것을 굳이 근대성이라고 하거나 더욱이 '탈근대'나 '근대 이후' 지향이라고 부를 필요가 있을까. '근대'의 개념에는 어차피 과학기술과 산업사회가 기본 틀을 이루고 있으니 말이다. 그 다른 요소가 '경륜'이라거나 '좋은 작품'(496면)이라 하더라도 거기에 굳이 근대, 탈근대, 근대 이후라는 용어를 해당시킬 필요가 있을까. 근대는 어차피 역

---

14) 이종오, 「해방 50년의 근대화 그리고 통일에 관하여」, 『창작과비평』, 1995년 가을호, 46면.
15) 백낙청, 「토론」, 『민족문학과 근대성』, 문학과지성사, 1995, 493면.

사적 시대구분 개념이면서 산업사회 또는 시민사회 개념이다. '탈근대'와 '근대 이후'는 다른 한편으로 그것이 바로 포스트모더니즘과 동의어가 되는 점도 있지 않겠는가.

국외에서는 '근대성' 논의의 두드러진 한 경우가 하버마스에 의거하는 것으로 보인다. 1980년에 하버마스가 아도르노상을 받을 때 수상 연설의 제목이 「근대성―미완의 기획」이었다. 이 연설은 바로 그 전해에 포스트모더니즘을 불러일으키는 데에 기여한 리오타르(Lyotard)의 저서 『포스트모던적 조건』이 이성(理性)을 비판한 데에 대해 하버마스가 응전의 필요를 느꼈던 것이다.16) 하버마스는 원래 이성과 계몽주의가 역사 발전에 역행해서 억압자들을 편들었다고 하는 해체주의자들의 발언에 분노를 느껴왔다.

하버마스의 이러한 견해는 헤겔에 근거하는 것이다. 헤겔은 근대에 속했다기보다 근대에 관심을 기울인 최초의 철학자였다. 그는 근대적 시대의식과 합리성 개념을 정리한 최초의 사람이다. 헤겔은 근대성의 역사적 핵심 사건으로 계몽주의와 프랑스 대혁명을 들었다.

18세기 말과 19세기 초에 조금 더 사유적인 사람들에게 계몽주의와 프랑스 대혁명이 의미하였던 그런 휴지기(休止期)로 설정한다. 노년의 헤겔은 여전히 이 장엄한 일출(日出)과 더불어 우리는 "역사의 마지막 단계라고 할 수 있는 우리 세계와 우리 시대에 도달하였다"고 생각한다. 18세기에 '모던' 또는 '새로운' 시대라는 표현과 함께 등장하였거나

---

16) 하버마스, 이진우 역, 『현대성의 철학적 담론』, 문예출판사, 1995, 13면.

아니면 오늘날에도 여전히 타당한 의미를 가지는 운동의 개념들이 이러한 사실과 맞아떨어진다.[17]

그러나 역사의 과정에는 기복이 있다. 20세기에 들어와 서구의 지식인들은 역사의 발전에 대해 신뢰를 잃어버렸다. 이성적인 근대에 대해서도 마찬가지이다. 각 나라에서 시민은 근대화 정책과 민족주의적 독재에 점점 더 예속되어 갔다. 특히 프랑스에 있어서 인도차이나와 알제리에서의 식민지 전쟁이 지식인들로 하여금 통치자에게 저항하게 하였다. 제국주의와 자본주의에 반대하게 하고 진보주의에 기울게 하였다. 독재자들에게 적대감을 느끼는 그만큼 지식인들은 반대중적인 엘리트주의로서 자족감을 느끼려 하였다. 근대는 이성을 파괴하고 있으므로 반근대주의, '탈근대'를 추구하게 되었다.[18] 탈구조주의와 해체주의가 포스트모더니즘으로 이어지며 역사의식과 정전(正典)을 거부하는 성향이 프랑스 대혁명 후 근대사의 타락에 대한 저항이라고 볼 수 있다. 1968년 5월에 일어난 파리의 혁명적 시위도 이러한 배경에 관계가 있다.

그러나 역사의 기복은 마냥 타락의 길로만 가는 것은 아니다. 비록 향상은 쉽지 않더라도 과오는 역사의 정의에 의해 패배하고 반성도 하며, 점차 발전의 궤도에 다시 진입하기도 한다. 프랑스 군대는 인도차이나의 디엔비엔프 요새에서 망신스럽게 참패하여 고국으로 철수하였

---

17) 위의 책, 25면.
18) 알랭 투렌, 정수복 역, 『현대성 비판』, 문예출판사, 1995, 195면.

다. 나치 독일은 수치스러웠다. 그러나 그 국민의 양심이 굴복한 것은
아니다. 1942년 뮌헨의 젊은 의대생들이 후버 교수의 지도 아래 조직
한 백장미단 사건이 있다.

> 한 문화국가의 국민으로서 무책임하고 어두운 충동에 사로잡힌 통치
> 자에게 아무런 저항도 하지 않고 통치 당한다는 것 이상으로 수치스러
> 운 것은 없습니다. 오늘날 모든 성실한 독일인들은 정부에 대해 수치심
> 을 느끼고 있습니다. …… 이제 나치스에 대한 반대자들은 이런 문제를
> 제기해야 합니다. 어떤 방법으로 그들에게 치명타를 안겨 줄 것인가로
> 서, 이 문제에 대한 해답이 바로 수세적 저항임에는 의심의 여지가 없
> 습니다.[19]

이들의 선언문에 나오는 수세적 저항은 인도의 간디가 제창한 비폭
력 저항을 연상케 한다. 백장미단의 선언문들은 뮌헨과 함부르크를 비
롯해 전국으로 배포되어 나아갔다. 침묵했던 독일 국민의 양심에 격동
을 일으켰다. 이들은 체포되어 1943년 2월에 모두 처형되었다. 다소곳
이 형장으로 걸어나가 마지막에는 "자유 만세!"를 부르고 죽었다. 이
들의 죽음은 천추에 영예로 남았고, 독재자 히틀러는 치욕스럽게 자살
을 하였다. 그리고 역사는 다시 흐른다. 2차대전 후 유럽의 모든 나라
에서 나치 연루자들은 처형되고 공직에서 추방되었다. 분할되었던 서
독은 근대적 자본주의로 부흥을 이루어 1989년 사회주의 동독을 흡수

---

19) 잉게 숄, 『백장미의 수기』, 범우사, 1988, 13~14면.

통일하였다.

앞에서 본 민교협 토론에서 안병직 교수는 근대를 극복하는 방향, 자본주의를 극복하는 지혜를 모르겠다고 말하였다. "사람들은 돈을 주면 움직이고 돈을 안주면 그냥 놀고, 누가 때리면 일하고 안 때리면 놀고, 그러니까 현재 자본의 논리, 잉여가치의 논리를 극복할 수 있는 인간의 지혜를 제시한 사람이 있으면 가르쳐 달라"고 하였다.(79면) 이 말은 진보적인 젊은 교수들이 국가독점자본주의 또는 종속이론 등 도식적인 관념론을 펴는 데 대해 유연하게 반문을 하는 화법으로 보인다. 사람들이 임금을 안 주면 게을러지는 것은 당연하다. 시민 대중이 성직자들인 것은 아니다. 때릴 필요도 없다. 인간다운 삶을 영위할 수 있을 만큼 보수를 주면 노동자는 스스로 부지런히 일을 한다. 그렇지 않으면 아무리 사회주의의 이상이 좋아도 인민은 잠재적 비능률 노동에 머문다. 더욱이 사유재산제가 없는 사회주의 체제에서 그러하다. 그리하여 자본주의의 파탄을 예고한 사회주의가 오히려 스스로 붕괴한 것이다.

사회주의의 와해를 수긍하고 싶지 않은 이들이 대개 패배한 것은 '현실사회주의'라고 말한다. 그러면 패배할 현실사회주의권을 파생한 순수사회주의의 책임 역량은 어떠한 것이며, 그 순수사회주의가 지금 무엇을 하고 있는 것일까. 문학에 있어서 사회주의 리얼리즘의 한계에 대해 언급할 때에도 그것은 '관변 사회주의 리얼리즘'이라고 말한다. 그러면 과연 순수 사회주의 리얼리즘에는 지금 어떠한 가능성이 있을까. 자신들이 자본주의 체제에 적응해 살고 있으면서 비판하는 자본주의를 '현실자본주의'라고 부른다. 이것은 소설 안에서 소설을 언급하는 포스트모더니즘의 메타픽션이 드러내는 충직성의 결여와도 같은 것이다. 그러면 현실자본주의가 아닌 순수 자본주의는 괜찮다는 뜻인가. 지금쯤의 단계에서 우리가 생각할 수 있는 자본주의의 실체는 과연 무엇일까.

자본주의가 사회의 도덕적 조절이나 제재를 받지 않는 것이라면 그것은 부정되어야 한다. 마르크스주의적 해결방법은 이미 실패로 돌아갔음에도 불구하고, 자본주의적 선진국에는 '인간 소외'의 현실들이 있고, 제3세계에는 주변화와 착취당하는 현실들이 남아 있다. 아직도 수없이 많은 사람들이 물질적으로 그리고 정신적으로 빈곤 속에서 살아가고 있다. 시장경제의 능력이 모든 것을 해결하리라는 경솔한 믿음이 자본주의의 이데올로기처럼 되어 확산되어 나아가는 것은 위험한 일이다. 그러나 이러한 위험들을 감시하고 도덕적 제재를 가하기만 하면, 자본주의는 아직까지 이 지상에서 인간본성과 자연법에 가장 일치하는 제도라고 할 수 있다. 자본주의의 핵심적인 두 요소는 사유제와 시장경제이다. 사유재산은 사회의 공동선에 역행해 남용되거나 오용되어서는 안 된다. 그러나 사유재산과 일정한 금전적 수입은 개인과 가정의 자립을 위해 필요한 생활상의 기본 권리이며, 인간 자유의 연장으로서 인정되지 않으면 안 된다. 시장경제의 방법은 구매욕구에 대한 지불능력이 있고, 물품을 팔 때 정당한 가격을 받을 수 있는 조건을 필요로 한다. 약소국과 강대국 사이에서도 자유주의 통상원칙, 즉 대등한 개방원칙이 황금률은 아니다. 약육강식을 제어할 국제적 정의가 개입되어야 한다. 그러함에도 불구하고 시장경제 제도 자체는 인간의 자유로운 창의력과 능률을 거두는 데 있어 달리 더 효과적인 대안이 없으며, 이 본능적인 소통을 막을 길도 없다.

자본주의의 이와 같은 내재적 핵심 기능을 인정하지 않으면서, 도덕적 일탈의 부정적 측면만을 강조해 "해결 불가능의 모순"이라고만 규정한 데에서 사회주의는 오히려 패배한 것이다. 그러면 자본주의에 누가 도덕적 제재를 가할 수 있을까. 그것은 정부 정책(부의 집중에 대한 고액 과세와 공정거래법 등)과 시민운동, 그리고 제3세계 나라들 사이의 연대와 협력이다. "자유와 창조의 주체인 인간 존재에 대한 신뢰에 기초하여"[20] 인류는 새로운 역사를 열어 나아갈 수 있을 것이다. 잃어버린 주체의 재건이 필요한 것이다.

◎ **역사 4분법의 어려움**

은연중에 '근대성' 논의는 오늘의 한국 문예이론 분야에 광범하게 전개되어 있는 것 같다. 황종연의 비평 「근대성을 둘러싼 모험」에 다음과 같은 상황이 제시되고 있다.

문화 혹은 문학의 길찾기를 위한 반성적 근대성론은 특히 90년대에

---

20) 알랭 투렌, 정수복 역, 앞의 책, 511면.

들어 활약하고 있는 젊은 세대 비평가들의 작업에서 두드러진 강세를 보이고 있다. 이 글에서 주목하고자 하는 서영채와 이광호의 비평은 그 대표적인 사례이다.[21]

황종연은 서영채의 근대성론이 "근대에 대한 비판과 거부까지 포함하고 있다"고 하였다. 이광호의 비평에 대해서는 "동일성의 주체를 붕괴시키는 차이의 세계에 대한 긍정과 해체의 전략 위에 서 있는 이른바 탈현대적 사유"라고 하였다. 이렇게 보면 이들의 근대성론도 근대 거부 내지 탈현대 지향일 가능성이 있다. 여기에다 백낙청이 탈근대와 근대 이후를 모색하고 있다. 그리고 김윤식도 '근대의 종언'을 언급하고 있다.

남한 문학의 위기감각이란 그러니까 '근대의 종언'으로 요약될 터입니다. 역사(근대)의 종언의식이 과연 탈근대주의를 가리키는 것인지, 해체주의를 말하는 것인지 혹은 포스트모던 상황을 지칭하는 것인지에 대해서는 제가 쉽게 말할 수 없다 해도, 좌우간 근대에 대한 믿음의 상실임은 분명하다고 할 수 있습니다.[22]

위에서 김윤식이 "쉽게 말할 수 없다"고 한 '포스트모던 상황'에 대해 황종연은 앞에서 든 평론 「근대성을 둘러싼 모험」에서 다음과 같

---

21) 황종현, 「근대성을 둘러싼 모험」, 『창작과비평』, 1996년 가을호, 216면.
22) 김윤식, 「남북한 현대문학사 서술방법에 대한 예비고찰」, 『북한문학사론』, 새미, 1996, 32면.

이 말하였다. "우리나라에서도 포스트모더니즘은 지난 몇 년간 떠들썩한 화제가 되었지만, 외국에서 들어온 첨단 사조들이 하나같이 그러했듯이 덧없는 해프닝의 오욕을 면치 못했다. 그것은 정치적 급진주의의 약화, 소비자 사회의 부상, 대중문화 산업의 팽창, '신세대'의 출현 등을 전후하여 등장한 까닭에 처음부터 의혹과 저항의 눈길을 받았고, 문학의 경우 대중추수나 표절을 위한 변론에 동원되는 촌극까지 빚음으로써 급속하게 외면을 당하고 말았다." 황종연은 포스트모더니즘이 "근대성에 대한 철저하고 전면적인 반성"의 계기를 가져온 데에서는 경청할 가치가 있다고 말하고 있다. 그렇다고 하더라도 포스트모더니즘이 한국에서 해프닝의 오욕을 면치 못했다고 한 판정을 흐리우지는 못한다. 포스트모더니즘의 실제가 이러하다면 탈근대 또는 근대 이후 지향에 달리 또 무슨 내용이 들어 있는 것일까. 구체적으로 그 무엇이 근거가 되어 비중 있는 한 문학사가인 김윤식으로서도 "근대의 중언" "근대에 대한 믿음의 상실은 분명하다"고 말하는 것일까. 앞에서 본 서울대 민교협 토론에서 안병직이 자본주의를 극복할 지혜를 발견한 사람이 어디에고 있다면 소개해 주기를 부탁해, 괄호에 씌워진 '일동 웃음'이라는 기록을 낳았다. 필자로서도 널리 묻건대 '근대'에 대체되는 '근대 이후'가 어떠한 형상으로 시각에 들어오며 거기에 무엇이 담겨 있는지, 목격한 이가 있다면 소개해 주기를 부탁하고 싶다. 전산화, 정보화, 신세대의 모습을 목격할 수 있다고 하더라도 그것이 역사적 근대의 본질적 특성의 하나인 자본주의를 정지시키는 기능은 전혀 아니라고 보게 된다. 바로 이 점에 '현실'이라는 가치 척도가 가해지지 않을 수 없다. 비록 도덕적으로 감시되고 조절되어야 하는 자본주의라 하더라도 말이다.

실질적인 내용은 아니더라도 관념상 상정하는 역사의 단계로 '근대 이후'는 가능할까. 이것이 가능하다면 일단 역사의 3분법을 4분법으로 고치는 시도도 생길 법하다. 이 시도가 전혀 없었던 것은 아니다. 3분법에도 문제가 없는 것은 아니기 때문이다. 고대와 중세의 기간을 재는 다음과 같은 한 이론이 있다.

> 그레시아의 역사가 시작된 B.C. 8세기 또는 로마왕정이 시작된 B.C. 500년대에서 서로마가 멸망한 476년까지를 고대라고 한다면 고대의 시간적 길이는 약 1,200~1,000년이 될 것이다. 그리고 서로마의 멸망부터 1453년 콘스탄티노플 함락까지를 중세라고 한다면 중세는 약 10세기간 계속된 셈이다. 이에 비해 근대는 15세기부터 시작되었다고 가정할 때 본래의 3분법 정신에 비추어 보면 오늘에 이르기까지가 모두 '근대'이다. 뿐만 아니라 근대는 앞으로 계속해 가는 시대이며 이론상 끝없이 그 시간적 길이가 증가할 수 있는 성질의 것이다.[23]

끝없는 근대, 이 점이 문제가 되어 4분법을 쓰고 그 네 번째 단계를 가령 현대(contemporary period)라고 해보자. 이번에는 또 현대가 끝없이 연장되어 나아가는데 4단계의 그 '최근'이라는 기본개념 때문에 비교적 지난 시기는 계속해서 '근대' 쪽으로 되돌려주며 진행되어야 한다. 결국

---

23) 차하순 외, 『한국사 시대구분론』, 소화, 1995, 49면.

'근대'가 끝없이 길어지기는 마찬가지이다. 이 점도 마찬가지로 시대구분상의 모순이 된다. 시대구분 개념 자체로서는 4분법만이 아니라 구분 단계를 더 늘려 가면서 어떤 지칭들을 더 쓰게 될 수도 있다는 가정도 불가능한 것은 아니다. 그러나 획기적으로 '근대'와 구분되는 새 시대라면 그럴 만한 특성과 내용이 있어야 할 것이다. 아직까지는 그 본질적인 차이의 내용을 확인하기가 어렵다.

이렇게 보면 다시 생각나는 것이 있다. 그것은 앞에서 인용했던 헤겔의 말이다. "18세기 말과 20세기 초의 구분 위에 '계몽주의', '프랑스 대혁명'이 있다. 장엄한 일출(日出)이며 역사의 마지막 단계이다." 헤겔은 '근대성'의 역사적 핵심 사건으로 프랑스 대혁명을 들었으며 아마도 이것은 역사의 마지막 단계가 아닐까 하고 감격했던 것이다. 푸코·데리다·월러스틴 등 포스트모던 맥락의 사상가들은 이성과 계몽주의에 의해 프랑스 혁명을 평가절하하며 19세기적 근대를 부정하려 하였다. 부르조아지의 지배는 이미 16세기에 시작되었으며 따라서 19세기 프랑스 혁명은 브루조아 혁명도 아니라는 것이다. 그리고 이 혁명기의 이데올로기였던 '자유주의'는 자본주의에 대한 민중의 저항을 막는 방패에 지나지 않았다고 말한다.[24] 그러나 중요한 것은 자유주의라기보다 '자유' 그 자체이다. 자유에서 인간 존재의 주체가 비로소 성립되기 때문이다.

그리고 세계 역사에서 프랑스 혁명은 과연 대수롭지 않은 것이었던가. 1789년에 일어난 혁명은 8월 26일 '인간과 시민의 권리 선언'을 채

---

24) 월러스틴, 성백용 역, 『사회과학으로부터의 탈피』, 창작과비평사, 1994, 79면.

택했고, 1793년에 루이 16세 국왕을 단두대에서 처형했으며, 1830년 8월 7일에는 입헌군주제를 채택하였다. 혁명의 시작으로부터 1871년의 빠리콤뮨에 이르는 약 80년 동안에 몇 차례의 반혁명 사태로 엎치락뒤치락하며 약 5천 명의 사람들이 단두대에서 처형되었다. 영국의 경우 1689년의 명예혁명 이후 큰 정치적 격변이 없이 의회민주주의를 발전시켜 왔으며, 미국의 경우 1776년의 독립전쟁에서 승리한 후 민주주의의 원칙이 한 번도 위협받지 않은 데에 비하면 프랑스 혁명은 80년을 경과하며 근대사의 모든 정치 형태와 사건들을 겪었다. 아놀드 하우저는 『문학과 예술의 사회사』에서 말하였다.

> 19세기라고 하는 시대는 1830년경에 시작된다. 대체로 오늘날에도 우리가 자신을 표현하는 형식으로 가지고 있는 문학이 형성된 것은 1830년 7월 혁명기간(입헌군주제 채택, 발자크의 시대)에 이루어진 것이다. 쥘리앙 쏘렐(스탕달의 『적과 흑』의 주인공)과 라스띠냑(발자크의 『고리오 영감』의 주인공)은 서양문학에 있어서의 최초의 근대인, 우리 자신의 최초의 동시대인(同時代人)이다. …… 1830년대의 스탕달로부터 1910년대의 프루스트까지 정신적 전개가 하나의 유기적인 동질성을 유지했음을 우리는 증언할 수 있다.[25]

1910년대 마르셀 프루스트의 작업은 무엇이었던가. 그것은 7부작 15권으로 된 거작 『잃어버린 시간을 찾아서』를 1913년부터 1928년까

---

25) A. 하우저, 백낙청·염무웅 역, 『문학과 예술의 사회사』(현대편), 창작과비평사, 1974, 4면.

지 써 나아가는 과정이다. 이 기간 중 1917년 러시아에서 볼셰비키 혁명이 일어나 사회주의국가 소련이 탄생하였다. 그리고 1989년 동독의 붕괴로부터 시작해 1990년을 고비로 하여 소련과 다른 동유럽 나라들의 사회주의 국가체제가 와해되었다. 월러스틴은 "150여 년 간 자기 비하에 빠져 있던 보수주의자들이 다시 등장하고 있다"[26]는 전제 아래 이것은 사회주의 세계권의 붕괴만이 아니고 1789년 프랑스 혁명으로부터 전개된 자유주의 이데올로기 전체의 붕괴라고 말한다. 그러므로 우리는 지금 자유주의 이후에 들어서 있다고 한다. 이러한 관점에서 그는 『자유주의 이후』라는 책을 쓴 것이다.

한 때 월러스틴은 프랑스 혁명과 합리주의적 근대를 비판하고, 자유주의를 자본주의의 방패라고 역시 비판하였다. 그리고 이제 "베를린 장벽의 붕괴와 연이은 소연방의 해체로 근대 세계에서 이데올로기로서의 마르크스주의가 붕괴되었다는 것은 옳은 말이다."[27] 이렇게 월러스틴은 말한다. 그런데 그는 또한 말하기를 자유주의 이데올로기의 전과정이 함께 붕괴한 것이라고 하여 물귀신 논리의 인상을 준다. 그리고 그의 결론은 다음과 같다. "우리가 진입하고 있는 시대는 그러함에도 불구하고 심지어 더 불안정하다. 우리는 미지의 바다를 항해하고 있는 중이다."[28] 이것이 이른바 자유주의 이후이며, 또 다른 표현으로는 '근대 이후'라는 뜻도 된다. 현실이 '미지의 바다'와 같은 단계라면 전단계로 치부하는 근대에 대해 신뢰를 상실했다고 말하기에는 아직 이르

---

26) 월러스틴, 강문규 역, 『자유주의 이후』, 당대, 1996, 15면.
27) 위의 책, 7면.
28) 위의 책, 347면.

다. 하물며 '근대의 종언' 또는 '역사의 종언'을 거론하기에는 더욱 그렇다고 생각된다. 그러므로 오늘날 우리 사회의 문예비평가나 문학사가가 남한 문학을 가리켜 '근대의 종언' 또는 '근대 이후' 지향에서 거론하는 일은 아직 성급하며 또한 실제로 근거 내용을 제시하기가 어려우리라는 점을 지나쳐 볼 수 없다. 역사의 먼 미래에는 시대구분의 용어를 어떻게 쓰게 될는지 모르지만, 지금 우리는 '근대'를 오히려 근대답게 완성해 보고 누려 보아야 할 당위를 지니고 있다. 이런 이유에서 우리는 새삼 한국 근대문학의 기점부터 살펴 나아갈 필요를 느낀다.

◎ 한국문학사의 근대기점

문학사는 문학의 역사이다. 역사를 기술하는 것은 역사학의 방법과 무관할 수 없다. 그러므로 문학사의 기술은 일차적으로 일반 역사학 분야의 방법론적 변천을 한 차례 간략히라도 참고해야 할 것이다. 역사학의 역사는 짧은 편이어서 19세기에 들어와 독일의 랑케(Leopold Von Ranke)에 의해 비로소 독립된 학문분야가 되었다. 그 이전에는 역사의 기술 작업이 문학의 테두리 안에 섞여 있었다.

19세기 후반에 테느와 람프레히트가 당시 대두한 콩트의 실증주의 철학에 동반해 역사의 배경을 연구하면서 이른바 '생성사학'의 방법을 취하게 된다. 이 단계에서 테느는 특히 왕조사나 정치사보다 문화사 중심의 사관을 주장한다. 그리고 문화사 안에서는 문학사가 또한 중심적 부분이 된다.

역사학은 문화적 형성물의 특징을 파악하지 않으면 안 된다. 역사와 같이 하나의 기록으로서의 문학 작품은 그 가치가 매우 크다. 우리의 눈 앞을 지나간 전시대의 감정을 알게 해 주는 기록 중에서 문학이 특히 절대적으로 뛰어난 까닭은 사물의 섬세하고 미묘한 변화를 측정하고 감별하는 데 가장 적합하고 민감한 때문이다. 그러므로 문학은 그 자체 이외의 다른 소산물의 모든 좋은 점을 포함하고 있다고 볼 수 있으며, 사람의 정신사는 문학의 연구에 의해 비로소 가능할 수 있다.[29]

한국 근대문학사를 기술하는 데 있어서 정치사 테두리에 얽매이지 않는다는 것은 특히 중요하다. 그 정확한 기점을 어디로 잡든 한국 근대문학사 단계는 대체로 외세의 침략이라든가 특히 식민지 상태로의 전락이 직접으로 관련되기 때문이다. 유럽 문학의 영향이라든가 식민지 상태라는 여건을 넘어서는 문학사관은 조동일에 의해 개진된 바 있다. 즉 유럽의 근대문학은 시민혁명에 병행되지만 유럽 이외의 지역에서는 식민지 또는 반식민지 상태에서 유럽문학의 영향을 받으며 근대문학을 이룩하는데, 그러나 이 영향을 곧 '이식'이라고 보는 것은 잘못이라는 것이다. "유럽 아닌 다른 어느 곳에서도 중세문학에서 근대문학에로의 이행기 동안에 축적된 역량을 민족 해방운동으로 발휘하면

---

29) 테느, 이헌구 편역, 「영문학사 서론」, 『비평의 이해』, 민중서관, 1968, 130~131면.

서 근대문학을 이루었다. …… 서양중심주의를 시정하고, 세계문학사의 보편적인 전개를 새롭게 확인해야 한다"[30]고 그는 말한다.

이와 같은 관점에 의해 조동일은 '한국 근대문학'의 성격을 17세기부터 1918년에 이르는 이행기(移行期)에 이어 1919년 3·1운동기가 기점이 되는 것으로 본다. 그에게서 독특하게 설정된 이행기 기간이 3백 년이 넘게 너무 길다는 문제점이 있는데, 이 이행기는 더 세분해서 1860년이 이행기 중 제2기의 분기점이라는 설명을 하고 있는 점이 또한 주목된다.

한국의 근대사 내지 근대문학의 기점에 관련해 1860년을 거론한 경우는 이선근·황패강·조동일에 걸치고 있다. 이 소론에서 필자는 이왕의 다양한 근대문학 기점들에 대해 나열적인 재론은 하지 않으려 한다. 여러 기점론, 즉 18세기설, 북한의 1866년설, 개항기설, 갑오경장기설, 애국계몽기설, 3·1운동기설 등에 대해 균형있게 객관적인 정리를 한 작업으로는 최원식의 논문 「민족문학의 근대적 전환 — 근대문학 기점론을 중심으로」[31]를 참고하는 것이 바람직하다. 다만 이 근대문학 기점설들을 간추려서 몇 가지 유형에 대해서만 간략히라도 논급을 가할 필요는 있다.

18세기설은 1971년에 서울대 『대학신문』이 마련한 「한국 근대문학의 기점」 토론(10월 11일자)에서 정병욱 교수에 의해 제기된 바 있다. 토론의 사회를 보던 김윤식이 "그러니까 서구적 요인이 아니더라도 근

---

30) 조동일, 「고대문학·중세문학·근대문학」, 『한국문학통사』 1(3판), 지식산업사, 1994, 57면.
31) 최원식, 「민족문학의 근대적 전환」, 『민족문학사 강좌』 하, 창작과비평사, 1995, 9~36면.

대적 요소를 우리 고전문학에서도 찾을 수 있다는 말씀인데, 구체적인 시기는 어느 때쯤입니까" 하고 물었다. 이에 대해 정병욱은 "청나라에서 구라파의 과학사상이 들어온 시기인데, 18세기 후기에서 싹트기 시작해서 19세기 초기와 중기라고 볼 수 있는데 실학사상(實學思想)이 싹튼 시기와 같은 시기이지요" 하고 대답하였다. 동석한 정한모 교수도 이 발상의 발전에 기대를 건다고 하였다. 이러한 경위로 거론되기 시작한 실학사상 시기는 민본주의와 과학정신이 내용이니 한국 근대의식의 뿌리로서는 매우 튼튼하다. 또 그 사상이 먼 서양으로부터 청나라에 들어와 있는 것을 조선의 남인 계열 학자들이 스스로 청나라에 들어가 자발적으로 들여왔다는 점에서도 자생적 생명력을 지니고 있다. 그러나 이 사상이 문학 작품들을 동반해 사회에 널리 소통하지 못했다는 한계에서 근대문학 기점으로는 부족하다. 다만 근대문학의 여명기로서 의의를 인정하면 적절하다고 할 수밖에 없다.

이 대륙통로에 의한 자발적 문명 개안은 실상 17세기에 이미 유몽인·허균·이수광(李晬光)에 의해 발단되었었다. 이수광은 『천주실의(天主實義)』를 국내에 소개했고 『양의현감도(兩儀玄監圖)』를 통해서는 지구가 둥글다고 하였다. 『지봉유설(芝峰類說)』 권2 「외국조」를 통해서는 불란서와 영국의 위치를 말하고 무기에 대해서도 설명하였다. 그리고 18세기에 이익(1681~1763)과 박지원(1737~1805)에 의해 실학사상은 왕성한 내용으로 발전했고, 뒤이어 이벽·이승훈·권철신·정약종에 이어지며 천주교의 도입이 확고해졌다. 이와 같은 추세는 18세기를 고비로 하는 우리나라 근대의식의 뿌리를 더 분명히 알게 해 준다.

　　한국 근대문학의 19세기 기점설은 정병욱의 경우에도 결정적인 것으로 주장되지는 않았고 근거가 더 탐구되어야 한다는 시안으로서 역시 '여명기'적 성격을 띠었다. 그러나 이 발상의 중요성은 문학사가 일반 정치사 테두리를 벗어나고 있다는 데에 있다. 이 점은 앞에서 테느의 문화사 중심 사관에도 부합되고 있다. 일반 정치사의 안목으로는 대개 현실 제도의 개혁에 치중해, 비록 그것이 타율적이었다고 하더라도 1894년의 갑오경장에 근대기점을 상정해 왔었다. 이와 같은 사고의 틀에서 벗어나 문학사가 주체적 정신사의 의연한 맥락을 따라 18세기 기점을 발상한 데에 의의가 있다는 말이다.

　　갑오경장이 거론된 결에 일본에 의한 타율적 역사 이행기 전반에 대해 일괄해서 생각해 보겠다. 이 범위는 1876년의 병자수호조약, 이른바 '개항'의 때로부터 1919년의 3·1운동에 걸치게 된다. 즉 개항기, 애국계몽기, 갑오경장기, 3·1운동기가 망라되는 것이다. 이 중에서 민족 주체의식의 발로는 애국계몽기에 있다. 그러나 1905년부터 1910년에 걸치는 것으로 제시되는 이 기간은 너무 짧았다. 그리고 문학형식으로는 애국적 역사·전기류 소설과 우국가사들에 의거해야 하는데 정신적으로는 그 내용이 중요하지만 표현기법의 면에서 거칠고 산만해 당대 민중에게 수용되는 실질이 너무 부족했다고 하는 한계가 있다. 애국계몽기 근대문학 기점설을 주창한 최원식은 일본에 의한 타율적 역사 이행기인 이 시기가 이른바 '개화기'로 지칭되는 현상을 부정하면서 그 대안으로 애국계몽기설을 제안하였다. 그러나 지칭의 상대적 교체 의식은 근대문학이 대세로 정착하는 기점과는 거리가 있다.

또한 애국계몽기 문학도 어쩔 수 없이 일제의 지배에 침몰하는 귀결인 점에서는 마찬가지이다.

3백여 년에 걸치는 이행기를 설정한 끝에 근대문학 기점으로 든 3·1운동기설은 민족 주체역량의 분출과 문학 형식의 발전에 일리가 있다. 그러나 조동일이 제창한 이 이론도 민족문학의 존재나 지속의 면에는 합당하다고 할 수 있겠으나, 민족의 근대문학 기점으로는 어려움이 있다고 보게 된다. 이것은 애국계몽기가 일제의 지배에 침잠한 귀결보다도 더 무리가 있는 여건 위에 있다. 즉 1919년은 이미 한국이 일제의 식민지가 되어있는 것이 현실이고, 3·1독립운동의 민족 주체역량 분출은 위대하지만 그 결말도 역시 실패였으므로 우리의 1920년대 문학이 벌써 허무와 퇴폐의 풍조를 나타내었다. 따라서 이 3·1운동 기점설도 민족 근대문학의 정착이 시작되었다는 뜻으로는 인정하기가 어렵다고 생각된다.

일제에 의한 타율적 역사 이행기 범위에 들지 않는 것으로 북한의 1866년 근대문학 기점설이 있다. 이 시기 근대문학의 내용 설명은 원래 미비한 채로, 이 기점설은 1866년에 발생한 서양함대의 서해안 침입을 민족의 주체역량으로 격퇴했다는 데에 의거하고 있다. 그러나 이 격퇴는 당시에 조선 봉건왕조를 수호하는 척사위정의 성격을 띠고 있었던 것으로서 국내적 근대 이행에 직결되는 내용은 아니었다. 이것은 북한이 1960년대 중반에 지난 항일 무장투쟁 과정에서 김일성이 '타도 제국주의동맹'을 조직한 해라고 하여 1926년을 '현대문학 기점'으로 정한 것과 같은 성향의 것이다.

　마지막으로 남은 것이 근대문학의 1860년대 기점설이다. 1860년대
설은 원래 일반사 분야에서 이선근이 「근대화의 기점과 1860년대의
한국」[32]이란 제목의 논문을 통해 제기한 이론이다. 이 논문에서 이선
근은 1860년에 영·불 함대가 중국의 북경성을 함락시킨 것이 조선의
서울에서 양반과 시민들이 피난 채비를 하는 소동을 빚고 관청이 휴무
하는 사태에까지 이른 큰 충격이었다고 한다. 같은 해에 유럽의 한 대
국인 러시아는 청국의 열세를 틈타 우수리강 동쪽의 7백리 연해주 땅
을 점령해 조선과는 두만강을 사이에 두고 마주보게 되었다. 또한 국
내에서는 이 해에 최제우의 동학(東學)이 일어났다. 세계관의 판도가
뒤바뀌는 듯한 해였다. 그러나 이 논문에서 이선근은 대원군의 개혁정
치에 근대화의 명분을 부여하는 과장을 드러내고 문화 분야에 관해서
는 논급하지 못하였다.

　1860년을 한국문학사의 근대기점으로 규정한 이는 황패강 교수이
다. 이 경우는 일반사와 문학사가 같은 시기를 근대기점으로 여기게
된 사례이다. 이것이 자연스럽고 합당하다면 다행한 일이 될 수 있다.
황패강의 논문 「한국문학사와 근대」[33]는 일반사에서 이선근이 북경
함락과 동학의 창건을 1860년에 해당시킨 데에 더 추가한 것들이 있
다. 그 하나는 천주교와 천주가사이며, 또 하나는 판소리 사설과 국문
소설에 관한 것이다.

---

32) 이선근, 「근대화의 기점문제와 1860년대의 한국」, 『한국사 시대구분론』, 을유문화사, 1970.
33) 황패강, 「한국문학사와 근대─'근대'의 기점 설정을 위한 시고」, 『근대문학의 형성과정』, 문학과
　　지성사, 1983, 47~74면.

1860년 영불군에 의한 북경 함락은 중국 중심의 세계관을 무너뜨림과 동시에 전통적으로 내려온 전근대적 가치관을 일조에 흔들어 놓았다.

1860년에 발달된 동학은 점차 민중적 기반을 확대하여 반봉건·반침략의 민중운동으로 성장하여 마침내 전근대적 지배체제를 붕괴시키고, 근대적 혁명을 이룩할 직전에 이르러, 외세의 간섭으로 꺾였다. 그 뒤 동학의 근대 추구의 노력은 다른 모양으로 계승·전개되었다.

1866년의 새남터 대순교는 우리 역사상 일찍이 보지 못한, 전제 군주제 아래서의 각성한 민중들의 양심과 신앙의 자유를 위한 집단적 항거운동으로서 근대를 여는 새 계기가 되었다.

이와 같은 사정은 한국문학사에서도 확인된다. 한국 민중의 근대의식의 발상과 관련하여 동학과 천주교는 1860년대에 국문 가사를 보급시켜 문학에 있어서의 민중적 형식을 확립했다. 문학이 대중적 전달 매체에 의하여 민중 속에 평범한 독자 저변을 확대해 나간 것도 19세기 후반의 두드러진 현상이다. 지역적 계층적 연희물에 그쳤던 판소리 사설의 문자화, 방각본 국문 소설의 대량 출간과 광범한 유포와 보급……등.

이러한 사실들은 그 뒤에 시도된 근대문학의 여러 양상을 방향 짓고, 성격화하고 있다. 따라서, 19세기 후기 좀더 분명한 획선을 그어야 한다면 1860년대를 한국문학사에서 근대의 기점으로 인정하는 것이 사실 이해를 위해 편리하고 또 타당하리라 생각된다.[34]

---

34) 황패강, 앞의 책, 73~74면.

황패강은 이 논문의 '결언' 첫 줄에서 "근대는 시대적 개념이면서 동시에 가치 개념이 되고 있다"고 하였다. 과연 한국문학사의 시기적 단계에 대한 헤아림 뿐 아니라 이 '가치'의 개념에 있어서 1860년 근대문학 기점설은 숙고할 만한 의미를 내포하고 있다. 황패강의 이 논문 부제에 '시고'(試考)라는 전제가 붙어 있다. 결정론적 주장이 아니라는 뜻이다. 이러할수록 우리는 더욱 편하게 이 시도적 이론에 다가갈 수 있다. 필자로서는 이 1860년대 근대문학 기점설에 비교적 동의하게 된다.

◎ 맺는 말

'근대'가 가치의 개념이기도 하다는 점에서 이 소론의 절반 이상 분량이 '근대성'을 둘러싼 문제에 할애되었다. 그 결과로서 '탈근대'와 '근대 이후'를 지향하는 이론이 많은 이들의 관심에 비해 실상 막연하고 대안으로서의 내용이 불분명하다는 판단에 이르게 되었다. 설사 무조건적으로 근대에 대한 거부감이 있어 역사의 4분법을 기도하고 그 마지막 단계에 진입하려 해도, 가령 '최근'이 현대라고 하면 시간이 쉼없이 흐름에 따라 이미 최근이 아닌 부분은 계속 전단계인 근대에 넘겨주어야 한다는 문제에 부딪힌다. 그러므로 '탈근대' 또는 '근대 이후'를 쉽게 추구하는 것은 어려운 일이다.

따라서 헤겔이 근대를 가리켜 인류사의 마지막 단계라고 한 말도 염두에 두고 되새기면서, 근대나마 근대답게 구현해 보자는 생각에 이르게 된다. 즉 자유와 이성과 보편적 양심에 따라 인간다운 삶을 끊임없이 창조해 나아간다는 사명에서 보면 근대는 우리가 완성해야 할 대상이다. 이와 같은 근대 긍정의 가치관을 가지고, 또 인류의 역사를 문화사 중심 사관으로 보면서, 과연 우리 한국문학사의 근대는 어디에서부터 시작되는 것인지를 헤아려 볼 수 있다.

한국문학사 근대기점으로 제안된 여러 가지 이론들 중에서 1860년대 기점설은 특별히 몇 가지 중요한 의미를 지니고 있다. 첫째로 이 시기는 정치사의 틀에 구속되지 않는다. 정치적으로 아직 조선 왕조라는 군주제 아래에 있지만 문화적으로는 이미 18세기 실학사상에서 싹트고 뿌리내려 온 민본주의와 과학정신의 근거를 가지고 있다. 세계적으로는 북경의 함락과 러시아의 두만강 도래에 따라 중국 중심 관념을 벗어나게 된다. 국내적으로는 동학과 천주교가 서로 출발점은 다르지만 인간 평등과 박애의 정신에 따라 동학은 농민전쟁을 일으키고, 천주교는 임금으로서도 다스릴 수 없는 '마음 법' 즉 진리에 지향하는 양심에 따라 수많은 신도의 순교도 불사하며 왕권 전제에 저항하였다. 또한 동학은 국문 동학가사로, 천주교는 역시 국문 천주가사로 민중의 가슴에 진리의 메시지를 전파해 나아갔다. 이 가사들은 이어서 우국가사와 개화가사로 계승되어 나아가는 맥락도 살펴볼 수 있다.

아울러 이 시대 즉 1860년대에 신재효가 판소리 사설들을 정리해 문자로 정착시켰으며, 팔리는 책으로서의 방각본(坊刻本) 국문소설들이 대폭적으로 민간에 보급된다. 이미 17세기부터 서민 계층의 세력 향상에 동반해 보급되어 온 한글 소설들이 19세기 후반인 이 시기에는 이미 50여 종 2백여 책에 이르게 되었다.[35] 한글 고소설들은 그 내용이 근대 시민사회의 문물을 담고 있는 것은 아니다. 그러나 특히 판소리계 소설 (「춘향전」·「흥부전」·「심청전」 등)은 그 특유의 입심·익살·낙천성·서민적 우애·계급을 초월한 사랑 등으로 가장 왕성한 민간 소통력을 지닌다. 이 소설들은 일제하 1930년대 말까지도 겨울 농한기에 접어드는 때 서울 장안의 각 서점에서 단연 베스트셀러였다. 구한국 말엽 역사·전기류 소설의 사상 취향과 신소설의 친일 성향에 비해 판소리계 소설은 민중 수용도에 있어서 가장 활력이 있고, 따라서 문학사 전통 맥락으로는 주류라고 할 수 있다. 이 재래 소설들이 세계관으로 개안이 되는 1860년대 대중 속에서 문학의 기운을 고취한 셈이다. 이 모든 요소를 합해서 한국 근대문학의 1860년대 기점설이 더욱 힘을 얻는다.

한국 근대문학의 여러 가지 기점설들이 개항으로부터 3·1운동에 이르는 기간 안에 자리잡고 있다. 이 시기는 어쩔 수 없이 일제에 의한 타율적 역사 이행기이다. 문학사가 정치사로부터 구속받지 않을 수 있다고 하더라도 민족 주체의 제약이라든가 상실이라는 한계는 근본적으로 약점이 된다. 그러므로 1876년 일본과의 타율적 개항 이전 시기, 세계적 객관성에 대한 개안, 국내적 민권운동의 분출, 민중 속 문학 향유의 확산이 있었던 1860년대가 한국문학사 근대기점으로서 적질하다는 것이다. 이 시기 기점설에 대한 보다 충분한 검토를 별도의 과제로 남기면서 이 소론을 마무리하기로 한다.

---

35) 김동욱·김태준 편, 『영인 해설 고소설선』, 개문사, 1977, 56면.

문학의분출

3

대담

민족문학과 문학사의 연속성

구중서 · 강진호

강진호 안녕하십니까? 바쁘실 텐데 저희 대담에 응해 주셔서 감사합니다. 선생님께서는 1963년 등단하신 이래 오늘날까지 왕성하게 비평활동을 하고 계십니다. 아울러 '민족문학작가회의'와 '민족예술인총연합' 등에 참가하면서 민족문학을 몸소 실천하고 계십니다. 오늘 선생님을 모시고 말씀을 나누고자 하는 것은 '1960, 70년대와 민족문학'에 대해서입니다.

선생님께서는 1960년대 이후 민족문학론을 선구적으로 제기하고 또 실천한 증인 중의 한 분이십니다. 그래서 오늘 이 자리는 연구자들에게 많은 도움을 줄 것으로 생각하고 또 사실 많은 기대를 걸고 있습니다. 그럼 먼저 선생님께서 등단하실 당시의 이야기부터 해주셨으면 좋겠습니다. 이를테면 문학을 택하신 동기라든가 문학에 대한 당시의 견해 등을 말씀해 주십시오. 자유롭게 이야기하는 방식으로 해 주시지요.

구중서 문학을 택하게 된 동기는, 너무 장황하게 말할 수는 없지만, 어려서부터 문학을 좋아했어요. 초등학교 2학년 때, 일제 땐데, 학교 선생님이 색종이 한 장씩을 학생들에게 나누어 주고, 창밖에 사꾸라 꽃이 피었는데 그것에 대해서 작문을 하라고 해서 지어 냈는데 내가 쓴 것이 잘 됐다고 칭찬해 주셨어요. 내용이 뭔지는 지금 기억나지 않지만, 많이 고무되었던 것 같아요. 시골에서(경기도 광주) 국민학교를 다니면서도 서울에서 나오는 잡지 『어린이』, 『소학생』 등을 구해서 읽곤 했지요. 중학교 2학년 때도 피난 내려가서 이천중학교 피난등록반에 다녔는데 그 때에도 시를 지은 것이 뽑혀서 어디로 보내지고, 그런 식으로 늘 문학을 생각했고, 사실 문학 외에는 별로 생각해 본 것도 없고 할 줄도 몰랐어요. 군에서 제대한 후 1962년부터 출판사 편집부에 근무하면서, 당시 4·19를 거치고 5·16군사쿠데타 후니까 사회적으로 불의에 대한 저항심도 강했고 그래서 명동의 문학하는 벗들과 어울렸지요. 그들 중에는 등단한 이들이 대부분이었으나 나는 그냥 문학청년으로서 같이 이야기하며 놀고 그랬지요. 그런데 『신사조』라는 잡지에 편집장으로 있던 내 친구가 글 하나를 청탁했어요. 그래서 마음속에 갖고 있던 문학에 대한 생각들을 써 주었지요. 그것이 시작이 돼서 『청맥』, 『한양』, 주로 이런 잡지에 글을 썼어요. 신인 추천을 받은 것도 아니고 신춘문예에 당선된 것도 아니고 그냥 스스로 발표한 것이어서 잡지 편집자들이 편의적으로 '문학평론가'라고 부르게 된 거지요. 그 때 비슷한 경우의 사람들이 몇 생각나는데 조동일·주섭일·백낙청·나 이 네 사람이 다 『청맥』이라는 잡지를 통해 문학평론을 시작한 셈이라고 생각돼요.

강진호　그분들의 면면은 어떠했습니까?

구중서　그 때 나보다 연상이지만 시인으로 신동문·박봉우·신기선·천상병이 있었고 또 황명걸·이추림이 있었어요.

강진호　조동일·백낙청 선생은 지금까지 활동이 왕성한데 주섭일 선생은 좀 생소한데요 …….

구중서　그 분은 나중에 『중앙일보』 기자가 되어 빠리로 갔는데 그 뒤 귀국해서 계속 언론계에서 일하고 있는 것으로 알아요.

강진호　그 때 선생님께서 처음으로 발표하신 글이 「역사를 사는 작가의 책임」이라는 『신사조』 1963년 2월호에 실린 글이었죠? 그 글에서 작가의 역사적 책임을 강조하셨는데, 그런 생각을 하게 된 특별한 동기라도 있었습니까?

구중서　난 우리 민족의 역사에 대해서 늘 관심이 많았어요. 우리 민족의 역사는 잘 시작해 가지고 끝에 가서 좌절하고 마는 일을 되풀이했다고 생각해요. 고조선의 판도가 만주 일원에서 그렇게 크게 시작이 되었지만 나중에는 반도 안으로 축소된 것이라든지, 그리고 신라가 당나라를 끌어들여서 민족을 통일하는 잘못된 방법을 취해서 그 벌로써 위축이 되었다는 함석헌 선생의 사관 등에 관심이 많았지요. 문학을 생각할 적에도 춘원·육당 이런 분들이 초기에는 민족주의자로 사람들의 존경을 받으면서 건전한 문학 활동을 전개하다가 나중에는 친일로 훼절해서 역시 크게 좌절된 것, 1960년대 전반기에도 4·19혁명이 시민 민주주의 혁명으로 자랑스럽게 일어났지만 군인들의 총칼에 유린되어 민주주의가 좌절된 것 등, 어째서 우리 민족사는 계속 이런 악순환을 되풀이해야 하는가 하는 개탄과 울분 같은 것이 있었어요. 20대의 젊은 시절이니까 육당과 춘원의 문학이 좌절한 이유를 그분들의 작품, 그리고 활동 속에서 생각을 해 봤거든요. 그랬더니 도산 안창호 선생이 그분들의 스승격인데 "너희 모두가 민족의 주인이 되라, 주인으로서 자각하고 살아라." 그런 단적인 가르침을 주셨는데, 여기서 '주인'에 대한 인식이 잘못되었다는 판단을 했지요. 근대적인 정신으로서 국가와 사회의 주인이라면, 그것은 책임을 지는 일꾼이라는 말이잖아요. 대통령이 바로 민중의 심부름꾼이듯이요. 그런데 그분들은 지도자가 되는 것을 주인이 되는 것으로 생각했던 것 같아요. 그래서 육당도 주로 역사 안에서의 개국영웅과 같은 계통의 인물들을 연구했고, 춘원의 경우도 『무정』의 이형식이라든가 『흙』의 허숭처럼 전문학교를 나오고, 변호사를 하고, 영어 교사를 하는, 유식한 지도적 청년을 그렸지요. 『무정』에서도 민족을 위해서 힘을 얻으려고 유학을 간다는 대목이 나오고, 『흙』에서도 농민들 속으로 들어가 그들이 먹는 것을 먹고, 그들이 입는 것을 입고, 그들의 편지를 써주고 이렇게 내 일생을 바치자는 내용이 나오는데 굉장히 거룩해 보이지만, 달리 생각해 보면 항상 지도하고 베풀고 하는 시혜(施惠)의식에 바탕을 둔 하향식 계몽주의를 한 것이지요. 그렇게 되면 비록 양심적으로 고뇌하더라도 사고방식이 자기만족적인 것이 되어 민중적 참여와 다르게 독선적으로 잘못 되는 수가 있다는 말이지요. 그 반대의 경우는 동아시아에서 중국의 노신과 같은 작가를 볼 수 있잖아요. 그는 '아큐' 같은 바보를 통해서 사회 밑바닥으로부터 솟구쳐 올라가는 상향식 계몽주의를 그렸단 말이지요. 그래서 당대 사회의 유식한 세력가들이 양심적으로 가책받게 하는 주제의식과 기법을 가지고 소설을 써서 "신해혁명보다 노신의 역할이 중국 근대화에 더 기여했다"는 말을 듣잖아요. 우리는 그런 과정이 되지 못하고 이상하게 처음에는 잘 되다가도 끝에 가서는 좌절한다는 생각이 들었어요. 그래서 춘원과 육당의 공과를, 특히 그 말년의 심각한 훼절을 비판하면서 정신 생리상 어째서 그렇게 됐을까 하는 것에 관심을 가지고 쓴 게 「시대를 사는 작가의 책임」이었지요.

강진호 지금 선생님께서 말씀하신 것은 1960년대 초반의 상황, 즉 전후의 모더니즘이라든지 실존주의가 풍미했던 상황을 염두에 두자면 다소 낯설고, 다른 한편으로는 진보적이기도 한 견해라고 생각되는데, 그런 생각을 갖게 된 이전의 독서 체험이라든가 문학적 편력은 어떠했습니까?

구중서 나는 국학(國學) 쪽에 관심이 많아서 국문학뿐만 아니라 국사학에 관한 책들을 읽었어요. 그 첫 평론도 역사적인 고증을 해 가면서 쓴 것이지요. 역사에 관심을 갖는다는 것은, 우리 민족 공동체, 사회 공동체가 발전하는 것을 소망하는 일입니다. 그것은 결국 문화 예술 쪽에서 창조적인 정신이 나와야 가능하고, 그러니까 어제를 오늘의 거울로 삼고 또 오늘을 발판으로 삼아서 내일로 진출해 나가야 총체적 발전이 가능하다고 봅니다. 당시 사회가 군사 쿠데타로 진실이 짓밟히고 있어 거기에 저항해야 한다는 마음을 갖게 된 거지요. 1950년대 '실존주의'가 프랑스 쪽으로부터 들어와서 널리 유행하면서 나 역시 『부조리의 철학』 같은 이론을 읽기는 했지만 거기에 빠져버릴 정신 여건은 아니었고, 오히려 우리 민족의 상황이 민족사 발전 단계에서 지금 어떻게 되어 있으며, 어떻게 잘못 되어 있는가, 이걸 어떻게 타개하고, 민주주의를 위하여 또 정의를 위하여 어떻게 노력을 해야 하는가 그런 생각을 나름대로 한 거지요.

강진호　대학 때의 은사님들은 어떤 분들이셨어요?

구중서　그 때는 은사님이라고 별로 뚜렷하지 않았어요. 6·25 전쟁 후 1956년 즈음에 대학을 다녔는데 결석도 많이 했고, 그래서 거의 스스로 공부를 한 셈이지요. 도서관에서 책을 읽곤 했지요.

강진호　양주동 선생이나 백철 선생이 중앙대학에서 강의하시지 않으셨어요?

구중서　백철 선생은 훨씬 뒷날에 대학원에서 내 학위 지도 교수님이셨고, 학부 때 강의 나오시는 분 중에서 이희승 선생을 존경했지요. 시인으로서 양명문 선생이 계셨고요.

강진호 국학 쪽에 대한 공부도 거의 독학으로 하셨나요?

구중서 그런 셈이지요. 국문과를 졸업하고 석사과정, 박사과정 다 국문과로 했지만 1950년대와 1960년대의 상황에서는 공부를 제대로 할 수 없었고, 대부분 독학으로 했다고 봐야지요. 철학자 김준섭 교수, 함석헌 선생 이런 분들의 책을 읽고, 실학파의 홍대용·박연암 이런 분들의 사상에도 많은 관심을 가졌었지요.

강진호 1970년에 발표하신 「한국 리얼리즘 문학의 형성」이라는 글을 보면 사회주의 리얼리즘에 대해서 상당히 해박한 견해를 갖고 계셨고, 또 프로 문학에 대해서도 많은 관심을 보이셨는데, 그것도 다 독학으로 습득하신 거네요?

구중서 글쎄 독학이라고 말할 수밖에 없는데, 그 때는 카프(KAPF)에 대해서 거론하는 이가 거의 없었어요. 그래도 가장 충실하게 되어 있는 게 백철 선생의 『국문학전사』(가람 선생하고 공저로 된 『국문학전사』)에 있는 월북 작가들에 대한 간략한 언급이 거의 전부였고, 프로문학을 거론하고 옹호하는 일은 생각도 못할 시대였습니다. 나는 좌익 사상가는 아니었지만 월북 작가나 해방 후 좌파에 관여한 이들의 작품을 구해서 읽었지요. 1930년대에 이태준이 발표한 소설들 「사냥」, 「영월영감」, 「돌다리」 등을 아주 심취해서 읽기도 했고, 또 월북이니 납북이니 하지만 정지용의 시들도 좋게 읽었어요. 그 외 조명희의 「낙동강」도 읽었지만,

심취했던 것은 해방 직후 김동석 씨가 낸 『부르조아의 인간상』과 『생활과 예술』이라는 평론집들이었어요. 지금 보면 너무 인신공격이 많고 제대로 틀을 갖춘 평론이라고 보기는 어렵지만 그때로서는 김동리 같은 분들을 비판하고 공격하는 논법이 상당히 참신하고 신랄하고 또 옳다고 보였지요. 당시 김동석은 매슈 아놀드 전공이었고, 경성제대에서 매슈 아놀드로 졸업논문을 썼는데, 그런 점에서 사회의식, 현실의식을 가진 문학정신, 비평정신을 내가 선호했던 거지요. 그러나 좌익 이데올로기에 대해서 전적으로 동조하거나 그러지는 않았어요. 일제 시대에도 카프문학은 민족해방운동의 일환으로서 역사적인 당위성을 인정받고 또 평가되어야 한다고 생각했고, 남한의 해방 이후 문학이 순수문학을 표방하면서 사실상 현실 도피 문학을 하고 있고 또 그것이 아무리 예술적으로 형상화가 되었다 하더라도 신변적 주제가 너무 많아 본질적인 가치 창조 작업이 못되고 있었어요. 그런 점에 대해서 비판적인 생각을 가졌지요. 그래서 진취적이라면 진취적인 방향으로 나갔다고 할 수 있지요.

강진호 사회주의 리얼리즘이나 프로문학에 대한 견해는 그런 독서를 통해서 만들어진 것이군요?

구중서 해방 후에도 엥겔스가 문학에 대해서 쓴 얄팍한 마분지로 된 책들이 있었고 고리끼의 『나의 대학』도 있었지요. 그 시절에 상당히 소중한 산책 코스였던 고서점가에서 그런 책들을 구했어요. 그러다가 후에 아놀드 하우저의 글(『문학과 예술의 사회사』)이 『창작과비평』에 연재되고 그 속에서 발자크 리얼리즘(엥겔스가 규정한 논리였지만)을 새삼 접하게 되었지요. 사회주의 리얼리즘이 소련에서 정착된 것은 1930년대 초 아니에요? 그 이전에 발자크 소설을 가지고서 리얼리즘 경향이 성립되었고, 발자크 자신도 전집『인간극』서문을 통해 정당한 교육적 공리성 또 전형의 원리 이런 것을 주장했으니까 근대적인 리얼리즘이 성립되었다고 생각했어요. 또 루카치 같은 이는 서양문학사를 고대에서부터 아리스토텔레스·소포클레스·셰익스피어·괴테·톨스토이·발자크·토마스만에 이르기까지 이것이 리얼리즘 문학사다 이렇게 이야기했고, 그 밖에 모더니즘 계열이랄까 관념주의 계열은 리얼리즘으로부터의 이탈이다, 진정한 문학으로부터의 이탈이다, 그런 식으로 엄격하게 보았지만, 그러나 문학사의 큰 범위와 흐름 안에서 리얼리즘을 본 것, 이런 것도 내게는 아주 든든하게 참고할 내용이 되었지요. 그래서 당성(黨性)에 바탕을 두고 교육을 시키는 강령 같은 것을 포함하는 사회주의 리얼리즘에 대해서는 동조하지 않았어요. 카프 시대의 작품들 중에서도 훌륭한 작품이 있었지만 대중성을 획득하는 데는 실패한 경우가 있었지요. 그것은 교조적인 도식성을 가진 때문이었어요. 그래서 그런 것을 하나의 반성의 단계로 삼아야 된다, 오히려 그렇게 생각을 했지요. 긍정도 하지만 또 한계도 많이 생각한 것이지요.

강진호 등단 직후의 이야기를 하다가 1970년대까지 왔는데, 다시 1960년대로 돌아가야겠습니다. 먼저 4·19를 중심으로 한 문단 상황을 어떻게 보셨나요? 선생님의 글 역시 당시 상황과 무관한 것은 아니라고 생각되는데요. …….

구중서 4·19가 일어나니까, 장르 성격 상 시인들이 가장 먼저 4·19의 현장 가두에서부터 시를 쓸 수가 있었어요. 신동문 시인의 「신화같이 아 다비데군」 같은 것은 절창이지요. 정말 눈물을 흘리면서 읽고 그랬지요. 또 박봉우 같은 시인의 4·19에 관한 시도 있고 또 「휴전선」 같은 뛰어난 시도 있었고, 신동엽의 일부 작품도 볼 수 있었지요. 그런데 김수영 시인은 특히 획기적으로 4·19를 계기로 1950년대 모더니즘으로부터 참여문학으로 넘어온 경우라 할 수 있지요. 문학 분야에서 4·19를 계기로 1960년대에 확연히 변한 대표적인 경우라고 생각해요.

강진호 4·19나 당시 상황에 대한 개인적인 에피소드나 기억나는 체험은 없었나요?

구중서 그 무렵 김수영 씨와 동석해 명동에서 술을 마시는 경우가 있었는데, 그분은 참 인상에 강하게 남아요. 계속 열렬히 발언을 하고 비판을 하는데 시정적(市井的)인 저속한 이야기는 없었고, 주목할 만한 후배라고 생각되는 사람이 나타나면 정신을 바짝 차리기도 하고 또 실수할까봐 먼저 도망가는 것처럼 사라지기도 했지요. 굉장히 결기도 있으면서 결벽스럽고 늘 정신을 차리면서 지낸 분 같아요. 그분이 모더니즘에서 넘어와, 또 모더니즘 스타일로 현실 참여의 시를 썼지만 1960년대 전반기에 커다란 역할을 했다고 볼 수 있지요. 그리고 신동문·박봉우·신동엽은 참여 문학의 작품적 실제로서 역할을 상당히 한 것이구요.

강진호 이제 선생님께서 초기 1960년대에 글을 많이 발표하셨던 『한양』지 이야기로 넘어가지요. 1964년 9월부터 「금오신화」, 「홍길동전」, 「허생전」, 「춘향전」, 「심청전」, 「귀의성」, 「자유종」을 쭉 연재하셨는데, 먼저 『한양』지가 어떤 잡지였는지부터 말씀해 주시지요.

구중서 『한양』지는 그 때 일본에서 비교적 '민단(民團)' 쪽 사람들, 그러나 남북한 사이에서 중도적인 태도를 취하는 진취적이고 양심적인 민족주의자들이 만들었다고 생각돼요. 또 이들이 월간 잡지를 만들어서 국내에 많이 기증을 했어요. 그래서 웬만한 사람들은 다 기증받아서 보았는데, 나는 그 때 기증을 받지는 못했지만 인사동에 있는 통문관, 학교 도서관, 기증받는 문인들을 통해서 그 잡지를 쉽게 접할 수 있었어요. 굉장히 민족적이고 민주적인 정신을 가지고 내는 잡지였어요. 활자나 표지는 무슨 신소설 책과 비슷한 인상을 주었지만 내용은 참 가슴 떨리게 하는, 바른 이야기들이었지요. 그 때 국내에선 그런 잡지가 드물었거든요. 『사상계』 외에는 그런 게 없었는데, 『사상계』도 자꾸 어려워 가는 때였지요. 당시 내가 『한양』지로부터 수필을 한 편 청탁받아서 써 보냈는데 제목이 「문약망국(文弱亡國)」이었어요. 문약망국, 우리나라의 문인들이 문약에 떨어져 일본의 무강에게 졌다는 내용이었어요. 이율곡과 풍신수길이 동갑 나이인데 율곡은 국방책을 건의했다가 받아들여지지 않으니까 해주로 내려가서 글방 선생을 하다가 일생을 마쳤고, 또 연암은 조카이면서 제자인 박남수가『열하일기』를 가리켜 글은 좋지만 문장이 거칠다고 비판을 하니까 화를 내고 박남수의 정자에서 모로 돌아누워 밤새도록 말도 안하고 한밤을 지내다가, 그 다음날 아침에 일어나서 "내가 세상에서 되는 일도 없고 하니까 문장을 빌어서 불평을 하는 셈인데 재주 있는 너희는 나를 닮지 마라." 이런 식으로 약하게 마무리를 짓는단 말이에요. 물론 연암의 사상 체계 안에서는 농민들이 토지를 균등하게 가지고서 일을 해야 된다,「한민명전의(限民名田議)」를 정조에게 바친 글에서 그렇게 주장했지요. 소설 세계에서도 양반 사대부들을 풍자한 것은 '일종의 리얼리즘이다'라고 생각해서, 그 때 내가 리얼리즘이라는 말을 쓴 일이 있었어요. 그러나 아무튼 풍신수길에게 이율곡이 지듯이 자꾸 뒤가 약해서 어렵게 된 것이 아닌가 이런 식으로 짤막한 수필을 썼지요. 그랬더니 그『한양』지에서 과단성 있는 결정을 내려서 '한국 고전 소설들에 대한 감상', 말하자면 해설 같은 것인데 '고전 감상'이라는 제목으로 연재를 해 달라고 청탁이 왔지요. 그래서「허생전」,「춘향전」,「심청전」,「금오신화」또 이인직의「귀의 성」, 이해조의「자유종」까지 8회에 걸쳐 연재를 했지요. 한 80장 정도씩을 8회에 걸쳐 연재를 했어요. 그 때 20대 후반의 나이였으니까 사흘밤을 내리 새워도 졸리지가 않았어요. 그래서 내 취향에 따라 국내의 좋은 고전 관계 논문들을 찾아서 읽고, 내 취향대로 논리를 세우고, 대표적인 텍스트를 추려서 소설 줄거리를 소개하고 그렇게 연재를 했지요. 나중에는 한두 편의 평론을 싣기도 했는데, 그만큼 그 잡지를 내가 좋아했던 거지요. 그이들도 나한테 친절했고요.

강진호　제가 『한양』지의 목차를 살펴보니 정태용 씨나 최일수·장일우·김순남 이런 분들의 글이 많이 실렸던데요. 최근에 정태용·최일수에 대해서는 젊은 학자들이 많은 관심을 보이고 있는데, 그분들과의 관계는 어떠셨어요?

구중서　최일수 선생은 개인적으로도 잘 알았는데 정태용 선생은 개인적으로 친분이 없었어요. 정태용 선생은 내가 생각하기로는 아주 얌전하고 말도 없었어요. 어려서부터 조연현 씨하고 친구였다고 하는데 비평 정신은 조연현 씨하고 좀 달랐어요. 조연현 씨가 옛날 친구의 의리로 『현대문학』의 지면을 많이 줬지요. 그래서 정태용 씨가 평론을 많이 썼어요. 그러다가 오래 못 사시고 돌아가셨지만……. 최일수 선생은 아주 소박하면서도 호인인데, 그 때 민족문학론에 가까운 글은 그분이 혼자서 썼어요. 문단적인 동조자들을 갖지는 못했고 개인적으로 그런 평론을 쓴 걸로 기억해요. 그분은 문학평론가이면서 신문기자이고 영화 촬영에 흥미가 많아서 『조선일보』 기자 시절에는 영화 촬영하는 데 쫓아가서 며칠씩 구경을 하곤 해서 회사에서도 말썽이 났다는 소문이 있어요. 생활상으로는 비현실적인 분이었는데 그렇다고 학문을 체계적으로 추구하는 편도 아니었고, 그렇지만 문학 정신에는 현실 의식이 있었지요. 어용적인 일을 한 것은 없고 자유인 생활을 한 셈인데, 뒷날에 리얼리즘 논쟁이 발생하니까 리얼리즘을 편든 글을 쓰기도 했지요.

강진호　장일우 씨와는 어떠했습니까?

구중서 그분은 내가 직접 뵌 일은 없었어요. 그분은 일본에 있으면서 글을 썼고 나는 그 글을 보고 좋다고 생각했어요. 그와 아주 비슷한 예로 김순남이라는 이도 있었어요.

강진호 저는 1960년대 자료들을 읽으면서 그분들과 국내 문인들이 교류가 있었던 걸로 생각했는데 실질적인 교류 없이 지면을 통해서만 알았다는 말씀이군요.

구중서 교류가 별로 없었고, 국내 문단에서 외각으로 도는 현실의식이 있는 문인들에게 청탁을 해서 글을 받아다가 그 쪽에서 싣고 해서 지면으로만 서로 아는 상태였죠.

강진호 1950년대 최일수 씨의 글에서 선생님이 어떤 영향을 받거나 관심을 가진 적도 없었나요?

구중서 그분의 글에서 영향을 받지는 않았어요. 근래에 홍정선 씨가 "최일수 씨가 민족문학론 지향의 글을 썼다"고 지적한 걸 봤어요.

강진호 1970년에 쓰신 「한국 리얼리즘 문학의 형성」이라는 글을 보면 1960년대의 하근찬에 대해서 굉장한 애정을 보이셨던데요. 또 선생님이 글을 많이 발표하셨던 『한양』지에는 남정현 선생과 같은 분들이 글을 많이 발표했잖아요? 그분들과 개인적으로 잘 아는 사이였나요?

구중서 하근찬이라는 작가를 참 좋아했는데 지금도 내가 인정을 해요. 그런데 나중에 리얼리즘을 하는 젊은이들은 (나보고) 리얼리즘론을 제기한 것은 좋은데, 작가를 예로 든 데에는 한계가 있다고 평하더군요. (웃음) 내가 하근찬을 칭찬했다고 그런 평을 한 건데, 발자크 같은 사람도 왕당파 보수주의자이면서 진보적인 리얼리즘 작품을 썼다는 것이 엥겔스의 평가였지요. 마찬가지로 하근찬이라는 사람도 순수파 문학동네에 있으면서 작품은 거의가 「삼각의 집」, 「수난2대」, 「일본도」, 「족제비」처럼 민족 수난사의 현실적인 소재를 다루었어요. 하근찬은 그런 소재를 아주 인간적으로 형상화해서 예술 작품을 만들지요. 그런데 작가 자신은 자기가 현실의식을 주제로 해서 소설을 쓴다고 생각하지도 않고 그런 줄을 모르고 있어요. 나는 하근찬이 제3세계 문학의 성격을 지녔다고 생각해서, '요산 김정한 선생의 문학상'을 제정해서 박두진 선생과 함께 첫 해 수상자로 하근찬 씨를 선정한 적이 있어요. 그 「삼각의 집」, 「수난2대」 등이 제3세계적 성격을 띠는 작품이라는 것을 알리려고 『한국일보』의 정달영 편집부국장에게 부탁을 해서 문화부 기자를 보내서 취재를 하게 했는데, 2시간 이상을 취재하고도 결국 신문에는 한 줄도 나오지 않았어요. 왜냐 하면 작가의 말이 맞아들지를 않으니까, 제3세계가 뭔지, 현실이 뭔지도 모르는 거야. 그래서 내가 "하선생은 너무 뭘 모른다"고 불평을 하며 애교 있는 싸움을 하기도 했지요.

강진호 「삼각의 집」을 보면 주인공으로 작가가 나오지 않습니까? 하근찬 씨의 분신일텐데 …….

구중서　그렇지요. 프랑스 문자가 찍힌 깡통을 들고 있는 소년의 사진, 또 미국에서 온 크리스마스 카드의 개집 모양인 미아리 철거민 촌의 집도 그렇고, 눈곱 낀 눈으로 나팔을 들고 아리랑을 불고 하는 것들은 처연한 리얼리즘이라고 나는 생각을 해요. 소설 속에서도 "미의식과 함께 현실을 보는 눈, 인생과 역사를 생각하는 마음이 있어야 작품이 된다"는 말이지요. 그렇게 해 놓고도 자기가 뭘 하고 있는지 모르는 이런 사람이 하근찬이예요.

강진호　그건 오히려 다치지 않기 위한 일종의 자기 방어 같은 거 아니 겠습니까?

구중서　아니야. 그런 간계도 전혀 없는 사람이고 대단히 순박한 사람 이예요.

강진호　1960, 1970년대 민중문학, 리얼리즘 문학을 했던 분들의 이야 기를 들으면 하근찬 소설을 하나의 전범으로 생각하는 경우가 꽤 있으 시던데요 …….

구중서　그렇게들 생각해 주었으면 좋겠어요. 하근찬이 촌스럽고 늘 순수문학만 지향하는 사람처럼 보이기 쉬워요. 그러다가 황석영의 「객지」가 나오면서부터 이제 리얼리즘의 첫 작품이 나왔다고 하면서 하근찬이나 남정현 같은 이들이 좀 묻혀 버린 거지요.

강진호　하근찬이 황석영의 1970년대 업적에 의해 빛이 가리워진 부분이 있다고 말씀을 하셨는데, 아까 비평가를 이야기하면서 최일수 같은 경우도 저는 그런 느낌이 듭니다. 개인적으로 관심을 갖고 살펴보니까 1970년대 들어와서 형성되는 민족문학론의 밑그림들이 최일수의 글에 거의 대부분 드러나 있더라구요.

구중서 인간이 사회적 동물이라는 말처럼 동네 형성이 돼 가지고 동네 울타리가 편협하게 지켜지는 현상이, 의식하든 의식하지 못하든 있는 것 같아요. 말하자면 우리 친한 동지들 속에 같이 살지 않으니까 잘 모르겠다, 이런 식으로 소원하게 관심을 잘 안 두어서 그렇게 된 게 아닌가 싶어요. 그래서 공부하는 후학들이 그런 부분을 잘 개발해서 평가를 바로잡아 주면 좋지요. 하근찬 소설도 그래요. 내가 하근찬을 칭찬했다는 것이 한계로 지적되는 것과 같은 현상이지요.

강진호 하근찬이 나름의 한계는 있지만 제국주의 등에 대한 개념적 인식이 거의 없었다는 선생님 말씀에 저는 상당히 놀랐습니다. 저는 「왕릉과 주둔군」 같은 경우는 1960년대의 정말 놀라운 작품이라고 생각합니다.

구중서 하근찬 씨는 개인적으로 자기 부친이 국민학교 선생을 하셨는데 6·25 때 북한에서 넘어온 인민군에 의해서 사살당하셨어요. 이쪽저쪽에서 무더기로 학살당하고, 인민군이 퇴각할 적에 그런 일들이 생겼는데, 이건 술이 취해서 하근찬 씨가 직접 나한테 이야기를 했어요. 하근찬 씨가 어머니하고 같이 며칠 집에 돌아오지 않는 아버지를 찾아다니다가 어느 날 밤에 어떤 시체 옆을 지나니까 섬뜩하니 뭐가 느껴

지더라는 거야. 보니까 그게 아버지야. 그래서 어머니하고 같이 시체를 수렴해 돌아왔다는 거야. 그러니까 말은 안하지만 그 속에 사회주의자들에 대한 본능적인 전율 같은 게 있지 않았나 생각돼요. 그러나 그가 반공주의 같은 것을 입밖에 드러내는 것은 볼 수 없어요.

강진호　사실 6·25를 다룬 소설들 중에서 하근찬 씨의 소설만큼 반공주의가 드러나지 않는 소설도 없지 않습니까?

구중서　그렇게 드러내는 식이 아니지요. 반공주의를 거의 드러내 보인 적이 없거든요. 그리고 신동엽 씨하고 아주 친분이 있었고, 전주에서 전주사범을 같이 다녔지요. 또한 그냥 질박한 성격의 사람이고 체질적으로 재능을 타고난 소설가지요.

강진호　「분지」로 필화사건의 주인공이 되어 고초를 겪었던 남정현 선생에 대해서도 좀 말씀해 주시지요?

구중서　최초의 반미소설 「분지」를 발표하고 옥고를 톡톡히 겪었지요. 남정현 선생은 내성적인 성격을 지니고 있지만 늘 올곧고 해학의 예지가 번득이는 작가지요.

◎『상황』그룹과『창작과비평』지

강진호 다시 1960년대 후반으로 이야기를 옮겼으면 좋겠는데요. 아까 쭉 선생님도 말씀하시고 저도 질문을 했듯이 1960년대 초반까지만 하더라도 그러니까 이를테면 선생님이나 임헌영·임중빈 선생 등이 상당히 앞선 논의를 했는데도, 꼭 참가해야 되는 것은 아니지만,『창작과비평』(이하 '창비')과는 거리를 둔 채 1969년에 문예비평 동인지『상황』을 창간하셨거든요. 그래서 제 생각으로는『창비』에 합류하지 않은 이유랄까, 또 당시『창비』에 대한 입장이랄까 이런 게 있을 것 같은데, 어떠셨어요?

구중서 그런 전제는 정확한 게 아닌 것 같아요.『창비』와 일정한 거리를 두고서 지낸 것처럼 들리니까요. 사실은『창비』보다 앞서서 문학의 현실 참여 주장을 한 쪽이『상황』동인이었던 것은 사실이지요. 임헌영·백승철, 또 소설 쓰는 신상웅, 그리고 나 이 넷이서 동인을 시작한 거예요.

강진호 김병걸 선생은 동인이 아니었습니까?

구중서 김병걸 선생은 2기 동인이라고 할 수 있지요. 김병걸 선생도 리얼리즘 옹호론을 강도 있게 발표하셨죠. 내가 1968년에「중흥과 타락의 문학」이라고『현대문학』에 글을 쓸 적에도 사실은 논리 체계로서 리얼리즘을 말하지 않았을 뿐이지 그 정신은 언제나 근대 시민 민주주의, 역사의식, 그리고 실천적인 자세에 있었지요.『상황』동인들은 처음부터 참여문학, 리얼리즘, 역사의식을 가지고 추진을 해 온 셈이지요.『창비』는 초기에 만해 한용운 선생과 김수영 시인을 높이 평가했고,『상황』동인들은 신동엽을 높이 평가했지요. 그래서 1969년에 신동엽이 별세했을 적에도 내가『월간문학』에「신동엽 형을 흙에 묻고」라는 추도의 글을 실은 게 있고, 관도 내가 한 귀퉁이를 들고 올라갔고, 장갑에 묻은 붉은 흙을 털지 않고 서랍에 넣어두고 그랬지요. 나중에 '창비'에서 점점 신동엽을 평가해서『신동엽 전집』이 나올 적에도 초판본에는 내가 쓴「신동엽 형을 흙에 묻고」가 뒤에 붙은 추도의 글들 속에 들어 있었죠. '신동엽창작기금'을 설치했을 적에 첫 해부터 내가 운영위원 겸 심사위원이었어요. 나는 1970년대에 '창비'에 글을 많이 썼어요. 지금도 '신동엽창작기금'과 '만해문학상' 운영위원 겸 심사위원으로 동참하고 있지요. 그렇게 같이 어울려 지내온 것인데, 일정한 거리를 두고 있는 것으로 보이는 것은 왜 그렇게 됐는지 나도 잘 모르겠어요.

강진호　제가 보기에는 개인적인 친분이나 거리감이라기보다는 문학관 자체가 좀 다른 면이 있는 거 같다는 생각이 들거든요.『상황』동인들은 1960년대부터 적극적으로 민족 문제를 강조해 왔잖아요? 그런데 '창비' 쪽은 초기에는 민족 문제에 별 관심을 두지 않았지요.

구중서　초기에는『문학과지성』비슷하게 주지적인 성격이 보였지요.

강진호 민족 문제라는 면에서 갈리는 점이 있다는 생각이 들었어요. 또 가령 『상황』 동인 대부분은 국문과 출신들인데, '창비' 쪽은 대부분 외국문학을 하신 분들이고, 또 최근 보더라도 백낙청 선생은 근대극복 론을 이야기하고 있지 않습니까? 선생님 같은 경우는 적극적으로 근 대성을 옹호하는 경우잖아요?

구중서 친한 사이지만 그런 점에서는 생각이 다르지요. 분단체제론 (分斷體制論)이라든가 탈근대론(脫近代論)이라든가 이런 것에 대해서는 생각이 다르단 말이죠. 분단 상황에 대한 문제야 누구나 다 아는 거지 만 분단체제론을 통해서만 모든 것이 해결된다는 논리는 석연치 않은 점이 있어요. 그리고 '탈근대'라는 것이 사실은 월러스틴의 주장에도 많이 나오는데, 그것이 대안이 되지는 못한다고 생각해요. 근대 이후, 근대를 초탈해서 다음 단계의 내용이 무엇인지 정리가 되어 있지도 않 고, 월러스틴 자신도 "우리는 어두운 바다를 항해하고 있는 것과 마찬 가지다." 이런 막연한 이야기를 하거든요. 특히 푸코, 데리다와 같은 프랑스 68혁명 계열은 그 성격이 마르크스주의를 하다가 스탈린주의 의 한계가 세계적으로 드러남으로써 결국은 분석철학에 의거해서 해 체와 포스트모던과 같은 맥락이 되어버린 것이 아닌가요? '탈근대'나 '근대 이후' 그것도 '포스트모던'이라는 말과 같은 말 아니냐 이거죠. 참여, 리얼리즘, 제3세계 문학을 주장해온 '창비' 쪽에서 월러스틴의 탈근대주의를 인용하는 연결이 자연스러워 보이지 않아요.

강진호 만일 그렇다면 결국 초창기부터 현실(민족) 문제를 어떻게 바라 볼 것인가를 둘러싸고 입장이 서로 달랐던 게 아닙니까?

구중서 굳이 다른 점을 찾자면 루카치(G. Lucacs)를 보는 관점에서 발견할 수도 있는데, 루카치가 장르 파악에 있어서 시(詩) 쪽에 약하다는 것은, 나도 그 사람의 개인적 한계로 인정을 해요. 루카치의 사상 자체를 나는 좋아하는데 백낙청 씨라든가 다른 사람들은 못마땅하게 생각하는 거죠. 이것은 비판적 리얼리즘 단계다, 사회주의 리얼리즘에 진입하기를 주저하고 꺼린다는 거지. 1980년대 후반에는 그런 분위기가 강했거든요. 그런데 루카치는 레닌도 비판하고 스탈린도 비판했단 말에요. 그러나 사회주의자였고 헤겔주의자였고, 그러면서 레닌과 스탈린은 계급 혁명만 열심히 주장했지 자유나 민주주의에 대해서는 생각해 본 일도 없고 그래서 초기 마르크스의 휴머니즘 또는 헤겔의 이성주의와는 딴판인 사람들이다라고 반대한 거야. 그래서 루카치가 몇 번 잡혀서 죽을 뻔도 하고, 구제되고 그런 건데, 그런 점에 입각해서 볼 적에, 지금도 생각해 볼 만한 문제인데, 오히려 루카치를 옳았다고 볼 수 있잖아요. 소련이 해체되었으니까, 루카치의 주장들이 오히려 원만하고 건강하고, 그리고 총체성 면에 있어서도 외연적인 가시적 총체성뿐 아니라 인간 정신의 내면적, 내포적 총체성이 또한 크게 있다, 그 끝없는 인간의 내면적 깊이, 무엇이 더 중요하냐, 내포적 총체성이 더 중요하다고 볼 수 있다, 이런 말을 사회주의자가 했다는 말이지요. 지금 독일의 하버마스와 비슷하게 이성과 근대 정신을 건강하게 지키는 원만하고 합리적인 사람이었던 것 같아요. 이런 점에서 서로 내놓고 반대 의견을 이야기하지는 않았지만 심정적으로 생각이 다른 점도 있죠.

강진호　1960년대부터 민족 문제에 관심을 가지고 강조하셨던 특별한 이유 같은 게 있으셨습니까?

구중서　아까도 이야기했듯이 우리 민족사에 대한 관심이 컸으니까요. 소박하다면 소박하지만 함석헌 선생의 『성서적 입장에서 본 조선 역사』라는 책이 있었는데, 나중에 『뜻으로 본 한국 역사』라고 재편됐지만, 오히려 먼저 책이 더 맛이 있었지요. 거기에 민족사를 수난사관으로 보는 시각이 있었고, 또 나 개인적으로는 아주 어렸을 적에 내 외조부가 6·10만세 사건으로 경기도 광주 지방에서 주모자로 잡혀 경찰의 고문을 당하고 갇히신 적이 있어요. 아주 어렸을 적부터 우리 외조모가 경찰서 유치장에 옷 넣어 주러 갔다 돌아오시다가 고개 비탈의 얼음길에서 넘어져 다치시고, 또 일본 경찰이 밤중에 우리 외가에 들어와서 쇠가죽 몽둥이로 외조부를 내리치는데 옷과 등가죽이 피로 완전히 붙어버렸다는 이야기를 들었으니까요. 그 때 애들이 가지고 노는 딱지를 보고 전투용 철모를, 일본말로 '데쓰카부도'라고 그러는데, 그 철모 쓴 일본군을 가리켜 내가 '왜놈'이라고 하니까 아버지가 들으시고 "그런 소리하면 큰일난다." 그러신 적도 있고, 그래서 내가 일본말을 할 수 있는 세댄데 의도적으로 일본말을 안 쓰고 잊어버리고, 가지고 있던 책도 없애고 그랬지요. 항일 감정이 운명적으로 어려서부터 있었던 모양이예요. 그런데 우리 근대사는 친일 문제가 현실적으로 큰 문제거든요. 국초 이인직도 말년에 한일합방에 크게 공헌한 친일분자가 되었고, 육당·춘원도 또 친일파가 되고, 해방 후에는 반민특위를 해체시켜 친일파를 다 풀어놓았고, 그러니까 제3공화국의 대통령을 일본군 장교 출신인 박정희 씨가 하게 되고, 계속 이렇게 돼 왔던거죠. 마쓰이오장 가미가제 특공대 찬양 시를 쓴 분이 전두환 대통령 56회 생일의 송시를 쓰고, 원로 정도가 아닌 시성(詩聖)이다 그렇게 칭송되는 이가 교과서를 지배하는 지경이 되었으니 이렇게 되면 우리 후세들이 그 교과서를 어떻게 해석해야 되고 무엇을 가치로 배우고 민족사의 미래를 타개해 나갈 수 있을지요? 이런 생각들을 늘 갖고 있었어요. 어렸을 때부터 들은 이야기들이 민족 문제에 대해서 더 깊은 관심을 갖게 만든 것이지요.

강진호 『상황』 동인인 김병걸 선생님은 민족 문제에 많은 관심을 가지셨던 분이지 않습니까? 당시 동인끼리 의견 교류는 있었습니까?

구중서 민족 문제가 현실 문제니까 우리나라에서는 분단 극복의 과제를 중심으로 민족의 진로 문제가 사실은 중심적인 문제라 할 수 있지요. 폐쇄적인 배타주의로서의 민족주의가 아니고, 2차대전 후에 열강이 경제 원조를 빙자해 신식민주의를 펴고 있고 거기에 정당하게 자기 방어를 하기 위해서는 신민족주의, 제3세계 민족주의, 이런 것이 필요하게 되니까 민족 문제를 생각할 수밖에 없었지요.

강진호 『상황』을 만들 때 그런 문제를 가지고 서로 논의하거나 했나요?

구중서 의논해서 한 게 아니고 그런 것을 생각하는 사람들끼리 모이게 된 거죠.

강진호　『상황』 이야기를 조금 더 여쭙고 싶은데요. 이야기가 은연중에 나온 거 같은데, 임헌영 선생이랑 백승철·신상웅, 또 김병걸 선생, 그리고 선생님 이렇게 참여하셨는데 대부분 다 '중앙대 출신'이잖아요?

구중서　그것은 정확하지 않은 지칭인데, 중앙대 출신은 임헌영·백승철·신상웅이고 나는 나중에 중앙대 대학원에서 학위를 했지요. 크게는 동문이라고 말할 수 있지만 김병걸 선생은 중앙대 출신이 아니지요. 다수가 중앙대 출신으로 시작한 것은 사실이에요. 그이들이 1969년에 잡지사에 근무하는 나를 찾아와서 다방에서 이야기를 하다가 의기 투합하는 게 많아서 동인을 하기로 한 거지요.

강진호　이거는 다른 맥락의 이야기인데 민족문학의 역사를 정리할 때, 1960년대 한국 전쟁 이후의 새로운 민족문학론의 출발점을 대체로 『창작과비평』의 창간에 맞추어서 이야기하지 않습니까? 그런데 그 당시 문헌들을 보면 그 이전부터 선생님이나 임헌영 선생 등이 민족문학의 관점에서 민족문제나 분단 문제에 관한 글을 이미 써 오셨거든요. 그런 부분이 사실 정당하고 정확하게 평가, 규명되지 못하고 있다는 생각을 하거든요. 그 점에 대해서 선생님은 어떤 생각을 하시는지요?

구중서　정도의 차이, 약간의 시기적 선후 차이는 있었다고 볼 수도 있겠지만, 그것이 대단한 문제라고 볼 수는 없어서 나 자신으로서는 굳이 논급하지 않는 것이 좋겠어요.

강진호 이제 1970년대 이야기를 좀 구체적으로 했으면 합니다. 선생님께서 1968년에 「중흥과 타락의 문학」을, 그리고 1970년에 「한국 리얼리즘 문학의 형성」을 발표하면서 리얼리즘에 대한 문단적 관심을 환기시켰고, 그런 작업이 계속되면서 이른바 '민족문학 논쟁'이 야기되었는데, 그 논쟁의 발단과 전개 과정 등에 대한 이야기를 해주시죠.

구중서 문단적인 논의를 중심으로 해서 생각을 해보면, 1970년이라고 생각되는데, 리얼리즘론도 민족문학론도 1970년에 개념을 강조해서 내세우는 단계가 된 거지요. 『월간문학』에서 '민족문학론 특집'을 꾸몄지요. 그 때에 이형기 씨하고 김현 씨는 '민족문학'이라는 말을 굳이 쓸 필요가 있느냐 그냥 '한국문학'이라고 하자는 쪽이었고, 나머지 다른 사람들은 '민족문학'이 좋다고 했지요. 그런데 '민족문학'을 지지하는 사람들은 전부가 참여적 리얼리즘을 해 온 사람들이었지요. 그래서 1950년대 말서부터 태동해서 1960년 4·19를 기점으로 시민혁명이 이루어진 셈이니까, 학생 세대가 앞장섰다고 하지만 국민적 호응을 얻어서 중앙 정부가 무너진 거니까, 4·19는 혁명이었죠. 그런데 순수문학 쪽 이론은, 분단 직후 북쪽이 내놓고 현실주의 문학을 하면서 사회주의 리얼리즘을 표방하니까 그 북쪽에 반대하기 위해서 정반대로 현실 도피적인 문학을 제기한 셈이죠. 그래서 샤머니즘도 이야기하고, 사소설적인 개인의식 이런 것을 이야기하면서 순수문학을 계속해 왔는데, 4·19혁명을 겪고 보니까 사회 전반이 시민 민주주의로 움직이고 있는데, 문학만이 현실 도피를 고집할 수 없다는 자각이 생겼고, 그래서 최인훈의 『광장』, 이호철의 『판문점』, 또 좀 뉘앙스는 다르지만 선우휘의 「불꽃」에서도 참여, 목전(目前)의 현실에 참여해야 된다는 문맥이 나타나지요. 하근찬의 「수난이대」, 이렇게 현실의식의 문학, 참여문학이 말하자면 시에서뿐 아니라 소설에서도 강세를 이루어 나가게 된 것이고, 그러다 보니까 이론적으로 원리가 정리되어야겠다는 필요성에서 1970년대 리얼리즘론이 등장한 거지요.

강진호　4·19 이후의 역사 현실에 대한 관심의 증대가 리얼리즘론의 자연스러운 배경이 되었다는 말씀이군요.

구중서　우연이라면 우연인데 그게 단순한 우연이 아니라 필연성을 내재하고 있다가 어떤 우연한 계기에 돌출해 버린 거지요. 『사상계』가 말년에 잡지 운영이 어려워져 빈약하게 나오던 땐데, 그래도 부완혁 씨가 사장을 하고 지금 일월서각을 하는 김승균 씨가 편집장을 하고 있었는데, 나보고 '4·19 10주년 기념문학좌담'을 하는데 나오라고 해요. 그래서 나가 봤더니 임중빈 씨가 사회를 보고 최인훈·김윤식·김현·나 넷이서 토론을 하게 돼 있는데, 최인훈 씨가 무슨 사정에서인지 안 나와 버렸어요. 그러니까 김윤식 씨하고 김현 씨가 복도에 나가서 들어오지를 않고 한 30분 자기네끼리 의논을 하는 거야. 들어오더니 "사회자를 바꾸자"는 거야. (웃음) 임중빈 씨를 사회자로 하고 나머지 사람들이 토론을 하자는 거지요. 김윤식 씨하고 김현 씨가 가깝기 때문에 나 혼자서 2대 1로 당해야 하는 형세가 된 거지요. 김윤식 씨도 원래는 4·19를 계기로 리얼리즘이 가능한 것으로 보인다는 발제 논문을 사실은 짤막하게 냈었는데, 좌담에서는 그룹의식이 생겼는지 김현과 한 편이 된 거지요.

내가 1930년대 염상섭·현진건은 자연주의의 단계고, 리얼리즘이 광의성을 띠기 때문에 고전적 리얼리즘, 자연주의 리얼리즘, 비판적 리얼리즘, 사회주의 리얼리즘 등 20여 가지 용어가 있는데, 나는 근대 시민 리얼리즘이 4·19와 내용상 부합되어 긍정한다, 김수영 시인이 모더니즘으로부터 현실 참여로 나온 그런 성향이라든가 현실의식의 문학이 또 시민 정신이 고양된 그 시기의 문학을 강조한 거지요. 내가 1960년 4·19를 계기로 리얼리즘이 가능하다고 생각한다고 동조를 하니까 김윤식 씨는 말을 좀 모호하게 하면서 뒷전으로 빠져버리는 거야. 그래서 김현 씨하고 나하고만 정반대의 논쟁을 한 거지요. 김현 씨는 현실의식으로 치자면 1930년대 염상섭·현진건도 해당되지 않느냐고 해요. 그래서 내가 리얼리즘으로 가는 단계로서의 자연주의로 보고 싶다, 지금 루카치가 그리스에서부터 리얼리즘 역사를 쓰듯이 하면 우리도 실학파의 문학을 고전주의 리얼리즘으로 부르고, 1930년대 자연주의 리얼리즘 이렇게도 할 수 있는데, 근대 시민 리얼리즘을 생각할 적에는 1970년대가 명료하게 기점이 된다고 보았으면 좋겠다, 나는 그런 뜻으로 이야기를 했지요. 그랬더니 김현 씨는 구체적으로 발자크의 어떤 점이 그러냐는 거예요. 그 이야기는 그 때 서울대에서 전임강사인가 조교수인가를 하는 불문학 전공자가 국문학도인 날 보고 발자크의 어떤 작품이 리얼리즘에 해당되느냐고 질문한 것이니까 참 곤란하잖아요. (웃음) 그래서 그냥 평소 내 상식으로 '고리오 영감'의 주인공들을 들이대면서 이야기를 한 거지요. 그것도 내 독창적인 이야기가 아니라 다 정리된 어떤 이론이 있는 것이고. 그랬더니 발자크는 '이 망할 놈의 세상' 하는 화풀이로 리얼리스트가 되어서 자기 의사에 반해서 리얼리스트가 된 것이지 진정으로 리얼리스트가 됐다고 볼 수 없다, 이런 식으로 계속 정반대의 이야기를 하게 되었지요. 그 며칠 후에 김승균 씨가 전화를 해서 교정을 좀 보러 와야 되겠다고 해요. 김현 씨가 다녀갔는데 자기 발언 대목을 교정하면서 내 발언 대목을 많이 지웠다는 거야. 가보니까 녹색 펜으로 정말 많이 지웠어요. 자기 논리는 아주 학구적인 내용을 상당히 첨가해 놓고 ……. 난 그쪽은 한 자도 손을 안 대고 대신 지운 내 것을 '생(生)'이라고 써서 되살려 놓았지요, 그렇게 해서 나온 게 '4·19 문학 좌담'이예요. 후에 답답해서 그 내용을 정리해서 그해 여름호『창비』에 발표를 한 것이「한국 리얼리즘 문학의 형성」이라는 평론인데, 그 글은 해방 후 처음으로 본격적인 리얼리즘론을 전개한 것이라는 평을 듣기도 했지요. 김명인을 비롯한 몇몇 젊은 비평가들이『다시 문제는 리얼리즘이다』라는 책을 '실천문학사'에서 내면서 '4·19 좌담'과「한국 리얼리즘 문학의 형성」을 한국 현대 리얼리즘론의 기점이라고 했어요.

강진호 김현 선생이랑 정면으로 충돌한 셈이군요. 그런데 그 논의가 당시 문단 전체에 굉장한 파장을 일으키지 않았어요?

 어느 날 길을 가는데 광화문에서 염무웅 씨가 "중서 형!" 하고 급히 말을 하고 지나가는데 자기가 『월간중앙』에 리얼리즘 옹호론을 지금 쓰고 있다는 거예요. "리얼리즘이 시대 사조나 기법이 아니고 하나의 세계관으로서 큰 원리다. 그래서 그것이 필요하다." 이런 골자로 진지한 평론을 썼어요. 같은 무렵 김병걸·임헌영·최일수 이런 분들이 전부 『현대문학』 등의 월평란 여기 저기에서 내 편을 드는 거예요. 저쪽 김현 씨 편으로는 김양수라는 인천에 사는 평론가 한 분만이 있었고, 좀 있다가 원형갑 씨하고 두 명이 그쪽 편을 들고, 내 편을 드는 이는 김우종·최일수까지 합쳐서 한 다섯 명쯤 나타났어요. 그것이 '1970년대 리얼리즘 논쟁'이었죠. 그렇게 해서 리얼리즘 논의가 활발해졌어요. 그리고 민족문학이라는 것도 분단된 상태에서는 남한, 북조선 이런 것이 좀 불편하고, 또 '남한문학', '북조선문학'이라고 하는 것도 온당치 않으니 통일이 될 때까지라도 '민족문학'이라는 지칭이 편리하고 또 민족사적 역사의식이 요청되기도 하고 그래서 민족문학, 제3세계 신민족주의로서의 민족문학, 그렇게 해서 '민족문학' 지칭을 계속 사용하게 된 게 이제는 아주 '민족문학동네'다 '민족문학사연구소'다 이런 것이 생기게 된 셈이지요. 당시는 1970년대 말이고 그 때는 제3세계 문학에까지 진전이 되어서 참여, 리얼리즘, 민족문학, 제3세계 문학, 이것이 같은 맥락에서 발전해 나간 단계들이라고 볼 수 있지요.

 이야기가 자연스럽게 '제3세계문학론' 쪽으로 넘어가는데요, 선생님은 1979년도 『씨알의 소리』에 「제3세계문학론」을, 1980년에

『실천문학』에 「제3세계 문학의 전망」을, 서울대 『대학신문』에 「제3세계 문학의 현재와 가능성」을 발표하는 등 1970년대 후반에서 1980년대 초반에 '제3세계문학론'을 정열적으로 주창하셨는데, 이왕 말씀이 나온 김에 그것을 좀 부연해 주시지요.

구중서   제3세계라면 우리가 잘 아는 대로 아시아·아프리카·라틴아메리카 3대륙을 가리키는 것인데, 2차대전 후에 강대국들이 아까도 말한 것처럼 경제 원조를 한다고 하면서 배후에서 신식민주의적 작용을 하니까 지구상에 남북 문제라는 게 생겼잖아요. 아프리카·라틴아메리카가 남이고, 유럽·미국이 북이고 이러니까 상징적으로 '남북(南北)'이다 이렇게 지칭을 하는데 이것이 국제적으로 빈익빈 부익부를 초래하기도 하고 있다는 것이죠. 25% 정도의 백인이 이 세계에서 78%의 부를 차지하고, 점점 약육강식으로 제3세계 지역이 먹혀 들어가고 있다는 것이죠. 무역역조 현상을 일으키면서 제3세계 나라들이 자꾸 곤란하게 되어가니 이런 것을 그대로 감내할 수 없다, 라틴아메리카의 유능한 작가 시인들이 있죠, 네루다 같은 사람이 있고, 아프리카에서는 세네갈의 생고르, 또 케냐의 케냐타 등 쟁쟁한 문학인들이 있고, 아시아에서는 김지하가 있고, 이렇게 문학적 역량도 크고 정당방위적인 신민족주의 정신으로 문학을 할 수 있다는 생각이지요. 그러나 이것은 제3세계 문학이 지난날 바로 세계문학으로 여겨지던 서양문학에 복수해서 지배하자 이런 뜻이 아니고, 20세기 서양문학의 모더니즘적 타락 현상에 건강한 활력소를 주는 것으로 제3세계 문학이 공헌하면 좋겠다, 그래서 서로가 만나서 서로를 풍요하게 하고 세계문학의 아름다운 꽃밭을 다양하게, 개성적으로 그러나 조화 있게 건강한 아름다움으로 가꿔야 된다, 이런 것이 제3세계문학론의 기본 취지라고 볼 수 있지요. 한 때 리마의 77개국 비동맹 선언을 비롯해서 제3세계 결속 운동이 활발했지만 점점 자본주의 강대국들에 의해서 붙잡히고 억눌리는 형세가 되었어요. 그래서 멕시코도 IMF를 당했고 제3세계의 횡적 연대가 저조해지고 이제 강대국 금융자본이 세계의 여기저기를 굴러다니며 때리고 있어요. 그래서 제3세계 문학 논의가 더 미미한 셈이지요. 최근 IMF의 횡포를 극복하기 위해서는 다시 제3세계 운동이 일어나야 되겠다고 경제 분야에서 시론을 쓴 분도 있더군요. 그와 궤를 같이 해서 제3세계문학론도 계속 추진이 되었으면 좋겠다는 생각이 들어요.

강진호　지금까지의 선생님의 말씀을 정리하면,『상황』동인 시절부터 쭉 가지고 계시던 민족에 대한 관심과 문제의식이 외세 문제와 연관되면서 '제3세계문학론'으로까지 발전한 것이라고 이해하면 되겠네요. 그러면, 하나 빠뜨린 게 있는데, 아까 선생님께서 1960년대에서는 하근찬의 「삼각의 집」이 중요한 작품이라고 말씀하셨지요? 그러면 1970년대 민족문학론과 제3세계문학론을 전개할 당시에는 어떤 작가와 작품을 주목하셨나요, 민족문학론의 이론적 근거가 필요했을 거 아니예요?

구중서　글쎄, 일단은 황석영의 「객지」가 기념비적이었지요. 다음으로는 이문구의 「우리 동네」 연작, 그리고 조세희의 『난장이가 쏘아올린 작은 공』도 문제작이었지요. 그리고 나는 윤홍길을 크게 인정하는데, 윤홍길의 「아홉 켤레의 구두로 남은 사내」가 산업사회 소설의 본격적인 출발점이라고 볼 수 있지요. 이 작품은 대중에게 잘 읽히고 또 완결된 작품 세계를 가지고 있어요. 그리고 「무지개는 언제 뜨는가」는 소년의 이야기지만, 지리산 마을을 통해서도 분단 해소의 가능한 원리를 사람들에게 납득시키고 있지요. 윤홍길이 10대 소년으로서 겪은 기억을 가지고 쓴 것이겠는데, 그는 중간에 병이 나서 한참 작가 생활을 쉬었지요. 앞으로 활동을 재개할 것 같은데, 기대가 됩니다.

◎ 문학사 연속성론에 대해서

강진호　이제 이야기를 바꾸어서, 선생님의 탁견 중의 하나인 '문학사 연속성론'에 대해서 여쭈어 보겠습니다. 1963년도 이래의 선생님 글을 검토해 보면서 흥미로웠던 점은, 외국문학 전공자들을 포함해 몇몇 비평가들은 전통단절론을 내세웠는데, 선생님은 '한국문학사의 연속성론'을 주장하고 또 긴 논문도 쓰셨습니다. 지금까지 이야기를 쭉 듣고 보니까 이런 입장은 1960년대『한양』지에 집필할 당시부터 갖고 있던 우리 전통문학, 고전문학에 대한 지식이 자양분이 된 게 아닌가 생각되는데요, 전통론과 관련된 말씀을 해 주시지요.
구중서　그것도 사실은 시기를 좀 분별하고 넘어갈 필요가 있어요.

1950년대 모더니즘이라는 것이 세력을 떨쳤던 당시에는 코즈머폴리
터니즘, 세계시민적인 성향이 지식인들 속에 상당히 있었던 것 같아
요. 그 때에도『사상계』잡지에서 문학 좌담을 했는데 한 평론가가 말
하기를 "한국문학 속에서 전통을 살리려는 것은 몸 속에 든 기생충을
살리려는 것 같다." 이런 극언까지 했어요. 이어령 씨도『흙 속에 저
바람 속에』라는 책을 내서 베스트셀러가 되기도 했지만, 민족문화 유
산, 정신적 유산 이런 것들에 대해서 굉장히 자조적으로 비판을 했어
요. 그것이 곧 유식하고 서양식으로 세련된 것이라는 일종의 착각이
아니었나 싶은데, 가령 김유신의 누이동생 문희가 땅에 소변을 봤는데
그 언저리가 매우 작았다, 서양 희랍신화에서는 유사한 예의 범주가
큰 데 비하면 얼마나 왜소하냐, 춘향의 모친이 포주지 뭐냐, 이런 식이
었어요. 나는 아주 언짢게 생각하고 그래서 이어령 씨를『청맥』이라
는 잡지에서 비판하기도 했지요. 4·19에 대해서도 데모 학생이 총탄
을 등뒤로부터 맞았다는 구절이 그분이 시도했던 소설 속에 나오는데,
데모를 하다 보면 밀고 나아갈 수도 있고 또 후퇴하려면 돌아서서 쫓
겨가기도 하고 그러는 거지, 그 틈에서 총탄 맞은 거를 굳이 내세워 가
지고 혁명을 모멸하는 것 같은 발언을 하고. 그런 게 참 안 좋았어요.
그 때는 내가 20대고 피가 뜨거워서 독하게 「소설가 이어령의 도로」
라고 제목을 붙여서 비판했지요. 그것이 화제가 돼서 6·3 데모를 주
도했던 김중태·김도현이 당시 졸업논문을 쓰고 있던 김지하의 하숙
방에 찾아가서 "미학자 김지하의 도로"다 하면서 방해를 했다고 해요.
(웃음)

강진호　전통을 논한다는 것은 촌스럽고, 반면에 서양 흉내를 내면 마치 유식하고 세련된 것으로 보는 풍조가 만연되었던 모양이죠?

구중서　그런 셈이지요.

강진호　그러면 당시 선생님께서 문학사의 연속성론을 주장하게 된 구체적 근거는 무엇이었나요?

구중서　내가 전통단절론에 반감을 가졌던 것은 당시 나는 『한양』지에 「춘향전」을 비롯한 고전문학 해설을 연재하고 있었고, 우리 문학이 고전의 긍정적 측면을 수용해야 된다는 생각 때문이었어요. 판소리는 원래 글자도 모르는 사람들이 광대인 판소리 창자가 고수(鼓手) 하나 데리고서 전단 광고가 나가지도 않는 삼천리 방방곡곡을 돌아다니면서 『춘향전』, 『심청전』, 『흥부전』을 구연하는 거죠. 그런데도 삼척동자도 다 그 내용을 안단 말이야. 어떻게 이렇게 민간 소통력이 큰가? 입심과 낙천성과 서민적 우애와 이런 데 비밀이 있지 않느냐 하는 거지요. 소설사에서 '실학파 소설'을 중요하게 다루지만 사실은 한문으로 되어 있어 한계가 있고, 그렇다면 대중이 무엇으로써 소설 문학을 누리느냐를 기준으로 보면 판소리계 소설이 1939년까지 한국에서 베스트셀러였다는 거죠. 농한기가 되면 추수를 끝내고 나서 시골 5일장으로 전부 도매로 나가는 거예요. 자동적으로 차일을 치고 흙바닥에다 이야기책을 쌓아 놓으면 나무장사들이 지게에다가 고등어 한 손 사서 걸고 이야기책 사 가지고 가서 겨울 긴긴 밤에 계속 읽는 거예요. 부인네들을 모아 놓고 잘 읽는 남자가 읽어 준 거죠. 이러한 작용이 만주

간도에까지 전파된 거지요. 시문학사에서도 보면 고려 속요가 근 3,4백 년을 구전에 의해서 보존되었어요. 경기체가, 그것은 한문 하는 사람들이 할 수 있는 거고. 김동욱 선생 논문에서 '육보(肉譜)'라고 그러는데 목소리로 악보를 외워서 구전으로 고려 속요인 「가시리」, 「청산별곡」, 「만전춘」이 3,4백 년을 지속해 오다가 한글이 창제되고 나서 『시용향악보』, 『악학궤범』, 『악장가사』 등에 가사로 기록되고, 그후 이것은 고려시대의 노래라는 것을 알게 되고, 또 『고려사악지』에 관련 기사들도 있고 이래서 문학사에서 고려 속요 장르를 정착시키게 된 것이죠. 그러니까 '서민 토대의 자생적 장르 형성력' 이것이 내 나름으로 쓰는 말인데, 고려 속요가 시문학사에서 문학사를 지속시켰고 또 판소리계 소설이 소설사를 연결시켰고, 이렇게 해서 한국 민족문학사는 저변에서부터 숫구쳐 올라오는 힘에 의해서 지속되고 발전해 온 거지요. 그런 걸 오히려 나는 재미있게 좋은 면으로 생각했으니까, 한국문학사 전통연결론을 주장하게 된 것이지요.

강진호 『한국문학사론』(1978)에서 "한국문학사 전통 연결이 성취될 때 한국문학은 비로소 민족문학으로서의 자기다운 모습을 성취하게 될 것이다"라고 하신 말씀은 결국 앞서 언급하신 생각들을 논리적으로 체계화한 것이군요.

구중서 민족문학은 자연적 공동 운명체라고 할 수 있는 민족의 삶의 여건에서 축적되고 육화된 개성과 가치로서의 민족문화 전통을 지녀야 하기 때문이지요.

강진호 긴 시간 동안 말씀 하시느라고 피곤하시죠? 이제 최근의 민족문학에 대한 말씀을 나누면서 대담을 마무리해 나가겠습니다. 제가 보기에 최근 민족문학의 상황은, 민족문학론의 이론적 정당성 여부를 떠나서 상황 자체가 매우 수세적이고, 또 민족문학 계열의 작품들이 안 읽히고, 그래서 민족문학은 1970, 80년대보다 훨씬 더 외곽으로 밀려나 있는 게 아닌가 하는 생각을 하는데요, 선생님은 작금의 현실을 어떻게 보시는지요?

구중서 수세에 몰리는 작가, 작품이 있다면 그것은 이데올로기적 도식주의를 벗어나지 못한 일부 경우들이라고 생각해요. 조정래의 『태백산맥』은 백 몇 십만 부가 팔려 당당한 베스트셀러가 되었지요. 『아리랑』도 그렇지요. 조정래 씨는 앞으로 1960년대 이후 시대를 소재로 해서 계속 소설로 쓰겠다고 하더군요. 정치판에서 역사 청산이 안되니까 작가인 자기가 하겠다는 거지요.

강진호 그런 경우는 1980년대적 가치가 가까스로 1990년대로 계승되어서 유지되는 부분이라고 저는 생각하는데요.

구중서 또는 신경숙의 소설들, 『외딴방』도 많이 읽히고요.

강진호 신경숙 이야기가 나왔으니 말인데, 최근 백낙청 선생이 신경숙을 매우 긍정적으로 평가하잖아요? 그런데 최근의 젊은 논자들은 그런 평가 방식과 논리에 대해서 회의적인 시각을 보이는 경우가 많거든요.

구중서 어떻게 회의적인가요?

강진호 가령 그렇게 다 포괄적으로 받아들이고, 또 신경숙이 과연 1990년대의 민족문학을 가늠할 만한 작가로 내세울 수 있는 작가인가, 이런 점에서 반론도 상당히 많은데 그에 대해서는 선생님께서 어떻게 생각하십니까?

구중서 신경숙의 『외딴방』 정도는 긍정해도 괜찮은 거 아닌가요?

강진호 저 개인적으로는 1970년대에 논란이 많았던 조세희의 『난장이가 쏘아 올린 작은 공』보다 『외딴방』이 더 리얼리즘적 성취가 뛰어난지 의문스럽습니다. 백선생은 『난장이가 쏘아 올린 작은 공』을 별로 인정하지 않았는데, 과연 신경숙의 『외딴방』이 『난장이가 쏘아 올린 작은 공』을 능가하는 리얼리즘의 1990년대적 성취인가에 대해서는 좀 회의스러운 부분이거든요.

구중서 『난장이가 쏘아 올린 작은 공』은 훌륭한 작품이지만, 관념적인 삽화들이 끼여들면서 구성상 모더니즘 비슷한 성격도 지니지요. 물론 당시에 많이 팔렸죠. 하지만 소설의 전형적인 수법과 완결된 세계라는 점에서 보자면 오히려 『외딴방』이 낫지 않겠나 하는 거지요.

강진호　그러면 1980년대 중반 이후 민족문학의 중요한 축이 되었던, 이를테면 방현석이라든지 박노해 등에 대해서는 어떤 생각을 가지고 계세요?

구중서　방현석이나 박노해나 현실의식에 있어서는 치열한 강점이 있는데, 박노해 시에서는 『노동의 새벽』이 획기적인 성과이기는 하지만 그 중에서 어떤 작품은 좀 지나친 도식성이 있다는 생각이 들어요. 「이불을 꿰매면서」 이런 작품은 납득할 수 있고 좋은데 「손무덤」 이런 것은 싫어요. 이 「손무덤」이라는 게, 기업주의 횡포가 아무리 심하다 해도 동포 인간들끼리 사는 건데 자기 회사 공장 직공이 기계에 손가락도 아니고 손마디가 잘렸는데, 사장, 공장장, 전무의 차를 안 내주어 못 타고, 타이탄 짐칸에 앉아 병원에 갔는데, 손을 붙일 수가 없고, 노동자의 시퍼렇게 얼은 잘린 손목을 주머니에 넣고 다니다가 공장으로 돌아와서 양지바른 벽 아래 흙에다가 묻어서 장사 지낸다, 그게 어디 있을 수 있는 이야기고 시로서 될 수 있는 이야기인가요? 좀 과장이 아닐까? 그런데 박노해 씨가 투옥된 후 재판의 최후 진술에서 자기가 너무 편향적이었던 것을 자성한다는 내용을 말한 게 있지요. 『말』지 인가에 실렸지요? 방현석 같은 사람은 작가로서 인격으로서 훌륭하고 건실하고 소설도 좋지만, 대중성을 획득하는 면에서는 아직 폭이 좁지 않은가 생각해요. 오히려 젊은 사람은 아니지만 박완서 씨의 소설이 대체로 서민 소재의 건실한 내용을 예술적으로 형상화하여 상당히 넓은 독자폭을 가지고 있지요.

강진호　그러면 앞으로의 민족문학 내지는 진보적 소설의 방향에 대해서는 어떤 생각을 가지고 계십니까?

구중서　이데올로기의 시대가 가고 마치 포스트모더니즘 경향으로 가는 듯한 인상들도 있고, 또 소설 본문 안에서도 글쓰기의 어려움이라는 말이 나오고 포스트모더니즘적 글쓰기 등 좀 이상한 것들이 나오는데, 그런 식으로 되어서는 바람직하지 않다고 생각해요. 신경숙의『외딴방』에서도 글쓰기의 어려움이 한마디 있기는 하지만 그래도 신경숙의『외딴방』정도는 노동자의 삶을 소재로 한 작품으로서 인정할 만하다고 생각해요. 그리고 광주 쪽에서 활동하는 공선옥의 경우도 좋지요. 공선옥의「목마른 계절」에서는 "이데올로기의 시대가 갔다, 문학주의로 가자, 무슨 포스트모더니즘으로 가자" 그런 것과는 관계없이 자기는 지금 살아 남아서 광주에 빚을 지고 있다는 인식을 중심으로 가지고 있어요. 현실 문제, 정치 문제까지도 정면으로 다루지만 그것이 소설적인 수법으로 소화가 돼 있다고 보이거든요. 그래서 "김대중이 또 낙선하면 우리 호남사람들은 다 혀를 깨물고 죽어야 된다" 그래 놓고, 낙선한 뒤 언니라는 사람이 병원에 입원해 있고 그 후배 되는 여인이 문병을 가서 "언니 이제 죽어. 죽는다고 그랬잖아" 그러니까 그 언니가 귀를 끌어다대고 조용하지만 강한 어조로 하는 말이 "죽을 힘으로 살자, 김대중이 니 할애비냐 누구 좋으라고 죽어" 이런 식이 소설 대화에 나오는데, 나는 참 강렬한 민중적인 저력이 보이는 것으로 받아들였어요. 비록 문체가 신선하다고 하더라도 포스트모더니즘 식의 허무주의로 끝을 맺는 애매한 소설들을 극복하고 그야말로 건강하고 아름다운 인간의 문학, 인간 본성과 자연법과 이성과 근대정신과 이런 것을 구현해 내는 문학적인 과제와 가능성이 얼마든지 있다고 생각하고 싶습니다.

강진호 최근 작가 이야기를, 선생님께서 『상황』을 하실 때부터 계속적으로 관심을 가지셨던 민족과 외세 문제라는 측면에서 언급해 봤으면 좋겠습니다. 가령, 윤대녕이라든지 전경린·이혜경·배수아 등 소위 1990년대 젊은 작가들 중에서 분단이나 외세 문제를 이야기하는 사람은 거의 없거든요. 세계 자체가 변한 것은 아니지요. 그런데도 이런 문제가 거의 도외시되고 대신 신변 일상사나 여성적인 세상살이의 고통 등이 거의 대세를 이루는데, 이렇게 보자면 현재 민족문학을 그렇게 낙관할 수 있는 것은 아니지 않느냐 하는 생각이 들거든요.

구중서 그것이 불가피해서 그렇게 된다기보다 작가나 비평가들이 불필요하게 나약해서 그렇게 되지 않나, 그렇게 될 수밖에 없어서 그렇게 되는 게 아니라, 자질로서 그렇게 되고 있지 않나 생각해요. 가치관이나 세계관의 허약성 때문이 아닐까 생각해요.

강진호 그러니까 작가나 비평가들의 태도에 문제가 있다는 말씀이군요.

구중서 윤대녕의 「은어낚시 통신」, 구효서의 「깡통따개가 없는 마을」, 은희경의 「서정시대」, 전경린의 「바닷가 외딴집」 이런 작품이 감미롭고 잘 읽히지요. 그래서 많이 팔리기도 하고. 그러나 주제의식이 완결되어 있다거나 창조적인 가치를 갖고 있지는 못하고, 대신 감수성으로 소모적이고 정체된 단층에서의 예술을 위한 예술 같은, 그래서 심하게 말하면 허무주의 같은 것이 있지요. 그런 것이 불가피한 대세다 이렇게 보기보다 오히려 그런 것을 좀 바로잡아서, 리얼리즘 원리로서 앞으로 대중에게 건강한 아름다움으로 잘 읽히고 창조적인 가치를 제공할 수 있는 가능성이 있다고 나는 생각하고 싶어요.

강진호　저는 1990년대 이후에 분단 문제를 가장 상징적으로 보여 준 사람이 정주영 씨가 아닌가 생각을 해요. 소 5백 마리를 끌고 휴전선을 넘어갔는데, 거기에 대해서 많은 사람들이 관심을 보였지요. 말하자면 분단 문제는 우리에게 늘 잠복되어 있는 것이지만 작가들이나 평론가들이 그런 문제들을 상대적으로 소홀히 하고 그러다 보니 현재 보이는 표면적인 상황이 마치 주류인 것처럼 여기게 된 게 아닌가 싶어요.

구중서　그건 포스트모던과 같은 생각들이지. 북한 작가 김명익이 쓴 『림진강』이 감명 깊게 읽히더군요. 거기에는 이데올로기도 없고, 대신 "민심이 천심이다" 이러면서 가족의 이산 문제를 이야기하고 있어요. 아기의 약을 구하러 강을 건너갔다가 돌아오지 않는 남편을 기다리면서 한 여인이 임진강 가에서 늙어서 할머니가 될 때까지 그 지점을 떠나지 않고 사는 거야. 딸이 도시로 나가서 편하게 살면서 모셔가겠다 그래도 안가는 거야. 문익환 목사도 임수경 학생도 다 이렇게 우리를 보고 싶어서 왔다가 갔지 않느냐. 민심은 천심이라고 임진강이 흘러서 바다로 가듯이 당연하게 통일이 될 날이 올 것이다, 이런 게 결말이지요. 얼마나 좋아요! 거기에 구체성들도 다 있고.

강진호 "민심이 천심"이라는 말씀을 들으니 선생님께서 최근에 주장하신 '자연과 리얼리즘'과 '광의의 리얼리즘'을 연상하게 되는데요, '광의의 리얼리즘'에서 리얼리즘은 하나의 창작방법론이 아니라 '예술 일반의 원리'라고 하셨지요?

구중서 예, '광의의 리얼리즘' 여기에도 이야깃거리가 있는데, 내가 처음에 1970년에 『창작과비평』에 「한국 리얼리즘 문학의 형성」을 썼을 때부터 그런 말이 있었는데, 즉 "대하의 물결은 요동이 없이 그 속에서 제 갈 길을 가고 있다. 그처럼 리얼리즘이라는 말도 자주 쓰지 말고 그냥 가면 된다. 주류를 이루면서 가면 된다"고 했는데 바로 '리얼리즘 주류론'이지요. '광의의 리얼리즘'에서 또 그 말을 썼지요. 그랬더니 대체로 좋은 거 같은데 '리얼리즘 주류론'이 마음에 걸린다, 서운하다, 그런 말을 젊은 평론가들이 했다고 들었어요. 리얼리즘이 그렇게 좋고 진리라면 그것만 주장하면 되지 주류라고 주장해 가지고 오히려 비주류라는 상대를 인정하는 나약성을 보이는 게 아니냐 이렇게 생각하는 모양이예요. 그런데 나는 처음부터 그렇게 생각하지를 않았어요. 인간의 세계라는 것은 완벽하게 100% 획일주의는 되지도 않고 될 수도 없는 거죠. 그래서 나는 포스트모더니즘도 있을 수 있고, 리얼리즘이 60, 70%의 주류만 형성하면 실질에 있어서는 100%의 자연스러운 승리라고 생각하고 싶어요. 그것이 자연스러운 것이고 인간 세계에서는 그렇게 될 수밖에 없는 것이죠. 그래서 "주류만 이루어 나가면 자연스러운 완전 승리이다"라고 한 거죠. '광의의 리얼리즘'이란 바로 그런 거지요.

또 사회주의 리얼리즘 단계에 연연하지 말고 과거에 집착하거나 또 막연한 미래 예측의 결정론, 이런 것에 휩쓸리지 말고 목전의 현실 복판에 들어가서 책임지고 실천하는 리얼리즘 자세가 중요하다, 그리고 이것은 적어도 근대 리얼리즘의 출발점인 발자크 리얼리즘에서부터 근대 리얼리즘을 생각할 수 있고, 그 이전을 보기로 하면 1930년대 자연주의 리얼리즘, 고전적 실학파 리얼리즘, 이렇게 말할 수 있고, 서양에서도 루카치가 그리스 시대부터 리얼리즘을 이야기했듯이, 이것이 '광의의 리얼리즘' 아니냐, 앞으로도 계속 그런 가능성이 있다 그런 거지요. 그랬더니 한 중진 평론가는 19세기 리얼리즘 단계를 가지고서 현대를 감당할 수 있느냐 이런 식의 이야기를 했어요. 그러나 하우저 같은 사람도 1830년대, 1883년의 유럽 현실이 20세기 전세계의 오늘의 현실과 별로 다를 게 없다고 했죠. 프랑스 혁명 70여 년 과정에서 왕을 단두대에서 목을 자르지를 않았나, 파리 코뮌 때는 한 5천 명이 시내의 거리에 피를 흘리지 않았나, 뭔가 다 해 본 것이고, 또 그 인간상도 줄리앙 소렐 같은 인간상이 오늘의 인간상이나 다를 게 없다, 그런 식으로 민주주의 제도에 있어서나 인간들의 성격에 있어서나 근대적 범주에서 출발점을 잡아보고, 또 그 이전으로 소급할 수도 있고, 또 미래에도 계속 가능하고 이런 것을 나는 '광의의 리얼리즘'이라고 했죠. 그 점에서는 지금도 편하게 그렇게 생각하면서 갈등이나 동요가 없어요.

강진호 그 '광의의 리얼리즘'이 인간의 어떤 건강성을 다루는 것이라면, 그것은 '리얼리즘'이라기보다는 오히려 '문학 일반의 속성'이 아닌가요. 그래서 좀더 구체적인 어떤 방법론이 필요하지 않을까요?

구중서 적어도 시민 민주주의 상황과 또 총체성 개념과 전형성 원리, 이런 점을 가지고서 '리얼리즘이다'라고 말할 수 있지 않겠어요. 낭만주의, 자연주의 가지고는 안 되는, 특히 자연주의가 리얼리즘과 비슷하지만 불필요한 부분까지 불필요하게 묘사해서 나열해 놓고서 끝내버리는 이것이 자연주의이고, 리얼리즘은 총체성과 전형성과 가치의 순위 의식, 무엇이 더 중요하고 덜 중요하냐 그리고 미래 지향적인 이상을 뒤에 붙이고 그렇게 해나가는 것이 리얼리즘이다, 그럴 적에는 계속 그 원리의 체계가 있으면서도 계속 가능한 그런 것일 수 있지 않을까요?

강진호 선생님 말씀을 들어보면 최근에 많이 이야기되는 '민족문학의 위기'라든지, '민족문학이 유효한가', '민족문학의 경시 사태' 등 여러 가지 민족문학 내부와 바깥에서 제기되는 문제들이 너무 호들갑스럽다 하는 생각이 듭니다.

구중서 그렇지요. 나는 그런 말들을 달가워하지 않고 할 필요가 없다고 생각해요. 인간 본성, 자연법, 보편적 가치, 창조성, 이런 것들을 다 포함하면서도 구체적 방법론의 필요 때문에 나는 리얼리즘을 계속 거론하고 있어요.

강진호 선생님의 '광의의 리얼리즘', 민족문학의 위기에 대한 낙관적인 전망 이런 것들은 다 선생님이 초창기부터 지금까지 계속 가지고 계셨던 근대성에 대한 믿음, 프랑스 대혁명으로 상징되는 이른바 '해방의 근대성'이라고 이야기할 수 있는 근대성에 대한 믿음, 그것이 바탕이 되어 있는 게 아닌가 생각을 하거든요. 선생님이 '해방의 근대성'에 대한 믿음을 가지실 수 있었던 것은 역사의 주체, 혹은 분단 극복의 주체가 민중에 있다 이런 믿음과 긴밀하게 연관이 되어 있을 텐데, 지금에 와서 분단을 넘어서는 뭔가의 실마리를 보여주는 사람은 아까 언급했듯이 정주영 씨와 같은 대표적인 자본가란 말이지요. 이런 것이 오히려 1990년대에 달라진 현실을 상징하는 사건이 아닐까요. 지금까지는 분단 극복의 실마리를 민중에게서 찾을 수 있을 거라고 생각해 왔고, 그것이 우리 민족문학론이 분단 문제를 바라보는 기본적인 관점이었는데, 지금에 와서 민중이 분단 극복의 중심으로 나서는 것이 아니라 오히려 대자본가가 분단 극복의 실마리를 풀어 가는 그런 상징적인 행위를 하고 있다는 말이지요. 이런 달라진 현실이 민족문학이 여러 가지로 힘에 겨워하는 요인, 조건이 되고 있는 것이 아닌가 하는 생각이 드는데요. 그런 문제에 대해서 선생님은 어떻게 생각을 하시는지요.

구중서 글쎄, 대재벌이니 후기자본주의의 메커니즘이니 하는 요인들이 있기는 있지만 그래도 역사 발전의 기본 토대와 저력은 언제나 민중과 또 인간 본성, 즉 개인주의적 개인이 아니고 보편적 인간 본성, 이런 것에 의해서 인간 사회가 궁극적으로 지탱되었지, 아무리 기계화가 되고 대재벌 위주가 되고 하더라도 그것들에 의해서 인간 사회가 결정적으로 좌지우지된다거나 어떤 국면에 임의로 귀착한다거나 그렇게 될 수는 없을 것 같아요. 앞으로도 자꾸 전략 가치로서의 시장경제, 물질 가치만을 생각할 것이 아니라, 이런 것들을 오히려 인간다움의 힘으로써 승화하고, 모든 사회, 역사 현상이 인간을 위하여 존재한다는 신념을 가지고, 인간적인 실천과 행동을 하는 수밖에 없지 않나 생각해요. 그런 가능성이 없으면 살 의욕도 없을 것 같아요. 정주영 씨가 소를 가지고 올라간 것도 신분이 대재벌이라는 것만을 보지 말고, 그이가 정말 시골 농사꾼의 아들로 소 한 마리 판 돈을 가지고 가출했다가 돌아가는 방법을 소 떼를 가지고 간다, 단순한데 그러나 아주 극적이고 또 어떻게 보면 인간적이고 또 현실적인 방식으로 생각하는 게 좋을 것 같아요.

강진호　오히려 자본에 의한, 자본이 주도하는 통일, 이렇게 보이시지는 않고요?

구중서　자본도 계속 인간적인 도덕성으로 견제를 해야 될 대상이지요. 개방과 시장경제를 막을 수는 없는 것이지만, 그것도 인간 본성이나 자연법에 속하는 현상이지요. 약육강식을 방치하는 시장경제여서는 안 돼요. 도덕성이 공동선을 지향해서 계속 견제해야 한다는 말이지요. 그래서 시민운동, 종교, 또는 제3세계 연대를 통해서라도 계속 시장경제에 도덕성을 투여해서 인간다운 사회를 향해 발전할 수 있도록 하는 수밖에 없습니다.

강진호　더 많은 이야기를 듣고 싶으나, 장시간 많은 이야기를 하셔서 피곤하시리라 생각됩니다. 그럼 최근 근황을 간략히 말씀해 주시고 자리를 마무리했으면 좋겠습니다. 요즘도 작가회의랑 계속 일을 보시지요?

구중서 몇 년 전에 부회장직을 맡은 적이 있어요. 지금은 자문의원으로 되어 있지요.

강진호 또 민예총에도 관여하고 계시죠?

구중서 민예총은 이사장직을 맡고 있지요. 내년 2월까지가 임기인데, 빨리 모든 걸 벗어버리고 글이나 쓰는 데 열중했으면 좋겠어요.

강진호 많은 시간, 좋은 말씀 해 주셔서 감사합니다. 선생님의 말씀을 통해서 문학과 사회, 문학과 역사의 관계, 또 작가의 사회적 책임 등 문학의 근본 문제를 새삼 인식하게 되었습니다. 또 선생님의 말씀은 1960, 70년대 문학, 특히 민족문학에 대해서 관심을 갖고 있는 후학들에게 많은 도움이 되리라 생각됩니다. 앞으로도 계속 건강하시고 더욱 왕성한 필력을 보여주시기 바랍니다. 감사합니다.

문 학 의 분 출

한국 고전소설의 재인식

『금오신화』 『홍길동전』 『허생전』 『심청전』 『춘향전』

한국 고전소설의 재인식을 위하여

한국문학사 안에서 고전문학과 현대문학은 통일되어야 한다. 16세기 영국의 셰익스피어 작품들, 18세기 독일의 괴테 작품들이 현대에도 생동하고 있다. 영문학사의 첫 장을 장식하는 서사시 『베오울프』는 원문이 10세기의 필사본으로서 색슨족의 난해한 고대어로 되어 있다. 그런데 이 『베오울프』가 평이한 현대 영어 문체로 일본의 고등학교 영어교재(開隆堂 판)에까지 실려 소개되고 있다. 한국문학사 전통 복원에 대한 필자의 평소 소망을 구현하는 일면적인 내용으로나마 이 「한국 고전소설의 재인식」을 이 책에 싣는다.

필자가 요약하여 실은 이 작품들은 다음의 저본(底本)들에 의거하였다.

김시습, 『금오신화』 부 원문, 이가원 역주, 통문관, 1956.
허　균, 『홍길동전』, 장지영 주석, 정음사, 1964.
박지원, 「허생전」, 『연암 선집』(이민수 역), 통문관, 1956.
『심청전』(장지영 주석, 『홍길동전』 합책), 정음사, 1964.
『춘향전』(김사엽 교주), 학원사, 1962.

금오신화

송도(松都)의 낙타교(駱駝橋) 옆에 이생(李生)이라는 십팔 세의 젊은이가 살았는데, 천품이 뛰어나고 글공부에 밝아 국학(國學—官立學校)에 오가는 노상에서도 늘 시를 외며 다니었다.

그 때 선죽리(善竹里)의 귀문(貴門)인 최(崔)씨 집에 십오륙 세 된 어여쁜 딸이 하나 있어 수(繡)를 잘 놓고 시문(詩文)에도 능통하였다. 이 두 뛰어난 젊은 남녀에 대한 동리 사람들의 칭송은 마침내 노래 가락으로 번져갔다.

풍류에 넘치는 이 총각

아리따울손 최 처녀

그 재주 그 얼굴을

뉜들 아니 찬탄하리.

이생이 책을 옆에 끼고 학교에 갈 때면 늘 최랑(崔娘)의 집 북쪽 담 밖을 지나는데 휘휘 늘어진 수양버들이 그 담을 에워싸고 있다. 어느 날 이생은 그 나무 그늘에서 쉬다가 우연히 그 담 안을 넘겨다보았는데 이름난 꽃들이 만발하고 벌과 새들이 다투어 노래하는데, 그 꽃밭 사이로 조그만 누각(樓閣)이 하나 은은히 보인다.

구슬발이 반쯤 가리우고 비단 포장이 드리운 사이로 한 아리따운 아가씨는 수를 놓기도 권태로운지 바늘을 멈추고 턱을 고이고 앉아 시를 읊기 시작한다.

사창에 홀로 기대
수놓기도 피곤하네.
백화가 만발한 속
꾀꼬리 노래 다정한데
공연히 이 마음은
봄바람을 원망하네.
말없이 바늘 멈춰
생각 속에 잠기도다.

말쑥한 어느 총각
담 밖에 머물었네

푸른 빛 긴 소매로

버들가지 스치우네

이몸 어이 다시 나서

몸 가벼운 제비되면

낮은 발을 차고 나가

담을 넘어 솟으려네.

이생이 이 시를 읊는 소리를 듣고 마음이 들뜸을 어찌할 수 없었으나 담이 높고 안뜰이 깊어 넘어갈 수가 없었다. 그리하여 그냥 그 앞을 지나치고 만 이생은 돌아오는 길에 한 가지 꾀를 생각해 냈다. 이생은 백지 한 장에다 역시 시를 적은 후 그것을 기와 조각에다 비끌어 매어 담 안으로 던졌다.

무산(巫山) 열두 봉에

겹겹이 안개 둘렀는가

뾀 듯하는 봉우리가

아물아물 안보이네

아마도 인연이리

님을 만나 노니리라.

최랑은 시녀 향아(香兒)를 시켜 가슴을 두근거리며, 담 너머 들어온 종이 쪽을 주워다 보니 바로 이생의 이와 같은 시였다. 최랑은 이 시를

거듭 거듭 읽어 본 후 홀로 기쁨에 넘쳐 다시 종이에 두 귀를 간단히
적어 담 밖으로 넘겨주었다.

　　님이시여 염려마오
　　황혼녘에 만납시다.

　이생은 그 언약에 따라 황혼녘에 그 담 밖으로 갔다. 이 때 돌연 복
숭아꽃 한 가지가 담 밖으로 휘어 내려오며 흔들흔들하는 그림자가 나
타났다.
　가만히 살펴보니 그것은 그네 줄에 바구니를 매어달아 넘겨 보낸 것
이었다. 이생은 곧 그 줄을 잡고 기어올라 담을 넘어 들어갔다.
　마침 동편 산엔 달이 오르고 꽃가지의 그림자가 땅 위에 깃들여 있
는데 맑은 향기 그윽하여 마치 선경(仙境)에 들어온 듯 황홀했다. 그러
나 한편으로는 이 몰래 하는 짓이 탄로가 날까 하여 머리칼이 쭈뼛하
여져서 좌우를 두루 살폈다.
　최랑은 꽃떨기 깊숙이 향아와 함께 숨어 앉아 머리에 꽃을 꺾어 꽂
다가 이생을 보고 조용히 웃으면서,

　　복숭아 가지에는
　　꽃이 피어 찬란하고
　　원앙새 베개 위엔
　　달빛이 고웁구료

한다. 이생은 곧 이를 받아서 답하되,

　　어쩌다가 봄소식을
　　이 밤에 놓치며는
　　무정한 비바람에
　　이 또한 가련하리

하였다. 이에 최랑은 낯빛이 변하며 "저는 처음부터 그대를 모셔 영원히 행복하고자 마음먹었는데 지금 그대 하시는 말씀이 무슨 뜻입니까. 저는 비록 여자의 몸이지만 지금을 당하여 마음을 태연히 갖는데, 그대는 장부의 의기로서 어찌 그러하옵니까. 만일에 다음 날 규중(閨中)의 비밀이 누설되어 어버이께 꾸지람을 듣는다 하여도 제가 단독으로 책임을 지려 하옵니다. 얘 향아야, 방에 들어가서 술과 과일을 갖추어 가져 오너라" 한다.

향아가 명을 받고 들어가니 사면이 고요하고 사람의 소리도 들리지 않는다.

이생은 비로소 최랑에게 묻는다.

"이곳이 어디요?"

"예, 이곳은 우리 집 뒷동산 속에 있는 작은 누각의 아래입니다. 저의 부모님께서는 자식이라곤 저 하나 딸을 두어 유별히 애틋한 사랑을 주시고, 따로 연못가에 이 누각을 지어 꽃이 만발하는 봄철이면 시녀를 데리고 즐거운 시간을 갖게 하신 것입니다.

부모님이 계신 곳은 여기서 거리가 멀어 비록 웃음과 말소리가 크더라도 들리지가 않습니다.”

최랑은 이렇게 대답하며 술을 한 잔 부어 이생에게 권하면서 시 한 수를 다시 읊는다.

부용(芙蓉) 못 깊은 곳을

난간 아래 내려 보며

꽃송이 송이 새에

속삭이는 님들 있네

달 아래 꽃 그림자

꽃방석을 편 듯하고

긴 가지를 잡읍시다

꽃 비 붉게 나리네요.

술상이 파하자 최랑은 이생에게 말하였다.

“오늘의 일은 아무래도 작은 인연이 아닐 것이니, 그대 나를 따라 영원한 정을 맺음이 어떠하옵니까?”

하고는 이어 누각의 북쪽 창을 열고 들어간다. 이생이 따라 들어가 사다리를 타고 오르니 거기 한 다락이 나타났다. 문방구와 책상이 매우 정결하고 한 쪽 벽에는 연강첩장도(烟江疊嶂圖)와 유황고목도(幽篁古木圖) 두 폭이 걸려 있는데 모두 빼어난 그림이고, 다른 한 쪽 벽에는 사시경(四時景) 네 수가 붙었는데 체가 매우 곱고 단정하다.

이생은 최랑과 더할 수 없는 즐거움을 나누기에 정신이 팔려 마침내 며칠 동안을 그 곳에서 유숙했다. 그러던 어느 날 이생은 최랑에게 말하였다.

"옛 성현의 말씀에 부모 슬하에 있는 자식은 어디 나가 놀더라도 그 행방(行方)을 알려야 한다고 하였는데, 이제 내 집을 나온지 사흘이나 지났으니 마땅히 어버이가 문간에 기대어 기다리고 계실 것이오. 이 어찌 사람의 도리로 그냥 있을 수 있겠소."

최랑은 곧 그에게 집으로 돌아갈 것을 응락하였다.

그 뒤로도 이생은 저녁마다 집을 빠져나와 최랑과 만나곤 하였다. 어느 날 저녁 이생의 아버지는 이생을 불러 앉히고 크게 꾸지람을 하였다.

"네가 아침에 집을 나가 저녁에 돌아옴은 옛 성인의 가르치신 진리를 배우려 함이라 하겠지만, 황혼에 집을 나가 새벽에 돌아옴은 어인 일이냐.

아마 경박한 아이들의 행실에 얼려 남의 집 담장을 넘어 다니는 모양이구나. 이런 일이 만일 탄로되면 남들은 모두 내가 자식을 엄하게 가르치지 못하는 탓이라고 나무랄 것이요, 또 너와 관계 있는 처녀도 양반 집 딸이라면 그 가문을 더럽히는 일이니, 네 죄지음이 적다 할 수 없을 것이다.

그러니 이제 곧 영남(嶺南) 시골로 내려가 머슴을 데리고 농사를 감독하되 내 영이 없이 함부로 올라오지 말아라."

하여 이튿날 아들을 울주(蔚州)로 내려 보냈다.

최랑은 저녁마다 꽃밭에 나가 이생을 기다렸으나 수개월이 되어도 이생은 나타나지 않는다. 최랑은 혹 그가 병이나 나지 않았나 하여 향아를 시켜 가만히 이생의 이웃 사람에게 물었더니 이웃 사람의 대답은 이러하였다.

"아하, 이도령은 그 엄친께 죄를 얻고 영남 농촌으로 내려간지가 벌써 수개월이나 되었지."

이 소식을 들은 최랑은 그대로 침상에 쓰러져 음식을 전폐하고 말조차 제대로 하지 못하며 모양이 날로 초췌해 가기만 한다.

최랑의 부모는 놀라서 딸의 병세를 물어도 아무 대답을 않는다. 하루는 슬며시 딸의 대바구니를 들추어보니 거기엔 바로 이생과 주고받은 시가 있어, 그제야 무릎을 치며 더욱 놀라워하였다.

"아아, 잘못하였다간 귀중한 딸을 잃을 뻔하였구나."
하고는 곧 딸에게 물었다.

"얘야, 이생이란 남자가 누구냐? 모든 것을 솔직하게 말해 다오."

일이 이렇게 되자 최랑은 더 이상 숨길 수 없어 겨우 목소리를 내어 솔직히 어버이게 고하였다.

"남녀 간의 애정이란 소홀히 여길 게 아니므로 옛 부터 이에 대한 찬미와 경계의 말씀이 많은 줄 아옵니다. 가냘픈 몸으로서 뒷일을 염려치 않고 이런 일을 저질렀으니 어버이게 이미 죄가 넉넉하오나 이생과 한 번 헤어진 후로는 한이 커서 날로 병이 깊어 가옵니다.

두 분 어버이께서 제 원을 풀어 주신다면 목숨을 이을 것이요, 아니면 결코 다른 집에 시집가지 않고 죽어 황천에서라도 이생을 다시 만나 따르겠습니다.”

최랑의 부모는 이미 딸의 뜻을 짐작하고 다시는 그 병세를 묻지도 않고 좋은 말로 달래어 그 마음을 안정시키는 한편, 예를 갖추어 이씨 댁에 청혼의 뜻을 전하였다. 이생의 아버지는 먼저 최씨의 문벌(門閥)을 물은 다음

“나도 젊은 때부터 학문을 연구하다가 나이 늙어도 업을 이루지 못하여 노비들은 흩어지고 친척의 도움도 없어 삶이 곤란하니, 귀족의 댁에서 무엇을 보고 빈한한 선비를 취하겠소” 하였다.

최랑의 아버지는 다시 사람을 보내어 말하였다.

“여론에 의하건대는 귀댁의 도령은 재능이 뛰어난다 하오니, 지금 비록 곤궁하여도 장래 반드시 대성할 것이므로 빨리 만복의 날을 정하기 원합니다. 모든 예물과 의장(衣奬)은 이쪽에서 담당할 것이니 다만 좋은 날을 가려 화촉의 예를 치르는 것이 좋을 줄 아옵니다.”

이씨 집은 이 간절한 요청에 뜻을 돌려 곧 사람을 울주에 보내어 아들을 불러 오게 되었다.

최랑도 이 소식을 듣자 병이 차츰 나아지고 기쁨에 취하여 시 한 수를 지었다.

험한 인연도
곧 좋은 인연이네.
옛 맹세 이제 이룰지니
언제 님과 함께

저 가마를 타볼것가
아이야 날 일으켜라
꽃 비녀를 손질하리.

  그 뒤 얼마 안 있어 양가는 길일을 가려 혼례를 이루었다. 이로부터 두 부부는 서로 사랑과 공경을 다하여 절의가 높았다. 그 이듬해엔 이생이 대과(大科)에 급제하여 높은 벼슬에 오르니 그 이름이 조야(朝野)에 드높았다.

  그러나 공민왕 10년에 중국의 홍건적(紅巾賊)이 10만여의 무리를 이끌고 들어와 송도를 노략질하는 큰 난리가 일어났다. 왕은 복주(福州― 지금의 安東)로 옮겨 가고 적당은 집들을 마구 파괴하고 인축을 살륙하므로 사람들은 동서로 분산하게 되었다.

  이 때 이생도 가족과 함께 산골에 숨어 있는데, 도적에게 들키어 이생은 도망하여 겨우 죽음을 면했으나 최랑은 붙잡히어 도적에게 정조를 강요당하게 되었다. 최랑은 악이 받혀

  "이 아귀 같은 놈아, 나를 잡아 먹으려느냐! 내 차라리 죽어 시랑이의 밥이 될지언정 어찌 개 돼 지 같은 놈의 짝이 될까보냐!"
하고 부르짖었다. 그리하여 결국 최랑은 도적의 손에 무자비한 죽음을 당하고 말았다.

  이생은 홀로 온 들판을 헤매다가 홍건적이 이미 토벌되었다는 소식을 듣고 고향을 찾아오니 자기의 집은 병화로 불타고, 최랑의 본가에 이르니 집 안이 쓸쓸한 채 쥐와 새들의 울음만이 들릴 뿐이다.

이생은 슬픔을 이기지 못하여 뒤뜰 누각의 다락에 올라가 날이 저물 때까지 우두커니 앉아 눈물과 한숨으로 옛 일을 회상하였다.

거의 밤중이 되자 달빛은 들보에 비치는데 비몽사몽간에 낭하로부터 발자국 소리가 차츰 가까워온다. 놀라웁게도 이생의 앞에 나타난 사람은 바로 최랑이다. 이생은 그 아내의 죽음을 곧 짐작하였으나 남다른 사랑의 힘으로써 태연히 맞았다.

"여보! 어디서 피난하여 생명을 보전하였소?"

최랑은 남편의 손을 잡고 통곡하며 말한다.

"어려서 귀히 자란 제가 당신을 만나 백년의 낙을 누리려 하였더니, 불의의 횡액을 만나 결국 정조는 도적에게 잃지 않았으나 육체는 사막에 찢겼사옵니다. 이제 봄빛은 깊은 골에 찾아들고, 저는 이승에 다시 나타나 남은 인연을 거듭 맺어 옛 맹세를 헛되이 않으려 하오니 당신은 어떻게 생각하옵니까?"

이생은 매우 기뻐하여

"그것이 바로 내 소원이오."

하고는 둘이 얼려 정한을 푸는 것이었다. 이생은 이로부터 인간의 모든 일을 전혀 잊어, 문을 굳게 닫고 최랑과 함께 시를 화답하며 지내는데 햇수로 몇 년이 지나는 것이었다.

하루는 최랑이 말하기를,

"세상 일이 덧없어 이번 인연도 이제 끝나게 되오니 이 작별의 슬픔을 어이 하오리까?" 한다.

이생이 놀라 그 뜻을 물으니 최랑이 대답한다.

"저승길은 벗어날 수 없는 것이거늘 저 당신과 더불어 연분이 아직 다하지 못했었고, 또 죄 지음도 없었기로 잠시 나타나서 당신을 모셨지만, 이승에 오래 머물러 끝까지 산 사람을 함께 할 수는 없아옵니다" 하고는 옥루춘(玉樓春) 한 가락을 부르며 이생에게 술을 권한다.

난리 풍상 몇해런가
옥같이 고운 얼굴
꽃처럼 흩어지고
피투성이 헤매는 혼
하소연도 할 곳 없네
깨어진 인연이나
이제 거듭 나뉘려니
망망한 천지 사이
소식조차 막히겠네.

노래 한 소리에 수없이 눈물 흘려 곡조마저 거의 이루지를 못한다. 이생 또한 슬픔을 참을 길 없다.

"내 차라리 당신과 함께 지하로 내려갈지언정 어찌 무료히 홀로 살아남겠소."

그러나 최랑은 피차의 소원이 더 이루어질 수 없음을 말하고, 자기의 해골이 흩어져 있는 산골을 가르쳐 준 후 마침내 모습을 감춰 영영 사라지고 말았다.

이생은 그 아내의 말대로 산골을 찾으니 과연 해골이 있어 이를 장사 지내고 아내를 그리는 마음에 병을 얻어 몇 달 후 역시 세상을 떠났다.

이 일을 들어서 아는 모든 사람들은 그들의 아름다운 절의를 한없이 찬탄하여 마지 않았다.

(『금오신화』「이생의 담 너머 사랑」편)

◎ 작자 김시습(金時習)의 생애

서울에서 북으로 뻗은 북한산의 줄기가 그 끝에 도봉(道峰)의 거벽(巨壁)을 이루는데, 도봉산 동북에는 조그만 뜰과 내 하나를 건너서 또한 수락(水落)이라는 이름의 높도 낮도 않은 아담한 산이 하나 있다.

세상 사람들은 이 도봉산과 수락산을 가리켜 이는 마치 세조(世祖)와 시습(時習)이 대좌(對座)한 모양과 같다고 말한다.

이조 생육신(生六臣)의 한 사람인 김시습은 그의 한 많은 인생의 여정(旅程)에서 이 수락산의 풍치를 가장 좋아하여 산간의 옥류(玉流) 금류동(金流洞) 폭포 밑에 앉아 나뭇잎에 글을 적어 물결에 띄우면서 한 잎을 띄우고는 한차례 곡(哭)을 하곤 하는 것이었다.

초목의 계곡에는 은빛 안개가 가득 차고, 그 골짜기에 울려 퍼지는 곡성 가운데엔 또한 "세종(世宗)—"을 부르짖는 소리가 섞여 있었다 한다.(眉叟記言)

　　매월당(梅月堂) 김시습은 1435년 세종 17년에 서울의 성균관(成均館) 부근에 살고 있던 충순위 김일성(忠順衞 金日省)을 아버지로 하여 태어났다.

　　그는 생후 겨우 여덟 달 만에 벌써 글을 알았다 하며 세살 때부터는 시를 지을 줄 알았다 하니, 어느 날 그의 유모(乳母)가 보리방아를 찧고 있는 것을 구경하고 있던 그는 돌연 시 두 귀를 지었는데,

　　비 아니 오는 날에 우뢰 소리 어이 일며,
　　누른 구름 송이송이 사방으로 흩날리네
　　無雨雷聲何處動
　　黃雲片片四方分

하였다는 것이다. 그의 나이 5세에 이르니 이미 『중용(中庸) 』·『대학(大學)』에 통하고 글짓기에도 더욱 능하여 신동(神童)이라 불리었다.
하루는 대신 허조(許稠)가 그의 집을 찾아 시습의 글재주를 시험코자,
　　"애야, 나는 벌써 늙은 사람이니 「노(老)」자로 운(韻)을 달아 시 한구를 지어 보렴,"
하였다.
　　시습은 서슴지 않고,

　　노목에 꽃이 피니 그 마음 안 늙었네
　　老木開花心不老

한다. 허주(許稠)는 놀라서 무릎을 치며 찬탄하였다. (梅月堂集)

　　세종이 이 소문을 듣고 승정원(承政院)에 분부하여 시습을 데려다가 지신사 박이창(知申事 朴以昌)으로 하여금 그 재주를 알아보게 하였다. 이창이 먼저,

　　　소년의 글은
　　　푸른 소나무 끝 백학의 춤이로세
　　　童子之學
　　　白鶴舞青松之末

하니 시습이 받아 짓는데,

　　　성군의 덕망은
　　　푸른 바다에 번뜩이는 용과도 같네
　　　聖主之德
　　　黃龍翻碧海之中

하였다. 이에 세종이 친히 보고자 어전에 들여 벽화인 산수도(山水圖) 등을 보이며 시를 지어 보라 하니 즉흥으로 읊조리는 품이 놀라웁다. 그 때 마침 세종은 세자(世子) 문종을 곁에 세우고 세손(世孫) 단종은 아직 어려 용상을 붙잡아 앉혔는데 시습을 향해 말하기를,

　　"이 둘이 장차 너의 임금이 될 터이니 잘 기억해 두라" 하고는 명주

50필을 상으로 주었다.

이리하여 그의 이름은 온 나라 안에 떨쳐 이른바 '김오세(金五歲)'란 별명으로 불리게 되었다.

그 뒤 시습은 김반(金泮) · 윤상(尹祥) 등 당대 대학자 밑에서 공부를 더하여 학업을 크게 이루었다. 그러나 그의 가세는 날로 기울어가고 15세 때엔 어머니를 여의어 영민한 시습의 머리 속엔 고뇌의 어두운 그림자가 스며들기 시작하였다.

한편, 사회적으로는 그의 출신이 무계(武系)의 자식이라 하여 왕의 은총을 가리는 관료의 세력이 출세의 길을 막는다. 그리하여 시습은 행여 구차할 수 없는 성품에 일찍이 과거에의 뜻을 버리고 산 속에 들어가 독서에만 열중하였다.

세상은 덧없어 세종과 문종은 이어서 돌아가고, 21세의 시습이 삼각산(三角山)에서 글을 읽던 어느 날, 수양대군에게 정권을 빼앗긴 단종이 비통한 죽음까지 당한 소식을 듣는다. 시습은 유의(儒衣)를 찢고 방성대곡(放聲大哭)하며 책을 불사르고 머리를 깎은 후 걸승(乞僧)의 행색으로 유랑의 길에 오른다.

강원도 양양(襄陽)의 설악산(雪嶽山)에 이른 그는 자호(自號)를 '오세(五歲)'라 하고 오세암(五歲菴)을 지어 중이 되었는데 다만 수염만은 깎지를 않았고 그 의도를 다음과 같은 시로 적었다.

머리를 깎아 세상을 피했으나
수염을 두어 장부를 표하노라

削髮遊當世

留髮表丈夫

　이리하여 오세 득명(五歲得名)의 자부와 표장부(表丈夫)의 의기를 버리지 않았으니, 그는 결코 안일을 취하여 세사를 도피한 한객(閑客)이 아님은 물론이요, 유불(儒佛)과 선속(仙俗)을 초탈한 시대의 고민자였다.

　그가 중이 된 후론 이름을 설잠(雪岑)이라 하고 호를 오세(五歲)로부터 청한자(淸寒子), 동봉(東峰), 췌세옹(贅世翁), 매월당(梅月堂) 등으로 고쳐 가며 송도(松都)의 천마산(天摩山)으로부터 관서(關西)로 뻗어 서경(西京)을 지나 묘향산(妙香山)에도 올라 보았다. 거기서 다시 관동(關東)으로 접어든 그는 팔경(八景)의 승처(勝處)를 두루 구경하고 다시 삼남(三南)에 나아가 다도해(多島海)에 이르렀다.

　전국을 두루 밟은 그의 유랑에는 실로 9년이란 세월이 걸렸다. 29세가 된 시습은 이 때 비로소 다시 책을 구하러 서울에 들렀다. 여기서 그는 효령대군의 간청에 못 이겨 나라의 불경언해(佛經諺解) 사업을 돕게 되었으니 그의 젊은 흥분도 차츰 가라앉기 시작하였다. 그러나 그는 당시 그가 가장 경원하던 정창손(鄭昌孫)이 영의정(領議政) 벼슬을 하는 등 어지러운 현실을 참지 못하여 다시 길을 떠나 경주의 금오산(金鰲山) 속으로 들어가고 말았다. 여기서 그는 용장사(茸長寺) 안에 매월당(梅月堂)이란 서재(書齋)를 차리고 30대의 왕성한 정력으로 저작에 열중하되 분방한 문체로 여러 편의 소설을 지어 자연과 정사(情事), 이기(理氣)와 영험(靈驗)의 세계를 통틀어 술회하였으니 이 작품들을 묶어 이름하되 『금오신화(金鰲新話)』라 하였다.

　그의 나이 37세에 이르러 번민과 병고로 신음하던 중, 서울에서는 성종이 왕위에 올라 혁세문치(革世文治)를 표방하고 널리 인재를 구하여 시습에게도 청이 왔다. 그는 본래 본의 아니게 세사(世事)를 피해 사는 터라 새로운 의욕을 가지고 다시 서울로 올라온다.

　그러나 세속 정사(政事)는 여전히 그의 결벽에 역겨웁기만 하다. 자각이 있는 민중의 계층도 아무 연관을 가지고 있지 않았던 시대의 이 상주의자가 택할 길은 무엇이었던가. 때로는,

나 비록 벼슬의 영화 없으나

마음 한가로와 족하도다.

개아미 쳇바퀴 돌듯

세상 사람들 괴로워하나

나 홀로 푸른 산 병풍을 삼고

밤이면 달빛이 불을 밝히네

가야금 줄에 걸어 시를 친하니

어느덧 동녘에 해 돋아온다

雖無印綬榮　心閑萬事足

却嗟世上人　恰似蟻環局

我坐碧山屛　月爲淸夜燭

彈琴和陶詩　不覺東方旭

하며 아예 세상을 체관하지만, 때로는 술을 마시고 거리에 뛰쳐나가 영의정이 지나는 행차에다 대고 "야 이놈아, 이젠 고만 좀 해먹어라!" 하고 소리치는가 하면, 어떤 때는 남루한 복장에 새끼 줄로 띠를 두르고 패랭이를 쓴 차림으로 당대의 명신 서거정(徐巨正)의 행차를 막아선다.

"야, 강중(剛仲, 서거정의 字)아! 요새 팔자 편쿠나!"

궁전 조회(朝會)에 들어가던 서거정은 선뜻 가마에서 내려 시습으로 더불어 이야기를 나누기도 하였다 한다. 그가 47세 되던 해엔 홀연 안(安)씨의 딸을 맞아 장가도 들어 보았는데 그 부인 또한 일찍이 세상을 떠났다.

이리하여 시습은 다시 젊은 시절부터 좋아하던 수락산에 들어가 오랜 세월 동안 안개 속에 앉아 미친 듯이 울부짖었다.

그러나 방랑하는 혼은 쉬지 않는다. 그는 이제 노쇠한 몸을 끌고 마지막 순례의 길에 오른다. 그가 기진하여 가서 쓰러진 곳은 충청도 홍산(鴻山)의 무량사(無量寺), 때는 1493년 성종 24년, 그의 나이 59세가 되는 해였다.

후세의 사람들은 혹 이를 가리켜 기인(奇人)이라고도 하고 광인(狂人)이라고도 하지만, 불가(佛家)에선 그를 생불(生佛)이라 하여 사후(死後)에 부도(浮屠)를 세웠고, 유가(儒家)에선 퇴계(退溪)·율곡(栗谷)·우암(尤庵)까지 나서서 그를 이학(理學)의 종사(宗師)라 추숭(追崇)하였다.

그 자신 또한 자기를 가리켜 "후세에 반드시 나를 알아줄 사람이 있으리라(後世必有知我者)" 확언하였다.

◎『금오신화』의 문학사적 가치

『금오신화』의 다섯 편 소설은

첫째가 「만복사 저포놀이」(萬福寺樗蒲記)

둘째가 「이생의 담 너머 사랑」(李生窺牆傳)

셋째가 「부벽정에 취하여 놀다」(醉遊浮碧亭記)

넷째가 「염라대왕과의 대화」(南淡浮洲志)

다섯째 「용궁의 잔치」(龍宮赴宴錄)

이다.

『금오신화』는 명(明)나라 구우(瞿佑)가 지은 『전등신화』(剪燈新話)』로부터 그 체재를 본땄다고 흔히 말한다. 『전등신화』는 15세기 초 동양 문단에 전기소설(傳奇小說)의 유형을 창출한 점과 그 감미롭고 현란한 문장으로 하여 인기가 매우 높았다. 그 뒤 김시습의 『금오신화』가 일본에 흘러 들어가고 1884년에는 삼도중주(三島中洲)·의전백천(依田百川) 등에 의해 동경(東京)에서 출판까지 되었는데 그 서(序)에 이르기를 『금오신화』는 『전등신화』보다 그 질에 있어서 더욱 우수한 작품이라고 하였다.

그러나 무엇보다도 『금오신화』가 우리에게 보여주는 장처(長處)는 비록 그 작품이 한문(漢文)으로 쓰여졌지만 작품의 배경과 인물·풍속 일체가 순수하게 한국적이라는 데에 있다.

「만복사 저포놀이」는 전라도 남원에 사는 노총각 양생(梁生)이 왜구

(倭寇)의 난으로 숨겨 간 천계(天界)의 아름다운 처녀와 사랑을 맺는 이야기이다.

양생과 처녀는 불전(佛殿)에 나아가 사랑의 아쉬움을 허탈히 기원하던 터에 만났고 양생이 아가씨에게 눈짓하여 함께 으슥한 장소에 들어 운우(雲雨)의 정을 이루었다. 이 때 처녀는 "어버이께 말씀을 못 드린 건 예도에 벗어났다 할지라도 꽃다운 인연을 맺게 된 건 평생의 기쁨"이라고 말한다.

이것은 「이생 규장전」에 나오는 최랑의 자유분방한 연애와 함께, 당시 조선 사회의 완고한 봉건적 억압으로부터 인간성의 자유로운 표출을 기도한 작가정신의 소산이다.

이슬 함초롬한 길에
저녁녘 나 가고 싶네만
이 어인 이슬이 많아
이 또한 맘 켕기네.

전아한 시취(詩趣)로 가득한 이 사랑의 소설들은 이른바 낙이불음(樂而不淫)에 애이불상(哀而不傷)한 가편(佳篇)들이다.

「부벽정에 취하여 놀다」는 단종이 억울한 죽음을 당한 해에 송도(松都) 부호의 아들 홍생(洪生)이 장사차 평양에 들른 길에, 부벽정에 올라 오랜 조국의 유허(遺墟)를 굽어보며 감회에 젖는 내용이다. 여기서도 예의 그 천계(天界)의 여인은 나타난다. 그러나 이번의 여인은 다름 아닌 바로 옛 기자조선(箕子朝鮮)의 말왕(末王)인 준왕(準王)의 딸이라는 것이다. 위만(衞滿)이 갑자기 준왕을 습격할 때 이 여인은 오직 죽음만을 기다리는 궁지에 있었는데, 마침 한 거룩하신 선인(仙人)이 나타나 "내 본래 이 나라의 시조니라" 하고 구출하여 상계(上界)로 데려다 보호해 주었다는 이야기를 이 여인이 홍생에게 한다.

결국 단군성조(檀君聖祖)의 거룩한 풍도(風度)를 그려 보이는 것이다. 그리고 절절히 민족의 유구한 역사를 읊조리는 송사(頌詞)가 곁들인다.

부벽정 높은 곳에
못내 올라 읊조리니
구슬픈 강소리가
애끊는 듯하여라.
외로운 옛 성터를
바랠수록 슬프도다.
단군사 벽 위에도
담장이 얽히었네.
동명왕 남은 영혼
가을 매미 되었는가.
수나라 사졸들은
여울에 슬피 울고
옛 길엔 내 흐르며
수렛소리 간 데 없네.

옛 일도 슬프다만
오늘 근심 어이하리
깊은 숲 덤불 속에
반딧불만 껌벅이네.

이것이 인간성의 해방에 이어, 민족적 자아에로 찾아드는 작자의 눈길이다.

「염라대왕과의 대화」, 이것은 김시습의 경세 철학이다.

"경상도 경주(慶州)에 박생(朴生)이란 한 선비가 있었다. 그는 일찍이 유학(儒學)에 뜻을 두어 태학관(太學館)에 추천생으로 응시했으나 불행히 합격되지 못해 늘 불만스럽게 생각하고 있었다. 그는 뜻이 매우 고상하여 세력에 아부하지 않으므로 남들은 모두 그를 거만한 청년이라 하였다."

이 박생이 소설의 주인공인데 이는 말하자면 작자 시습의 한 분신이기도 하다. 박생은 일찍이 「일리론(一理論)」이라는 논문을 지어 "우주의 이치는 오직 한 가지가 있을 뿐이니 그것이 음·양(陰·陽)의 조화를 지배 한다"는 것이었다. 그리하여 만물의 시종(始終)은 다만 음·양의 합산(合散)에 따르는 것이요 사람이 죽으면 영과 몸이 물질로서 이산(離散)하되 영은 영대로 다시 이치의 당위에 의해 다스려진다는 것이다.

『금오신화』의 여러 편이 모두 영계의 인간을 출현시키고 있는 것은 각박한 현실의 울타리를 넘어 멀리 자유로이 날고 싶은 작자의 상상의 혼에 의해서 다분히 방조된 바도 있지만, 그 밑바닥에는 또한 이와 같은 철학의 구도(構圖)가 있었던 때문이기도 하다.

이것은 또한 김시습의 뒤에 난 물질불멸론자 서화담(徐花潭)이나 이기설(理氣說)의 거장 퇴계·율곡(退溪·栗谷)에 의해 이학(理學)의 종사(宗師)로 기림을 받게 되는 근거이기도 하다.

이 박생이 영계의 업보를 이치로써 가려, 죄 있는 영에게는 시정을 위한 통제를 가하는 염부주의 염라대왕을 만나 온갖 세사의 시비를 문답한다.

"귀신이란 게 이치를 벗어나 뚜렷한 형체를 가지고 인간의 화복을 주재할 수 없는 것임에도, 세상 사람들은 공연히 두려워하죠.

심지어는 불가(佛家)에서까지 사람이 죽으면 49일 만에 재를 드린다 하여 재물을 바치고 주문을 읊조리며, 남녀가 혼잡을 이뤄 낭자한 대소변으로 정토(淨土)를 더럽히니, 과연 불가의 말대로 명부(冥府)의 시왕이 있다면 탐욕을 내어 재물을 받겠으며, 불법을 따져 중벌에 처하겠습니까?"

하며 미신의 폐해를 논박한다.

"사람이 세상에 날 때엔 하늘이 어진 성품을 주시며, 땅이 곡식으로 먹여 주고, 임금이 법으로 다스리며, 스승이 도리로써 가르쳐 주시고, 또 어버이가 은애로 길러 주시니, 이 이치에 따르는 도리로써 오전(五典)에 삼강(三綱) 등을 잘 지키면 행복이 올 것이요, 거스르면 재앙이 올 것은 당연한 일 …….

대저 나라의 책임을 맡은 이로서는 폭력으로 인민을 누르지 말 것이니, 비록 인민이 잠시 따르더라도 결국에는 불평이 쌓여 폭발하는 것이오.

그러므로 덕이 없이 지위를 차지하지 못하는 것이며 하늘이 비록 묵묵히 말은 없을지라도 그 명령은 엄한 것이오.

그리고 또한 대체로 나라는 인민의 것이요 명은 하늘의 것이니, 천명이 가고 민심이 떠나면 아무리 왕위를 보전코자 한들 될 수 없는 일입니다.

이 도리를 모르고 역대로 임금이 방종해서 간신의 무리만 벌처럼 일고, 따라 난리가 잦으면 임금은 인민을 마구 억압만 하여 오니 인민의 안락이란 그 어찌 되었겠소."

이것이 바로 김시습이 열망하던 이도 덕치(理道德治)의 포부였던 것이다. 그는 결코 선인(仙人)도 광노(狂老)도 아니었다. 그의 작품들이 으레 감미롭고 신비한 연사(戀事)를 펼쳐가다가도 돌연 왜구(倭寇)나 홍건적(紅巾賊), 또는 위만(衞滿)의 노략질까지를 들추어 민족의 참혹한 수난사를 일깨우기에 게으르지 않은 그 무실(武實)의 정신은 그를 중세풍(中世風)의 희귀한 리얼리스트로 존숭(尊崇)케 하는 것이다.

끝으로 한 편 「용궁의 잔치」를 보자. 이것은 송도(松都)의 뛰어난 문장재사인 한생(韓生)이 용궁(龍宮)의 경사에 초청되는 이야기이다.

이 소설은 작자의 일종 자서작품(自叙作品)인 것으로 여겨지기도 하는데 거기엔 그럴싸한 이유가 있다.

일찍이 시습이 문명(文名)을 날려 세종대왕의 부름을 받고 황룡벽해(黃龍碧海)의 시구(詩句)로 상찬과 예우를 받았으며 선물로 명주까지 하사 받은 일이 있거니와, 한생(韓生)이 또한 용궁에서 극진한 칭송과 예우를 받고 온갖 절도 있는 문물(文物)을 구경한다. 그리고 나중에는 역시 빙초(氷綃) 두 필을 선사받고 돌아온다.

그 뒤 한생은 세상의 명리(名利)를 떠나 산간에 들어갔는데, 김시습 또한 산간에 들어간 것이 모두 같다.

그러나 작자 김시습은 행여 허영된 감상을 가져 이 연회기(宴會記)를 쓴 것이 아니라 오직 성세(盛世)와 덕치(德治)를 사모코자 한 것이니 이 소설은 풍치와 포만(飽滿)과, 조화와 덕(德)을 송축하는 현란한 여구(麗句)들로 빛나고 있다.

한편 『금오신화』의 작품적 구성을 보더라도 앞에 든 「이생의 담 너머 사랑」 같은 것은 비록 전기적(傳奇的)인 형식이지만 하나의 소설로서 별 손색이 없다.

이리하여 적막했던 선초(鮮初)의 문학계에 홀로 소담하게 피어난 『금오신화』는 한국문학에서 최초의 소설문학을 이룩하였다. 그 내용이 또한 상황적 현실과 역사적 이상을 담고 있었다.

홍길동전

洪吉童傳

이조 세종 때의 이조판서(吏曹判書) 홍(洪) 판서는 대대로 내려오는 명문 거족의 출신으로 인망이 높고 충효(忠孝)를 겸비하여 그 이름이 나라 안에 떨쳤다.

일찍이 두 아들을 두었는데 그 중 큰 아들인 인형(人衡)은 본 부인인 유(柳)씨 소생이며, 둘째 아들 길동(吉童)은 몸종(侍婢)인 춘섬(春蟾)의 소생이었다.

길동을 낳기 전 하루는 홍 판서가 하늘에 뇌성벽력이 일어나며 한 마리의 청룡(靑龍)이 달려드는 꿈을 꾸고, 이는 분명히 내 귀한 자식을 얻을 꿈이라 생각하여 속으로 크게 기뻐하였다. 그리하여 곧 내당(內堂)으로 들어가니 유씨부인이 일어나 맞거늘 홍 판서 혼연히 그 부인의 손을 이끌어 눕히려 하는데, 부인은 정색을 하며 "체면을 존중히 하셔야 할 어른이 마치 어리고 경박한 사람처럼 행동하시니 모시지 못하겠나이다” 하고 손을 빼고 나가는 것이었다. 홍 판서는 민망하고 분한 마음으로 다시 외당(外堂)에 나와 부인의 그 지각없음을 한탄하였다.

이 때 마침 몸종인 춘섬이 차를 들고 들어왔다. 그 다소곳한 용모에 끌려 홍 판서는 춘섬을 이끌고 곁방으로 들어가 고이 눕히니 이 때 춘섬의 나이 십팔세였다.

한 번 몸을 허한 후로 춘섬은 문 밖에 나지 않고 정절을 품으매 홍 판서 그를 기특히 여겨 첩으로 삼았다. 그 달부터 춘섬에게 태기가 있어 열 달 만에 한 옥동자를 낳으니 기골이 비범하고 참으로 영웅호걸의 상이었다.

길동이 점점 자라 8세가 되니 총명이 뛰어나 하나를 들으면 백을 통하매 홍 판서 더욱 그를 사랑했으나, 근본이 천생(賤生)이라 늘 아버지를 아버지라 부르거나 형을 형이라 부르면 꾸짖어 못하게 하는 것이었다.

10세가 넘도록 아버지와 형을 제대로 부르지도 못하고 집안의 종들로부터도 차별대우를 받아 원한이 뼈에 사무친 길동은 가을 밤 밝은 달 아래 더 없이 쓸쓸한 심회에 사로잡힌다.

“대장부 세상에 나 학문의 도에 들지 못할진댄 차라리 병법을 배워 동정(東征) 서벌(西伐)하고 나라에 큰 공을 세움이 흔쾌한 일인데 나는 다만 일신(一身)이 적막할 뿐이니 어찌 통탄치 않을 수 있으랴” 하고 뜰에 내려 검술을 공부하기 시작했다.

그 때 마침 홍 판서도 달빛을 구경하다가 길동이 뜰에서 배회함을 보고 불러서 묻기를

"너 어이 밤 깊도록 자지를 않느냐?"

길동이 공손히 아뢰기를

"소인(小人)이 마침 달빛을 사랑하여 거니는 중이옵니다. 그러나 대개 하늘이 만물을 내신 중에 사람이 가장 귀하오나 소인에 이르러서는 귀할 것이 없사오니 어찌 사람이라 하겠습니까" 한다.

홍 판서 그 말뜻을 짐작하나 모르는 체 꾸짖는다.

"너 그게 무슨 말인고?"

길동이 다시 아뢰기를

"소인이 평생 서러운 바는 당당히 남아로 태어나 부생모육(父生母育)의 은혜를 깊이 알거늘 그 아버지를 아버지라 못하는 것이옵니다."
하고 눈물을 흘려 적삼을 적시운다.

홍 판서 그 자식을 측은히 여기지만 가벼이 위로하면 혹 마음이 방자(放恣)할까 염려하여 오히려 크게 꾸짖기를

"관가의 천비 소생이 너 뿐이 아닐 텐데 네 어찌 방자함이 이같으뇨. 뒤에 다시 이런 소리 하면 눈앞에 용납치 못하리라!"
한다.

길동은 감히 다시 못 아뢰고 다만 땅에 엎드려 눈물을 흘릴 뿐이었다.

마침내 하루는 길동이 그 어머니 방에 들어가 울며 아뢰기를

"어머님의 은혜 망극(罔極)하오나 품은 한이 깊사옵니다. 장부 세상에 나서매 남의 천대를 받을 수 없으니 감히 어머님 슬하를 떠나려 하옵니다. 부디 어머님은 이 아들을 염려치 마시고 스스로 귀체(貴體)를 돌보소서."

하니 그 어머니 크게 놀라

"너 어찌 좁은 마음을 먹어 어미의 가슴을 아프게 하느냐"

길동이 다시

"부디 안심하시고 뒷날을 기다리옵소서. 요즈음 곡산(谷山)댁의 거동을 보니 아버님의 사랑을 잃을까 하여 우리 모자를 원수같이 아오니 큰 화를 입을까 하옵니다."

곡산댁이란 본래 곡산 땅의 기생으로 홍 판서의 애첩이 되었으니 이름은 초란(草蘭)이라 하며, 성격이 교만 방자하여 제 마음에 불합하면 홍 판서께 고자질하기를 일삼아 집안에 풍파를 일구기 한두 번이 아니었다. 게다가 저는 아들이 없고 춘섬은 길동을 낳아 대감이 늘 귀히 여김을 시기하여 기회만 있으면 길동 모자를 해하고자 하였다.

하루는 초란이 마침내 한 무녀(巫女)를 불러 놓고 길동을 없이할 흉계를 말하니 그 무녀는 후한 보수를 기꺼이 여겨 그 방책을 일러 준다.

"지금 동대문 밖에 유명한 관상녀(觀相女)가 있으니 이 사람을 청하여 소원을 자세히 말하고, 대감께 들어가 앞뒤 일을 본 듯이 고하면 필경 대감이 곧이들어 길동을 없애고자 하실 것이니 그 때를 타 일을 벌이면 되겠나이다."

이튿날 홍 판서가 내당에 들어가 부인과 더불어 길동의 비범함을 이야기하며 다만 천비 소생임을 안타까이 여기는데 마침 한 여자가 들어와 뜰아래서 문안을 올린다. 홍 판서가 괴이히 여겨

"그대는 어떠한 여자인데 무슨 일로 왔는가?"

하고 물었다.

“소인은 관상을 일삼는바 마침 대감의 문 앞에 이르렀아옵니다.”

홍 판서 길동의 앞 일을 알고자 하여 불러 보이니 관상녀 보다가 이윽이 놀라며

“이 공자의 상을 보니 천고 영웅이요 일대 호걸인데 다만 신분이 부족하니 다른 염려라도 없을까 하옵니다” 하고 무슨 말을 내고자 하다가 주저한다.

홍 판서와 부인은 매우 괴이히 여겨 다른 사람들을 모두 물러가게 하니 마지못하여 입을 연다.

“공자의 상을 보니 흉중(胸中)에 조화(造化)가 무궁하고 미간(眉間)에 산천정기가 영롱하니 가히 왕후(王侯)의 기상이라 장성하면 장차 멸문(滅門)의 화를 당하리니 대감은 살피소서.”

홍 판서 크게 놀라 아무 말을 못하다가 겨우 마음을 진정하고

“사람의 팔자는 피하기 어려운 것이지만, 아무튼 이런 말을 절대 누설치 말라” 당부하고 돈을 주어 보냈다.

그 뒤 홍 판서는 길동을 산정(山亭)에 머물게 하고 그 행동을 엄숙히 살피는 것이었다.

이런 일을 당하니 길동은 더욱 설움을 이기지 못하여 괴로워하는 중 책을 읽어도 『육도(六韜)』『삼략(三略)』 등 병서와 천문 지리에 몰두한다.

홍 판서 이를 알고 크게 근심하였다.

“이놈이 본래 재주 비범한 터에 만일 지나친 뜻을 두면 필경 그 관상녀의 예언대로 될 것이니 이를 장차 어찌하면 좋단 말인가.”

이 기미를 안 초란은 무녀와 관상녀를 시켜 길동을 없이할 자객(刺客)을 구하는 것이었다. 그리고는 대감께 고하기를 "먼저 날 그 관상녀 아는 일이 귀신같으니 이 천첩까지 놀라고 두렵습니다. 그러니 차라리 길동을 일찍이 없이함이 좋을까 하옵니다."

홍 판서 이 말을 듣고 눈살을 찡그리며

"이 일은 내 손 안에 있는 일이니 너는 번거롭게 굴지 마라" 하고 물리쳤다.

그러나 홍 판서는 자연 이 일로 하여 마음이 산란하고 잠을 못 이루어 마침내는 병석에 눕게 되었다. 이에 홍 판서 부인과 아들 인형 및 좌랑(佐郞)이 크게 근심하니 초란이 또 부인께 길동을 없이할 계교를 소상히 아뢴다. 마침내 부인은 눈물을 흘리며

"이는 차마 천륜(天倫)을 생각하여 못할 일이로되 첫째는 나라를 위함이요, 둘째는 대감을 위함이요, 셋째는 홍씨 가문을 보존하기 위함이니 너의 계교대로 행해 보라" 하였다.

길동이 산가(山家)에서 밤 깊이 『주역(周易)』을 읽는데 문득 들으니 가마귀가 세 번을 울고 지나간다. "본래 이 짐승은 밤을 꺼리는데 이제 이렇게 와서 우는 것은 필경 불길한 징조로다." 생각한 길동은 잠을 자지 않고 바깥을 살피었다. 이 날 밤 사경(四更)이 되어 한 사나이가 비수(匕首)를 들고 천천히 방문을 열고 들어선다. 길동이 놀래어 몸을 피하며

"너 무슨 일로 나를 죽이려 하느냐. 죄 없는 사람을 해하면 어찌 천벌이 없을소냐" 하니 자객이 내달으며

"너는 죽어도 나를 원망치 마라. 초란이 무녀와 관상녀로 더불어 대감과 의논하고 너를 죽이려 함이니 어찌 나를 원망하랴." 칼을 들어 달려든다.

길동이 분을 참지 못하여 신술(身術)로써 몸을 피하며 자객의 칼을 빼앗아 들고

"너 재물을 받고 사람 죽임을 떳떳한 일로 여기니 너 같은 무도한 놈은 용서 못하리라." 고함이 떨어지며 칼이 나니 자객의 머리가 방바닥에 굴러 떨어진다.

홍 판서가 창 밖에 인적이 있음을 알고 열어보니 길동이라. "밤이 깊었거늘 너 어인 일이냐?"

길동이 땅에 엎드려 아뢴다.

"날이 밝으면 자연 아시려니와 소인의 신세는 뜬 구름과 같습니다. 대감이 버린 자식 갈 바를 모르옵니다" 하고 울음에 복받쳐 말을 하지 못한다.

홍 판서 그 형상을 보고 마음에 측은하여

"내 너의 품은 한을 짐작하니 오늘부터 나를 아버지라 부르고 또 네 형을 형이라 부르기를 허락하노라" 한다.

길동이 감복하여 절하고 다시 어머니 방에 들어 눈물로 하직한 후 집을 나서니 운산(雲山)이 첩첩할 뿐 갈 길이 막연하다.

정처 없이 며칠을 걷다가 한 곳에 이르니 산천 경치가 절승이므로 인가를 찾아 점점 들어가다가 큰 바위 밑에 돌문이 하나 닫혀 있는 것을 보았다.

　길동이 그 돌문을 가만히 열고 들어가니 그 안에 넓은 들판이 펼쳐지며 수백 호 인가가 즐비하고 많은 사람이 모여 즐거운 잔치를 열고 있다. 길동은 이곳이 곧 도적의 소굴임을 알았다. 뜻밖에 나타난 이 길손의 위인(爲人)이 녹록치 않음을 보자 도적의 한 사람이 말을 걸어왔다.

　"그대 어떤 사람인데 이곳을 찾아왔는가. 이곳은 영웅호걸들이 모인 곳인데 그대 용기와 힘이 있어 우리 무리에 가담코자 하거든 저 돌을 들어 보라."

　길동은 간단히 자기 성명과 처지를 소개하고 나서 "장부가 어찌 저만한 돌을 들기를 근심하겠소" 하고 그 돌을 들어 여러 발자국을 옮기다가 던지는데 그 돌의 무게가 천근이라. 좌중의 도적들이 모두 일어나 찬탄하며,

　"과연 장사로다. 우리 수천 명 중에 이 돌을 드는 사람이 없었는데 오늘 하늘이 우리에게 장군을 보내셨으니 마땅히 우리의 수령(首領)으로 모실 일이로다."

하고 길동을 높은 자리에 모셔 차례로 술을 권하며 즐긴다. 마침내 맹세의 의식으로 백마(白馬)를 잡아 입에 피를 물고 길동이 그들의 수령되기를 선언하니 모두들 일시에 환호하며 더욱 흥겨움게 즐긴다.

　이 후로 길동이 무리로 더불어 무예를 훈련하기 수개월에 이르니 군법이 정연하다. 하루는 부하들이 길동에게 아뢰기를 "저희가 벌써부터 합천(陜川) 해인사(海印寺)를 쳐 그 재물을 탈취코자 하나 지략(智略)이 부족하여 이를 행치 못하였는데 장군의 의향은 어떠하신지요?" 하였다.

당시 해인사는 어리석고 난폭한 임금 광해(光海)를 홀려 많은 재물을 긁어 들이는 요승이 주지로 있는 절이었다.

어느 날 청포(靑袍)에 흑대(黑帶)를 두르고 나귀에 앉아 종자(從者) 몇 명을 거느린 재상가(宰相家)의 자제가 해인사 앞뜰에 나타났다.

"나는 서울 홍 판서의 자제인데 이 절에 글공부를 하러 왔거니와 내일 백미 20석을 우선 보낼 것이니 음식을 정히 차리라."

며칠 후 길동이 수십 명의 종자를 데리고 해인사에 들어가니 권세에 아부하는 주지와 이하 여러 중들이 엎드려 굽실댄다.

"내 보낸 쌀로 음식을 차리기에 부족치 않던가?"

"어찌 부족하오리까. 황감하오이다."

길동이 윗자리에 앉고 그 절의 중들을 모두 불러 함께 상을 받은 후 한 차례 술잔이 오고 갔다. 그 때 길동이 음식을 씹다가 가만히 모래를 입에 넣고 깨무니 그 소리가 크므로 중들이 놀라서 사죄를 한다. 길동은 크게 노한 듯이 큰 소리로 꾸짖어,

"너희가 음식을 이다지 부정케 하였음은 필경 나를 모욕함이로다" 하고 종자들에게 명령하여 여러 중을 한 줄에 결박하여 앉혔다. 이 때 산 속에서 수백의 무리가 일시에 내달아 온갖 재물을 둘러메고 남편 대로로 나간다. 해인사에 도적이 든 기별을 받고 관군 수백이 절에 다다르니 장삼(長衫)에 송낙(松蘿)을 쓴 중이 어귀에 지켜 서서

"도적이 저 북편 소로로 갔으니 빨리 따르시오" 하여 몰아 보냈다.

이 중은 바로 변장을 한 홍길동이요, 재물을 털어간 일당 또한 길동의 무리임은 더 말할 것도 없는 것이다.

　길동은 이 날부터 자기의 무리를 활빈당(活貧黨)이라 명명하고 그 자신은 행수(行首)라고 하였다. 이 뒤 활빈당은 조선 팔도로 다니며 각 읍 수령(守令)의 의롭지 못한 재물이 있으면 탈취하여 가난하고 의지할 데 없는 사람들을 구제하되 백성을 범치 아니하고 나라에 속한 재물도 범치 아니하였다. 이에 나라 안의 여러 도적의 무리가 활빈당의 뜻에 감복하여 그 휘하에 들어 왔다.

　그 때 함경도 땅에는 도백(道伯)인 감사(監司)가 흉악한 탐관(貪官)이라 백성을 착취함이 극도에 달했는데 하루는 밤중에 감영의 남문 밖에 큰 불이 일어났다. 감사가 놀라서 그 불을 구하라 하니 관속과 백성이 모두 남문 밖으로 몰려갔다.

　이 때 돌연히 수백의 적당이 성중에 뛰어들어 창고를 부수고 전곡(錢穀)과 군기를 탈취하여 북문으로 달아난다. 캄캄한 어둠 속에서 불과 도적을 일시에 만난 성중은 그저 물 끓듯 소란할 뿐 어찌할 줄을 모르다가 날이 새니 북문에 방(榜)이 붙었는데 "전곡과 군기를 가져가는 사람은 활빈당 행수 홍길동이라"고 씌어 있었다.

　그 뒤로도 전국의 각 곳에서는 창고의 곡식이 하룻밤 새에 없어지는가 하면 서울로 오는 봉물(封物) 짐이 영락없이 탈취되는데 그 모두가 홍길동의 이름으로 되어지는 일이라 팔도가 크게 소요하니 감사마다 왕께 보고하여 홍길동 잡기를 청원한다. 왕이 크게 놀라 "이 도적의 용맹과 술법은 옛 치우(蚩尤—고대 중국의 용맹한 한 군주)라도 당하지 못하리라. 어찌 한 명의 길동이 한 때에 팔도에 나타나는가. 심상치 않은 도적이니 좌우 포장(捕將)이 발군(發軍)하여 잡아들이라" 하였다.

이 때 우포장 이흡(李洽)은 충직한 인물이라 길동을 잡아 올리기로 왕께 맹세하고 많은 관군을 풀어 딴 길로 보낸 후 자신은 포졸 몇 명을 데리고 변복(變服)하여 문경(聞慶)을 향해 떠났다. 하루는 이흡이 문경에 거의 이르러 어느 주막에서 묵는데 기골이 건장한 한 소년이 나귀를 타고 지나다 들르며 천하의 대적 홍길동을 잡지 못함을 스스로 한탄한다.

이흡이 솔깃하여 소년을 떠 보는데 말씨가 충직하고 힘이 장사인데다 길동의 소굴마저 알고 있는 터라 담력을 내어 단신으로 소년과 동행하니, 첩첩산중에 이르러 "이곳이 길동의 소굴인즉 내 먼저 탐색하고 오리다" 하고 사라진다.

그 때 산곡으로부터 무장을 한 무리 수십 명이 내달아 이흡을 결박하고 "네가 포도대장 이흡이렸다. 어찌 감히 홍 장군을 잡으려 하느냐. 이제 우리 너를 잡아 지옥으로 보내리라" 한다. 이흡이 정신을 잃고 다시 얼마를 끌려 가 큰 궐문(闕門)에 들었는데 전상(殿上)으로부터 웃음과 함께 꾸짖는 소리가 난다.

"얼굴을 들어 나를 보라. 내 바로 활빈당 행수 홍길동이다. 그대 나를 잡으려 하니 내 그 용기와 뜻을 알고자 청포소년(靑袍少年)으로 행색을 꾸며 그대를 이곳에 인도하고 지금 내 위엄을 보이노라."

홍길동은 이흡의 결박을 풀라 하고 방에 들여 술을 권하며 "그대 부질없이 다니지 말고 빨리 돌아가되 나를 보았다 하면 죄책을 당할 것이니 이곳에 왔던 말을 입 밖에 내지 마오" 하고 부하들에 명하여 고이 돌려보내니 이흡은 다시 길동을 잡을 뜻이 없다.

홍길동을 잡아 올리라는 왕명은 끊임없이 팔도에 진동하나, 혹은 초헌(軺軒)을 타고 대로로 왕래하며 혹은 어사로 행세하여 탐관오리들을 극형에 처하는데 가어사(假御使) 홍길동이란 이름으로 왕께 보고마저 올리니 왕이 더욱 격노하여 3 정승 6 판서를 모아 의논한다.

이 자리에서 홍길동이 전임 이조판서의 아들이며 현직 병조판서 홍인형(洪仁衡)의 서제(庶弟)임이 밝혀지니 왕이 인형으로 경상감사(慶尙監司)를 삼아 보내며 1년 기한으로 길동을 잡아들이라 명한다. 인형이 경상감사에 부임하자 각 읍에 길동을 달래는 고시문을 붙이니 하루는 과연 길동이 여러 부하를 거느리고 경상감영에 나타났다.

형 인형은 놀랍고 또한 기뻐 좌우를 물리치고 길동을 맞아 손을 잡고,

"길동아, 너 한 번 집을 나간 후 생사를 알 길 없어 아버님은 병석에 누우시고, 나라에 근심 끼쳐 성상(聖上)이 또한 격노하시니 너 무슨 마음으로 불충 불효를 하느냐" 하고 눈물을 흘린다.

이에 길동은 오직 아버지와 형을 위해 스스로 잡힐 뜻을 표했다가 결국 피하면서 제 속뜻을 왕께 고한다.

"신은 본래 천비 소생이라 그 아비를 아비라 못하고 그 형을 형이라 못함을 평생 한으로 지녀 집을 버리고 적당에 들었으나, 백성은 추호도 범치 아니하고 백성의 고혈을 짜낸 각 읍 수령의 재물을 탈취하였을 뿐이옵니다. 그러나 이제 십 년을 지내면 조선을 떠나 갈 곳이 있사오니 모쪼록 성상은 근심치 마소서."

홍길동이 스스로 잡히고자 하다가 사라진 후 왕이 다시 근심에 잠기니 한 신하가 아뢰기를,

"길동의 소원이 한 번 병조판서에 오름이고 그 뒤 조선을 떠난다 하오니 한 번 제 원을 들어 주고 뒷일을 도모함이 좋을까 하나이다" 하였다.

왕이 그 말을 옳게 여겨 즉시 홍길동으로 병조판서를 명하니 그제서야 길동은 과연 사모(紗帽) 관대(冠帶)에 초헌을 높이 타고 헌거롭게 대로를 지나 궁궐로 들어간다. 궐내에 들어선 길동은 왕께 숙배(肅拜)하고 "소신이 나라를 어지럽힌 허물이 큼에도 오히려 영예를 주시오니 이제 모든 한을 풀고 갈 곳으로 가옵니다" 한 후 몸을 조심하여 궁궐을 나왔다.

그 뒤 홍길동은 강남을 향하여 바다로 나아가서 두루 살피니 한 곳에 이른바 율도국(聿島國)이란 땅이 있는데 산천이 맑고 수려하며 사람이 번성하여 살기 좋은 곳이었다. 율도국 근처의 강남땅엔 또한 저도(猪島)라 하는 섬이 있는데 둘레가 칠백 리요 비옥한 들판이 펼쳐져 살기에 합당하다.

이에 길동은 본국에 돌아와 휘하 활빈당의 무리를 이끌고 바다를 건너 저도로 들어가 수천 호의 집을 짓고 농업에 힘쓰며 무기고를 짓고 군법(軍法)을 가르치니 양식이 풍족하고 병대(兵隊)가 정예하였다. 이곳에서 길동은 또한 백씨(白氏) 조씨(趙氏)의 두 부인을 만났다.

형세가 이리 되자 길동은 마음에 늘 두어 오던 율도국의 정벌에 나서 정병 5만을 이끌고 도성을 점령하여 온갖 토후(土候)를 봉작(封爵)한 후 평화를 이루었다.

율도국은 옥야가 수천 리에 이르는 복된 땅이라, 홍길동이 왕위에 올라 나라를 다스리기 삼년에 이르니 도적이 없고 길에 잃은 물건을 줍지 않는 태평성세였다.

　이에 홍 왕은 아버지 홍 판서가 별세한 후 홀로 있는 어머니를 모셔 오고 본국의 왕실에 충성을 표하면서 길이 태평을 누리었다.

◎ 작자 허균(許筠)의 생애

　"의식(意識)은 부차적(副次的)인 것이다. 그것은 결국 소멸하는 것이며 항구히 살아남는 것은 본능이다. 본능은 이제까지 발굴된 모든 지성(知性)보다도 더욱 지적인 것이다. 모든 신(神)들은 죽었다. 이제는 사람들이 스스로 목표를 정할 때다. 그리하여 나는 자기를 초월하는 무엇인가를 창조하려다 죽는 자를 사랑하노라. 인간은 초극되어야 하고 그 초인(超人)이 대지(大地)를 지배해야 한다."

　철인(哲人) 니체의 말이다. 그러나 실제에 있어 니체는 의식(意識)의 마수에서 벗어나지 못해 팔꿈치로 피아노를 치는 광인(狂人)이 되었고, 본능이 가르치는 대로 생활하지도 못해 여자를 온전히 사랑할 수도 없었다. 신(神)의 부재(不在)를 확인하지도 못한 채 죽음의 계절이 다가오자, 십자가에 달린 예수의 고통을 연상했으며, 그가 죽은 곳은 행동하는 초인의 대지가 아니라 바이마르시(市)에 사는 여동생의 우울한 골방이었다.

　하지만 서양의 역사는 니체를 '초인'으로 기록하고 니체의 그 고민의 흔적은 그들의 정신사(精神史)에서 지중(至重)한 위치를 차지한다.

니체보다 약 3백년을 앞서 이조 선조 초에 이 땅에 태어난 허균은 그 사상과 생애가 니체에 비교될 만하되 우리의 역사는 그를 한 괴물[許筠者天地間一怪物也](明倫錄)이라 여겨 조롱하였다.

그러나 허균의 일대 소업(所業)이 완전히 허무로 돌아간 것은 아니다. 비록 한 때 하찮은 괴물로 취급을 받았어도 그가 형장(刑場)의 이슬로 사라지기 전 미리 도피시킨 문집(文集) 42권과 우리나라 최초의 한글 소설『홍길동전(洪吉童傳)』등은 그 위인(爲人)의 탁월함을 알게 한다.

허균은 실로 철저한 자유인이었다. 그에게 있어서 어떤 의식(意識)의 강박 같은 것은 존재하지 않았다. 기존의 도덕규범도 문제되지 않았다. 그는 어버이의 상(喪)을 당하여서도 고기를 먹고 여자를 통하였다.

첫 부인 김씨(金氏)가 죽으니 다시 심씨(沈氏)에게 장가들고, 임진란(壬辰亂) 피난통에 심씨(沈氏)가 죽으니 「원부사(怨夫辭)」를 지은 것으로 유명한 무옥(巫玉)을 첩으로 맞았으며, 또한 주생(柱生)이란 여인을 두어 단지 연애로 즐겼음을 그의 문집(文集)에서 볼 수 있다.

"주생(柱生)은 부안(扶安)의 기녀라. 시(詩)에 정공(精工)하고 노래와 거문고를 잘 한다. 그러나 성질이 고고해서 색을 좋아하지 않는다. 내가 그 재주를 사랑하고 문의(文誼)가 막역하나 담소하며 포옹은 하되 행동이 어지러움에 이르지 않았으니 오래도록 우정이 변하지 않았다."

이는 허균이 함부로 놀지 아니하고 오직 인격이 전제된 사랑을 하여 다정다감한 시인으로 살았음을 보여 주는 것이다.

유학(儒學)은 물론, 불교, 천주교에까지 깊이 통했으나 허균은 또한 그를 초월하여 처신했다. 1603년에 허균이 중국 연경(燕京)에 들어가 천주교를 알았고 서양인 신부(神父) 마테오리치가 그 곳에 들여온 지도(地圖)와 천주교 12단(端)을 얻어 왔다. 12단은 천주교의 기본 기도서로서 우리나라에 천주교의 서목(書目)이 처음 들어온 것이 바로 허균에 의해서였다. 그는 또 불경(佛經)을 가리켜 "내 이를 읽지 않았던들 인생이 헛될 뻔하였다"고 말하면서 불가(佛家)에 지우(志友)를 가졌었다.

유학은 가래(家來)의 유업(遺業)이니 아버지 엽(曄)은 벼슬이 동지중추부사(同知中樞府事)에 이르고 문장에 능했으며, 성(筬) 봉(篈) 두 형과 누이 난설헌(蘭雪軒)이 다 당대에 떨친 문사(文士) 시인이었다.

균은 어려서 이달(李達)이란 시인에게서 글을 배웠는데 이달은 학문엔 뛰어나도 신분이 첩의 소생이라 일생을 불우하게 지내고 있었다. 이에 균이 깊이 동정하게 되었으니 이 어린 시절의 감화가 일생 동안 그의 가슴에서 떠나지 않았다.

허균이 자라서 선조 30년에는 문과(文科)에 장원(壯元)으로 급제하여 관직에 크게 등용될 길도 트였지만 그는 그 기회를 스스로 차 버렸다. 그의 짤막한 자서(自叙)에 이르기를,

"나는 처세에 졸렬하고 가계를 다스릴 줄 몰라 반생을 살아오는 동안에도 풍파가 많았었다. 다만 독서를 좋아하여 서재를 깨끗이 쓸고 만권서(萬卷書)를 채워 놓아 그 가운데 즐긴다. 속물들로 더불 어서는 소란하여 책을 펼 겨를이 없고, 귀한 집에서 맛있는 음식을 먹고 좋은 방석에 앉음도 목에 칼을 쓰고 불 속에 앉은 것 같으니, 몇 번 갇히우고 몇 번 쫓기어 다녔어도 차라리 거기가 낙국(樂國)이라" 하였다.

그리하여 그는 스스로 풍운(風雲)을 맞으러 황야(荒野)에 나선다. 그의 처삼촌으로 심우영(沈友英)이란 사람이 있었는데 이는 이른바 '강변칠우(江邊七友)'의 한 사람이다. 1575년 선조가 죽고 광해(光海)가 즉위하자 정권의 교체기에 행여 있을지 모를 변혁을 바라 서류(庶流) 출신의 출중한 인재들이 함께 소(疏)를 올려 관로(官路) 등용의 통허(通許)를 구하다 실패하니 경기도 여주(驪州) 강변에 굴을 파고 함께 지내는 일곱 명 동지가 있었다. 이들이 바로 강변칠우이다. 허균은 심우영을 통해 이들과 뜻을 같이했는데 이들 강변칠우는 1613년 봄에 문경(聞慶) 새재(鳥嶺)에서 큰 은상(銀商)을 죽이고 거액의 돈을 빼앗아 군자(軍資)로 삼고 정변을 도모하여 광해를 내치려 하였다.

그러나 이들의 거사는 사전에 탄로되어 한 끈에 잡혀 죽고 허균은 교묘히 화를 피하였다. 일이 이리되자 허균은 범을 잡으러 호굴로 들어갔다. 사색당파(四色黨派) 중 당시의 집권당인 대북당(大北黨)에 가담했다. 1618년 광해군 10년 7월은 서울 장안이 정변을 예언하는 유언비어로 들끓고 장안 인구의 반수가 성 밖으로 미리 피난하기에 이르렀다. 유언비어 가운데엔 강남(江南)의 유구인(琉球人)이 쳐들어온다는 말도 있고, 밤이면 남산(南山)에서 적병이 쳐들어온다고 소리를 지르는 자도 있었다. 그러던 어느 날 밤 남대문 누상(南大門 樓上)에는 "강남대장군(江南大將軍)이 쳐들어온다."는 격문이 붙었다. 이튿날 이 격문을 붙인 하인준(河仁俊)·현응민(玄應旻)이 체포되었는데 이들은 허균의 심복이었다. 결국 허균(許筠)은 주위의 뜻있는 사류(士流)를 규합하여 겉으로 시국을 소란케 하고 한편으로 정권을 도모하여 혁명을 이루려 했다는 죄목으로 이 해 8월 24일 서시(西市)의 형장에 나타났다. 문무백관(文武百官)이 차례로 들어선 가운데 허균은 그의 동지들과 함께 형틀에 비끄러 매이고 창으로 무수히 찔리어 숨을 거두었다.

이리하여 저 독일의 니체는 사유(思惟)의 침전(沈澱)으로 『자라투스트라』를 베고 침대에서 죽었지만, 조선의 초인 허균은 행동하는 일대(一隊)의 군담(軍談)으로 『홍길동전(洪吉童傳)』을 남기고 들판에서 죽었다.

◎『홍길동전』의 문학사적 가치

『홍길동전』은 허균이 중국의 『수호전(水滸傳)』을 수없이 읽고 나서 지은 것이라는 말이 있다.(松泉筆談) 그러나 허균의 『홍길동전』이 결코 『수호전』의 모작(模作) 소설은 아니다. 허균은 본래 시에 능할 뿐 아니라 중국의 소설, 희곡물들도 수십 가지를 읽었는데 그 중의 하나인 『수호전』을 가리켜 그는 "교묘히 잔재주에 편승한 작품이라"[首猾則姦騙機巧](西遊記跋)고 하였으니 『홍길동전』에는 필경 『수호전』에 없는 의지(意志)의 작업이 있음을 우선 짐작할 수 있다.

『홍길동전』 속에서 허균이 전개하는 의지의 작업은 우선 그 사회의식의 면에 있다고 하겠다.

허균 자신은 서자(庶子)가 아니면서도 『홍길동전』 속에서 허균은 적서차별(嫡庶差別)의 한스러움을 누누이 호소하고 있는데, 서류(庶流)의 천시는 실로 당시 사회의 심각한 병통이었던 것이다. 불멸의 성군(聖君)으로 길이 기림을 받고 있는 세종 같은 임금도 생전에 20명이 넘는 자녀를 가졌는데 그 중의 거개가 서류인 것은 물론이다. 양반 귀족 중 첩기(妾妓)를 두지 않은 이가 거의 없고 그 밑에 자식이 없을 수 없는 사회에서 인품을 불문하고 일체 서자에겐 관직을 주지 않는 제도는 일찍이 중국에도 없던 것으로, 태종 때의 정도전(鄭道傳)과 연산군 때의 유자광(柳子光)이 서류로서 모반하였다 하여 『경국대전(經國大典)』에 규정한 것이다. 이에 비록 실패는 하였지만 강변칠우의 궐기가 있었고, 허균은 그 궐기의 정황을 작품에 담은 것이니 활빈당의 본거와 강변칠우의 행동 거점이 문경 새재로 일치하는 것이며, 길동의 통한은 곧 그들 서류를 대변하고 있는 것이다.

다음으로 이 작품의 현실의식은 경제적으로 부(富)의 편중을 규탄한다. 더욱이 임란(壬亂) 후의 초토(焦土)에서 민생이 사경(死境)에 이르렀음에도, 파당적 분쟁과 매관매직, 향민 착취를 일삼던 당시 관료배의 흉악한 재물은 마땅히 의거의 손으로 탈환되어야 하였다.

각 읍 수령의 의롭지 못한 재물을 탈취하여 가난하고 의지할 데 없는 사람들을 구제하는 활빈당, 오직 백성의 고혈을 짜내는 수령의 재물만 탈취함을 왕께 천명하는 홍길동의 정신은 범속한 협기(俠氣)를 넘어 그 시대의 현실에 충실하려는 상황의식의 발로인 것이다. 그보다 얼마 앞서 명종 때에 황해 경기 일대에 횡행하던 협도 임꺽정(林巨正)의 이야기도 이때까지 분분히 세간에 떠돌았을 것이니, 이 또한 탐관오리의 재물을 탈취하기로 일삼은 자로서 허균의 작품 제재에 좋은 참고가 되었을 것이다.

다음 『홍길동전』에는 반성적 시대정신으로서의 역사의식의 면은 철저치 못한 것 같다. 주인공 길동은 그대로 봉건왕조에 충성하는 한 신하로서의 예도에 깍듯한 데가 있고 개혁적인 정치이념이나 구체적인 산업양식 같은 것에는 소홀한 점이 있다. 이는 작자 허균의 생애가 과감한 정치 결사에 최후를 바친 점에 비추어 보면 의외로 미온적인 인상이다. 그러나 이것은 인간이 처한 시대적 한계라고 이해해야 할 것이다.

다만 허균의 혁명 동지들이 서울 남대문에 붙인 격문에 강남대장군(江南大將軍)이 쳐들어온다고 하였다더니 과연 홍길동이 강남 근처 저도(猪島)의 대장군이 되어 있음은 의미 있는 배려라 하겠다.

허균이 그 생애에 비하여 작품 속에서 오히려 발랄한 역사의식의 불꽃을 튀기지 못한 것은 그가 시대적으로 근대의 여명기 이전에 살았던 때문도 있겠으나 당시의 우리나라 소설 문학은 아직 그 형태가 미숙한 처지에 있었기 때문일 것이다.

그 당시 소설 작품의 선계(先系)로는 오직 매월당(梅月堂)의 전기소설류(傳奇小說類)가 있었을 따름이다. 그렇게 볼 때 『홍길동전』은 우리나라 최초의 장회소설(章回小說)로서, 소설다운 소설의 첫 탄생이라 하겠다.

그런데다 이 작품은 또한 우리나라 최초의 한글 소설이다. 역사적으로 시대의 선구는 야(野)에 있음인지 선각적인 위인(偉人)은 으레 야에 처하고 아울러 왕당(王黨)에 거역한다.

한글의 박해기인 광해군 시대에 산 허균이 한글로 소설을 쓴 것은 의식 무의식 간에 저항정신의 발동이 주효한 것으로 볼 수 있다.

『홍길동전』에 주어지는 두 가지 영예, 즉 우리나라 최초의 본격소설이며 우리나라 최초의 한글소설이라는 점만으로도 우리 문학사에서 『홍길동전』의 가치는 빛나는 것이다.

끝으로 『홍길동전』의 작품적인 구조를 들어 약간의 사족(蛇足)을 붙이자면, 이 소설의 유형이 기괴소설(奇怪小說)이라 할 만치 전편을 통해 길동의 신술(身術)과 둔갑이 나타난다는 것이다.

그 시대로서는 사실의 골격 위에 차라리 이와 같은 괴기우화(怪奇寓話)를 입힌 것이 독자를 모으는 데 효과를 거둔 것이니 아래로는 일개 초동으로부터 위로는 성호 이익(星湖 李瀷) 같은 박학(博學)까지도 열독하여 이익은 행여 홍길동의 사적(史蹟)을 알 수 있을까 하여 찾아다녔다 한다.(星湖僿說)

지금도 나라 안의 모든 사람이 '홍길동'이란 말을 널리 쓰고 있을 만큼 『홍길동전』은 우리의 마음 속에 살아 있는 고전이다.

허생전

허생의 집은 먹적골(墨積洞) 바로 남산(南山) 밑에 있었다.

우물 위에는 늙은 살구나무가 한 그루 서 있고 허술한 사립문이 이 나무를 향해 열려 있는데 몇 간 안되는 초가가 비바람에 헐어 초라하게 서 있다.

그러나 허생은 태연히 앉아 글 읽기를 좋아하고 그 부인이 바느질품을 팔아서 겨우 호구를 해 나갔다.

어느 날 부인은 배가 고픔을 참다 못해 남편에게 불평을 털어 놓았다.

"여보, 당신은 과거 한 번 보지도 않으시면서 밤낮 글만 읽고 들어앉으셨으니 장차 어떻게 살아갈 셈이세요. 당신은 도대체 배가 고픈 줄도 모르시우?"

"허, 내 글이 아직 모자라서 그러니 더 좀 참아 봅시다그려."

"아니, 그럼 어디가 품팔이 노동이라도 해야지 이러다가 그대로 굶어죽어도 좋단 말예요?"

"노동 품팔이야 내가 언제 배운 일이 있어야지. 그리고 사람이 그렇게 쉽게 굶어 죽기야 하겠소?"

"그걸 못하시겠거든 장사라도 나서서 하십시다그려. 이제 정말 나는 더 참을 수가 없어요."

"장사야 더군다나 밑천도 한 푼 없이 빈손으로 어떻게 하오. 그저 꾹 참고 지냅시다."

허생은 대수롭지 않다는 듯이 다시 글을 읽으려 한다.

부인은 북받치는 울화를 누를 길이 없었다. 평소에는 입 밖에 내보도 않던 불쾌한 언사를 늘어놓으며 남편 곁으로 바짝 다가앉았다.

"아니 당신은 내가 굶어 죽는 꼴을 꼭 봐야 속이 시원하시겠소? 밤낮으로 들어앉아 글을 읽기에 난 또 무슨 큰 수나 나는 줄 알았더니 겨우 그래 '그럼 어떻게 하나 ……' 하는 것만 배웠단 말예요? 노동도 못한다, 장사도 못한다, 아무 것도 하지 않고 가만히 앉아서 먹기만 할량이면 그건 도적이 아니고 무어란 말예요."

너무도 거치른 말씨였다. 하긴 부인의 말도 옳은 말이었다. 부인의 푸념을 듣고 있던 허생은 그만 맥없이 책장을 덮고 일어섰다.

그는 뒷짐을 짚고 좁은 방안을 한 바퀴 왔다 갔다 하고 나서

"휘 ……" 한숨을 내쉬었다.

"아 안타까운 일이구나. 당초엔 내가 10년을 목표로 글을 읽기 시작했는데 이제 꼭 7년이 되었는데 …… 앞으로 3년만 더 참아 주었으면

좋으련만, 음······."

하고 한탄을 하는 것이었다. 그의 얼굴에는 평소에 볼 수 없었던 수심이 가득 찼다.

허생은 사립문을 나와 지향 없이 거리로 나섰다. 그러나 온 장안에 허생이 아는 사람이라고는 한 사람도 없었다. 어디로 가야 옳은가. 이윽고 그는 운종가(雲從街—지금의 鍾路)로 나와 지나가는 사람에게 말을 물었다.

"서울 장안에서 제일가는 부자가 누구인지 좀 가르쳐 주시오."

허생은 행인에게 들은 대로 당시 서울은 물론이요 전국의 재력을 기울일 만한 갑부 변(卞)씨를 찾아갔다.

간단한 인사가 오고 간 다음, 허생은 대뜸

"내가 집이 가난해서 장사를 한 번 해보고자 하니 돈 만 냥만 돌려 주시오."

아주 태연한 태도로 생후 초면인 변씨에게 어머 어마하게 큰돈을 요구하였다.

이에 대해 변씨는 또 조금도 난처한 빛을 보이지 않고 거침없이 즉석에서 돈 만 냥을 내 주는 것이었다.

변씨의 가족들과 거기 앉아 있던 사람들은 누구나 할 것 없이 이 거동을 보고 놀라지 않을 수 없었다. 더욱이 허생의 꼴을 보니 술이 빠진 띠에 뒤꿈치가 다 자빠진 짚신을 신고, 찌그러진 갓과 새까만 도포에 콧물을 흘리는, 어디로 보나 별 수 없는 비렁뱅이가 아닌가.

허생이 돌아간 뒤에 사람들은 변씨에게 물었다.

“여보 주인 영감, 그 사람과 본래 아시는 사입니까?”

“아니 모르는 사이오.”

“그러면 알지도 못하는 사람에게 돈을 만 냥이나 주고서도 그 사람의 이름조차 똑똑히 알아두지 않으니 그게 어떻게 된 일입니까?”

변씨는 대답하기를,

“허 ……, 당신들이 모르는 소리요. 남에게 무엇을 얻으려고 아쉬운 소리를 하는 사람이란 대개 그럴 듯하게 말을 꾸며 대기도 하고, 또 제 깐엔 큰 신의(信義)가 있는 체하지만 그래도 어딘지 모르게 그의 얼굴 한 구석에는 굽혀 보이는 데가 있고, 하는 말도 자연 거북하고 어색한 법인데 지금 왔던 그 사람은 언뜻 보기에 의관은 아무리 남루하지만 말이 간단하고 얼굴에 조금도 부끄러워하는 빛이 없으니 이는 필경 남에게 거짓말을 할 인물은 아니오.

자기가 장사를 한다는 것도 아마 조그만 사업은 아닐 거요.”
하고 태연자약하였다.

허생은 그 돈을 가지고 바로 길을 떠나 경기(京畿)와 호남(湖南)의 길목이며 삼남(三南)의 어귀가 되는 안성(安城)으로 갔다.

그 곳에서 허생은 대추, 밤, 감, 배 이런 과일들을 사 모았다. 값은 달라는 대로 비싸게 주었다. 안성장에 과일금이 비싸다는 소문에 전국의 실과장사가 안성으로 물건을 가져오고 허생은 그 모두를 사서 쌓았다. 얼마 안가서 나라 안의 실과는 전부 허생의 손에 들어오고 각지의 양반 귀족들은 과일이 없어 제사도 못 지내게 되었다.

할 수 없이 사람들은 자기들이 먼저 허생에게 판 과일을 본전의 10

배를 내고서도 사정사정해서 얼마씩 나눠 가는 형편이었다.

이를 보고 허생은 홀로 탄식하였다.

"돈 만 냥을 가지고 온 나라 안을 기울일 수 있으니 이 나라의 형세를 가히 알겠구나."

허생은 만 냥이 10배로 불어난 십만 냥을 가지고 제주도로 건너갔다. 제주도에는 본래 말(馬)이 많아서 갓과 망건을 만드는 유일의 원료인 말총은 모두 제주도에서 나가는 것이었다.

그 곳에서 허생은 다시 말총을 사 모았다. 얼마 안가서 나라 안의 망건이 귀해지고 결국 허생은 또 10배의 이득을 보고 창고 안의 말총을 처분하였다.

별로 힘들이지 않고 백만 냥의 돈을 모은 허생은 인근에 있는 한 뱃사공을 찾아 보고 "이 근처에 혹 사람이 살 만한 빈 섬이 없겠는가?" 하고 물었다.

그 뱃사공은 대답하기를,

"이곳에서 사흘 동안을 더 저어 나가면 일본 땅 사문(沙門)과 장기(長崎) 사이에 빈 섬이 하나 있는데 꽃과 나무가 사철 무성하고, 온갖 과일은 수 없이 무르익어 있으며 사슴들은 떼를 지어 뛰놀고 물고기도 한가로이 헤엄치며 노는 곳입니다" 하였다.

사공은 허생을 인도하여 그 섬으로 향하였다. 순풍에 돛을 달고 바람을 따라 동남쪽으로 얼마를 가니 과연 한 섬이 나타난다.

허생은 이 섬을 보아 두고 다시 배를 몰아 본국에 돌아왔다.

이 때 나라 안의 경제 사정은 극도로 피폐하고 서해안 변산(邊山) 지방에는 수천의 도적이 떼를 지어 일어났다. 관가(官家)에서는 군사를 풀어 잡으려 해도 원래 수가 많아 어쩔 수가 없었다.

이 소문을 탐지한 허생은 도적의 소굴을 찾아 괴수를 만났다.

"그대들 천 명이 나서서 천 냥을 도적질하면 하나 앞에 얼마씩이나 돌아가는가?"

"하나 앞에 한 냥씩 밖에 차례에 안가지요."

"처자는 모두 있는가?"

"처자가 어디 있겠소."

"논밭은 있는가?"

"허허 논밭이 있고 처자가 있으면야 무엇 때문에 더러운 도적의 탈을 쓰고 살겠오이까?"

허생은 도적의 괴수에게 이르기를,

"내일 저 바닷가에 붉은 기를 꽂은 배가 나타나거든 그게 내 배인 줄 알게. 그 배에는 가득히 돈을 실었을 것이니 자네 부하들을 풀어 맘대로 가져가게 해 보게나" 하였다.

도적의 괴수는 그 말을 믿지 않았으나 이튿날 과연 바닷가에는 허생이 한 척의 배에 돈을 가득히 싣고 나타났다.

도적들은 다투어 힘껏 돈을 짊어졌으나 하나 앞에 백 냥이 넘지 못한다. 천 명 도적이 힘껏 지고서도 돈은 오히려 뱃전에 그득하다.

이 모양을 보고 허생은 웃으면서,

"겨우 백 냥 밖에 지지 못하는 약한 몸으로 무슨 도적질을 하겠느냐. 이제 너희는 평민이 되고 싶어도 도적의 명부에 모두 이름이 올라 있어 될 수 없으니, 각기 백 냥씩만 가지고 가서 여자 한 명과 소 한 마리씩만 데리고 내게로 돌아오라. 내가 살기 좋은 땅으로 인도하리라"
하였다.

도적들은 기뻐서 흩어져 가고 허생은 2천 명이 1년 동안 먹을 양식을 구해 놓고 도적들이 돌아오기를 기다렸다. 약속한 날자에 도적들은 하나도 빠지지 않고 돌아왔다. 그들은 이제 도적이 아니며 모두가 백년지기인 양 다정하기만 했다.

평화로운 섬은 그들의 낙원으로 이룩되었다. 그들은 나무를 베어다 집을 짓고 대나무를 가꾸어 울타리를 만들었다. 기름진 땅에서는 김을 매 주지 않아도 농작물이 우거지게 잘 자라고 한 포기에 이삭이 아홉씩이나 나와서 잘 익었다.

이렇게 3년을 지나자 그동안 먹고 남은 곡식을 배에 싣고 일본 땅 장기도(長崎島)에 가서 팔았다.

이 장기도는 일본 섬으로 호수(戶數)가 31만이나 되는데 마침 그 해에 흉년이 들어 모두 주리고 있었다.

허생은 그 곡식으로 은 백만 냥을 받아 가지고 돌아와서

"이제 내가 좀 시험을 해 본 셈이다."
하고 혼잣말로 중얼거렸다. 허생은 2천 명을 한 자리에 불러 놓고

"내가 처음에 그대들과 함께 이 섬에 올 때에는 먼저 부(富)를 쌓고 그 다음으로 학문을 가르치며 의관의 법도를 마련하려 했더니 이곳은 땅도 좁고 내 덕(德)도 적어서 이제 더 살 수가 없겠으므로 이제 나는 이 섬을 떠나려 하오" 하였다.

허생은 이제 이 작은 섬에서나마 계급과 수탈이 없는, 빈곤과 갈등이 없는 한 평화한 사회를 이룩하는 일에 성공한 것이다. 그러나 이것은 단지 첫 단계의 한 시험에 불과하다. 허생의 앞에는 다시 보다 큰 세계와 보다 큰 문제가 기다리고 있었다.

허생은 자기가 타고 나갈 배 한 척만 남기고 모두 불태워 버리면서

"이 섬에서 딴 곳으로 가지도 말고 딴 곳에서 이곳으로 오지도 못하게 하라" 하였다.

또 그들 중에서 간혹 글자를 배워서 아는 사람은 모조리 골라서 데리고 나오면서 "이 섬의 뒷 근심을 없애야 한다"고 하였다.

이리하여 허생은 본국으로 돌아왔다. 그는 섬에서 가지고 나온 일부 돈을 가지고 나라 안을 두루 돌아다니며 정말 의지할 데 없고 가난한 사람들을 찾아 나누어 주었다. 그리고도 남은 돈이 십만 냥이 넘었다. 이 남은 돈을 가지고 허생은 변씨를 찾아갔다.

"내 얼굴을 알아보시겠소?"

하고 묻는 말에 변씨는 저으기 놀라며

"허, 그대 얼굴이 전보다 조금도 낫지 않으니 아마 그 돈으로 이(利)를 보시지 못한 모양이구려" 하였다.

허생은 이 말을 듣고 크게 한 번 웃고 나서,

"재물로 해서 얼굴이 변하는 것은 당신네들에게나 있는 일이지, 도(道)를 좇아서 사는 내게야 무슨 상관이 있겠소" 하고 곧 돈 십만 냥을 변씨에게 내주었다.

"내가 하루아침 배고픔을 참지 못해 결심한 글 읽기를 마치지 못하

고 당신에게 와서 만 냥을 빌어 갔으니 이제 와서 생각하면 부끄럽기 이를 데 없소” 하였다.

변씨는 당황하여 일어서서 절하면서,

“당치 않은 말씀입니다. 내게서 빌린 돈을 갚으시려면 1할로 이자를 쳐서 받겠습니다. 이렇게 많은 돈을 받을 수가 없습니다” 하는 것이었다.

그러나 허생은 돌연 낯빛을 변하며 노기를 띠었다.

“당신이 나를 장사치로만 대접하는 거요?”

하고는 그만 뿌리치고 일어나 나가 버렸다. 변씨는 하는 수 없이 몰래 허생의 뒤를 따라가 보니 남산 밑에 있는 조그만 초가로 들어가는 것이었다.

변씨는 그 마을의 한 노파에게 물어서 비로소 그가 허생원이란 사람이라는 것과 그의 내력이며 됨됨이를 들어 알게 되었다. 그 뒤로부터 변씨는 자주 허생의 집을 찾아가 오직 군색한 살림을 돌보아주기에 게을리 하지 않았다.

가끔 변씨는 술을 사 들고 가기도 했고 허생도 이것은 말리지 않고 함께 취하도록 마시었다. 술이 취하면 허생은 정치·경제·학문에 대한 진지한 포부를 토로하기에 열을 올리는 것이었다.

어느 날 밤 술상을 가운데 놓고 마주 앉아 얼마 동안 정다웁게 술을 마시다가 변씨는,

“그 때 선생은 어떻게 하여 그리 용이하게 백만 냥이란 큰돈을 벌으셨소?”

하고 물었다.

　허생의 이야기는 이러했다.

　"그야말로 아주 쉬운 일이오. 조선이란 나라는 배가 다른 나라에 나가지도 못하고 수레(車)도 또한 국경을 넘지 못하는 조그만 나라요. 그러므로 온갖 물건이 이 속에서 생산되고 이 속에서 소비되고 만단 말이오. 그러므로 많은 자본을 가지고 육지에서 나는 물건들 가운데 한 가지만 매점(買占)하여 감추고 바다에서 나는 물건들 가운데 한 가지만 매점하여 감추면 이로 인해 다른 물가들에까지 영향을 주면서 백 가지 장사를 손 안에 잡을 수 있는 거요. 그러나 이것은 백성을 도적질하는 방법이므로 뒷세상 사람들이 만일 이 방법을 쓴다면 반드시 그 나라를 병들게 하고 말 거요."

　변씨는 다시,

　"지금 사대부들은 우리가 남한산성(南漢山城)에서 청나라에게 굴욕적인 항복을 했던 분풀이를 하려고 하는데 선생 같은 훌륭한 인사가 왜 세상에 숨어서 지내십니까?"

하니, 허생은 이 말을 듣고 탄식해마지 않는다.

　"예로부터 평생을 숨어서 지낸 사람이 어찌 한두 사람 뿐이겠소."

　변씨는 당시 정승으로 있던 이완(李浣)과 친밀한 사이다. 마침 이완은 그 때 어영대장(御營大將)으로 있었는데 재주 있는 동지를 구해서 나라 일을 함께 도모하자고 변씨에게 말한 적이 있었다. 변씨로부터 허생에 관한 이야기를 전해들은 이완은 크게 기뻐하여 어느 날 밤을 타서 함께 허생의 집을 방문하였다.

변씨는 이완을 잠시 문 밖에 기다리게 해 놓고 먼저 들어가 허생에게 이완 대장이 온 뜻을 전하였다.

"가지고 온 술병이나 내놓으시오."

허생은 잠자코 앉아 술만 마시었다. 변씨는 초조하고 민망해 견딜 수가 없다. 어느덧 밤이 깊고 마시던 술도 다 되었다. 그제야 허생은 변씨를 시켜 이완을 들어오라 하였다.

이완이 들어오는 것을 보고도 허생은 일어서지도 않았다. 이완은 한동안 어쩔 줄을 모르다가 겨우 입을 열어 지금 나라에서 어진 사람을 구한다는 이야기를 하였다.

말이 채 끝나기도 전에 허생은 손을 내저었다.

"여보, 밤은 짧은데 말이 길면 듣기가 지루하지 않소? 당신은 지금 무슨 벼슬에 있소?"

"대장 자리에 있습니다."

"그러면 당신은 이 나라의 신임이 두터운 신하이구려. 내 와룡선생(臥龍先生)을 천거해 줄 터이니 임금으로 하여금 세 번 초려(草廬)를 찾아가도록 하겠소?"

이완은 한참 머리를 숙이고 생각하다가 "그것은 어렵습니다. 다음 가는 일을 가르쳐 주십시오" 하였다.

"나는 무슨 일이든지 처음가는 일만 알았지 다음가는 일은 배우지 못하였소."

그러나 이완은 이완대로 끈기 있게 간청을 하니 허생은 다른 한 가지 방도를 말해 준다.

"명나라 무장들이 옛날에 조선에 은혜를 베풀었다 하여 그 자손들이 지금 동쪽으로 유리(流離)하여 홀아비로 있는 사람이 많으니 당신은 종실(宗室)의 딸들을 그리로 출가시켜 훈척 귀가(貴家)의 세력을 꺾도록 하시오."

이완은 이번에도 고개를 숙이고 생각하다가 "그것도 어렵습니다" 하고 쓰디쓴 대답을 한다.

"이것도 못한다, 저것도 어렵다 하니 무슨 일을 한단 말이오. 그 중 쉬운 일 하나가 있는데 그것은 해 보겠소?"

"……" 이완은 묵묵히 대답이 없다.

허생은 이완의 얼굴을 조소하듯 쳐다보며 말하였다.

"천하에 대의(大義)를 도모하려면 먼저 천하의 호걸들과 사귀어야 하는 법이오. 지금은 만주가 천하의 주인이 되었소. 그러니 나라 안의 우수한 자제들을 뽑아서 머리를 깎고 호복(胡服)을 입혀서 만주에 보내고 그 중에서도 출중한 사람으로 과거를 보게 하며, 나머지 사람들은 장사를 하면서 그 나라의 허실(虛實)을 엿보고, 또 호걸들과 친밀한 교분을 맺어 두면 온 천하를 도모할 수 있을 것이며 비로소 이 나라의 국치(國恥)도 씻을 수가 있을 거요."

이완은 이 말을 듣고도 또 시원한 대답을 하지 못한다.

"지금 사대부들이 모두 예법만 지키려고 하는데 자제들에게 머리를 깎고 호복을 입히려고 하겠습니까?"
하고 다시 고개를 숙인다.

허생은 이 꼴을 보고 노하여 크게 소리친다.

"무엇이 소위 사대부라는 거냐. 그 자칭 사대부라는 놈들의 꼴이 가관이란 말이다. 바지저고리는 한사코 흰 것들만 입으니 그것은 상인(喪人)의 복장이 아니고 무어냐. 머리털을 동여매서 뾰족하게 하고 있으니 그것은 만족(蠻族)의 방아꽁이냐 무어냐. 그 꼴들을 하고서도 무슨 예법을 찾는 거냐. 옛날 번어기(樊於期) 같은 장수는 진시황에 대한 자기 사사 원수를 갚기 위해서도 머리를 아끼지 않고 잘라서 형가(荊軻)에게 준 일이 있고, 무령왕(武靈王)은 자기의 나라를 강하게 만들려고 호복을 부끄럽게 여기지 않았는데 너희들은 지금 나라의 원수를 갚는다면서 그까짓 머리털을 아낀단 말이냐. 그리고 또 앞으로 전쟁이 나면 창과 칼을 들고 말을 달려 화살이 비 오듯 하는 데라도 나가야 할 텐데 그 넓은 옷소매를 고치지 않겠단 말이냐. 그래 그것들이 바로 예법이란 말이냐. 내가 이 난국을 수습할 세 가지 방책을 지금 가르쳐 주었건만 그 중에서 한 가지도 실행에 옮길 수 없다니 그래도 네가 신임을 받는 신하라 하겠느냐. 똑똑한 신하라는 게 모두 이런 놈들이냐. 이런 놈은 죽여 버려야 하겠다!"

허생은 옆에 있던 칼을 들어 이완을 치려했다.

이완은 놀라서 그만 문을 박차고 뛰어나갔다. 그리하여 허둥지둥 도망하여 자기 집으로 돌아갔다.

그 이튿날 이완은 그래도 허생을 못 잊어서 달리 계교를 묻고자 먹적골 허생의 집을 찾아갔다. 그러나 그 때는 이미 주인 없는 빈 집에 쓸쓸한 바람이 돌 뿐 허생의 자취는 찾을 길이 없었다.

유럽의 몇몇 나라가 근대 과학문명의 배를 타고 바다를 건너 동양에 와 닿던 18세기 중엽, '은둔의 나라'로 불리던 조선왕국에는 선각적인 한 문호(文豪)의 불우한 생애가 있었다.

황해도 금천(金川) 땅 연암(燕巖)이란 산골에 시국을 피하여 지내는 박지원(朴趾源)이란 중년의 문사가 있었다.

그는 망건을 벗은 채 버선도 신지 않고, 두 다리를 들창에 높이 걸고 누워 행랑채에 살고 있는 낮은 신분의 사람들과도 곧잘 말을 주고받고 하는 것이었다.

습성이 매우 게을러 잔치나 장례 등에 인사하러 가는 일은 아예 전폐하고 세수를 거르는 날이 며칠씩 되는가 하면 망건을 쓰지 않기 열흘에 이르기도 한다.

손님을 맞고 아무 이야기도 없이 앉아만 있기도 하고 땔나무나 오이를 파는 자가 지나면 불러서 충효(忠孝)와 예의 염치를 이야기하는데, 말이 수백 마디에 이르면 어떤 이는 선비의 오활하고 지루함을 불평하지만 그는 지칠 줄을 모른다.

졸고 나면 글을 읽고 끝나면 또 졸고…… 그 누구 깨워 줄 이도 하나 없었다. 혹 친구가 술을 보내 주면 흔연히 마시어 취한 후에 스스로 자신을 찬양하되 "나는 주체정신에다 박애사상을 가졌고 세상을 달관하고도 참선(參禪)을 하는가 하면 술을 즐기고 밥은 부쳐 먹되 스스로를 높이는 품이 옛 위인(偉人)들이 한 짓에 못지않으니 나도 아마 거의 성인(聖人)이 될 모양이다” 하고는 호탕하게 한 번 웃는 것이었다. 이 때 실은 연암이 밥을 굶기 사흘째 되는 아침인 것이다.(酬素玩亭夏夜訪友記)

박지원은 1737년 이조 영조 13년에 서울에서 태어났다. 어려서 부모를 여의고 할아버지 박필균(朴弼均)의 슬하에서 자랐는데, 할아버지는 지원을 애처롭게 여겨 글을 가르치는 것마저 꺼렸으므로 나이 열다섯에 이르도록 그는 책을 손에 잡아 보지 못한 채 멋대로 자라났다.

열여섯 살 때 결혼을 하자 처 숙부되는 이교리(李校理)가 지원이 글을 배우지 못했음을 알고 『사기(史記)』 중의 「신릉군전(信陵君傳)」을 주어 공부케 했는데, 얼마 되지 않아 지원은 한편의 훌륭한 논문을 지어내어 이교리를 놀라게 하였다.

그때부터 분발하여 박지원은 3년 동안 문 밖엘 나가지 않고 열심히 공부하니 그의 글 실력이 곧 세상에 알려지게 되었다. 그러나 지원은 과거(科擧)를 거쳐 관직에 오를 뜻은 아예 품지를 않았으니 당시 나라의 정치는 단지 몇몇 집권자들의 손아귀 안에서만 놀아나기 때문이었다.

이조는 본래 신진 사대부(士大夫)들의 공평한 권력 분배와 왕도정치(王道政治)의 이념 구현을 목표로 출발하였지만, 관리이자 지주(地主)인 봉건적 사대부의 세습 팽창은 제한된 영토와 진보 없는 경제체제 안에서 자연히 난국을 초래케 되었다. 그리하여 같은 사대부인 양반계급이 동서(東西)·노소(老少)의 분당(分黨)을 빚어내고 당파와 당파 사이에는 피비린내 나는 싸움이 벌어진 끝에 어느 한 파가 세력을 잡게 마련이었다. 일단 세력을 잡은 당파는 자파의 사람이 아니면 일체 등용을 불

허했고 심지어는 혼인마저도 저희끼리의 사이에만 맺어 나아가 이른
바 훈척(勳戚)의 문벌을 형성하였다.

이쯤 되면 한 평화한 봉건왕조의 꿈은 자연히 허물어져 나아가고,
바야흐로 근대적 시민사회의 밝음이 비쳐 오기 시작하는 것이 역사의
정해 놓은 단계이다.

이 밝아 오는 빛의 사자(使者)로 나타난 사람들이 바로 이조 영·정조
대에 일종의 르네상스 운동을 획책했던 실학파(實學派)의 학자들이다.

신분은 비록 양반이나 몸은 이미 서민의 속에 들어가 있던 그들은
역사와 상황의 현실을 몸소 체험하고, 그들이 가진 지성의 힘으로써
새로운 사회를 건설하려 했던 것이다.

박지원은 이 실학파 가운데서도 급진적 경향을 보인 북학파(北學派)
의 태두가 되어, 진실성 없는 공론(空論)의 학문으로 세상을 어지럽히
던 당대 유학자(儒學者)들을 날카롭게 풍자하고, 임금의 눈을 가리면서
저희끼리 영화를 누리는 훈척들을 거침없이 비판하였다.

정조 1년에 특히 사이가 좋지 않던 훈척 홍국영(洪國榮)이 도승지 겸
금위대장이 되어 실질상 정사(政事)의 전권을 장악하니 지원은 부득이
화를 피해 연암 골짜기에 들어가 지내면서 그 골짜기의 이름을 따 자
기의 호를 연암이라 하였던 것이다.

그의 나이 44세 때 마침 삼종형 되는 박명원(朴明源)이 사신으로 북경
(北京)에 가게 되었다. 평소에 연암은 서양 사람들이 북경에 들어와 새
로운 과학문명을 소개하고 있음을 잘 알던 터라 종형을 따라 북경에 가
보기로 했다.

도중에 그가 열하(熱河)를 앞에 두고 지은 시에

　　　머리 흰 서생(書生)이 북경엘 들어가니

　　　차림 차림이 한 노병(老兵)과도 같고나.

　　　열하를 향하여 말을 달려 가노라니

　　　공명(功名)을 찾아가는 탐사(貪士)와도 같고나.

　　　書生白首入皇京 服着依然一老兵

　　　又向熱河騎馬去 眞如貪士就功名

한 것이 있다. 여로(旅路)의 한 구도자(求道者)가 역겨운 심정으로 자신
의 속뜻을 되뇌이는 모습이 눈앞에 선히 보이는 듯하다.

　과연 연암은 북경에 들어가서 진보된 사회의 새로운 문물을 고루 살
피고 이른바 이용후생(利用厚生)의 북학사상(北學思想)을 확고히 갖추기에
이르렀다.

　당대에 나라 안을 뒤흔든 명저 『열하일기(熱河日記)』는 이 여행 후에
씌어진 것이며, 그 중에서도 소설 「허생전」은 연암의 사상을 가장 풍
부히 담은 우수한 문학 작품이다.

　중국에서 돌아온 연암은 50세의 나이로 정부의 건설부처 선공감(繕
工監)의 종9품 감역 일을 맡아보다가 안의현감(安義縣監)을 거쳐 면천군
수(沔川郡守)로 나갔다. 이때 정조로부터 농정(農政)에 관한 저서를 부탁
받고 『과농소초(課農小抄)』를 지어 올렸는데 거기에 「한민명전의(限民名
田議)」 1편을 첨가하여 토지 소유제에 제한을 가할 것을 강조하기도 하

였다.

이 책자를 받은 정조는 기뻐하여 장차 연암을 크게 써 보려 했으나 곧 세상을 떠나고 그보다 5년 뒤인 1805년 순조 5년에는 연암도 69세를 일기로 세상을 떠났다. 결국 연암이 이 세상에 남긴 것은 작품을 통해 길이 살아 있는 인도주의와 복지 사회에의 꿈뿐이라 하겠다.

◎ 「허생전」의 문학사적 위치

「허생전」은 그 사용한 문자가 한자(漢字)라 하여 이를 국문학 작품이 아니라고 말한 이들이 있다.

"조선문학을 위해선 태학관(太學館)은 이야기책 보는 촌가 사랑(舍廊)만도 못하고 대제학 부제학은 무녀(巫女)와 기생만도 못하였다. 조선문학이란 무엇이뇨? 조선문으로 쓴 문학이다."(李光洙)

"아무리 조선인다운 감정의 표현이며 문맥이라도 한문으로만 쓰여진 것을 가지고 우리 문학이라고 할 수는 없으니, 오늘날 남아 있는 산적(山積)한 문집·잡서 등 한문으로 기록된 것 따위는 우리 문학의 울타리 넘어 쓰레기통에 버려야 할 무용지물이다."(金思燁)

물론 대제학 부제학을 지낸 유가(儒家)의 한문 문장이 곧 국문학일 리 없고 범속한 한문투의 개인문집이나 잡서들이 국문학일 리는 없다. 이런 한문 서적들을 굳이 문학이라 일컫거나 작품이라 일컫는 데에는 무리가 있을 것이다.

그러나 『허생전』은 직선적인 상념(想念)의 한 토막 문장이 아니라 입체적으로 당대 사회상을 거의 완벽한 한 소설로 그린 엄연한 문학 작품이다. 그런데 이 작품이 한자로 씌었으므로 이는 중국문학에 속하는 작품일까. 이 작품이 씌어질 당시의 통용 문자가 한자였음에도 불구하고 말이다. 더욱이 이 작품의 정신은 내 나라를 부강케 하고, 할 수만 있다면 만주의 고토(故土)를 설원수복(雪寃收復)하자던 민족적 주체성에 뿌리박았는데 말이다.

『허생전』이 씌어진 시대의 공용 문자가 한자였고, 그 형식이 작품이고, 그 정신이 민족주의적이라면 『허생전』이 국문학 작품임은 두말할 나위도 없는 것이다.

오히려 당대의 왕실이 훈민정음을 보살피는 기미에 한글로 소설을 쓴 훈척 김만중(金萬重) 같은 이의 작품은 어떠한가?

요즈음 좀 관점을 가졌다는 학자들도 『허생전』은 한낱 국한문학(國漢文學) 분야로 다루어 버리고 김만중의 한글 소설들만 격찬하고 있으며, 또 학생들도 그렇게 배우는데 김만중의 그 유명한 『구운몽(九雲夢)』의 내용은 무엇인가.

중국의 성진(性眞)이 전생(前生)에 여덟 선녀와 정을 통하고 후생(後生)에 양소유(楊少遊)로 태어나 여덟 부인을 거느리고 마음껏 향락을 취하다가 죽어서 또 극락세계로 간다는 이야기이다.

이는 민중의 현실과 동떨어진 당시 훈척 귀족계급의 몰염치한 욕망을 실토하고 있는 것으로, 『구운몽(九雲夢)』에서 뿐 아니라 『사씨남정기(謝氏南征記)』에서까지도 그 소재와 정조(情調)가 중국적인 것이다.

그렇다면 연암의 대표작 『허생전』은 김만중의 대표작 『구운몽』에 비해 우수한 국문학 작품이 못된다고 말하기 힘들다. 문학사 분야의 양식이 마땅히 이 점을 이미 시정하였다.

그러면 이와 같은 연암문학의 문학사적 위치는 어디에 설정할 것인가. 연암의 문학이 사조(思潮)의 면에서는 시기적으로 약간 앞선 김만중의 허황한 의식세계를 박차고 서민적이고 혁신적인 의식세계를 구축했지만, 그 뒤에 나온 『춘향전』에서 보이는 바와 같은 민중적인 우애 같은 것은 덜하였다고 볼 수 있다.

다음으로 우리 국사학계에서 근대의 기점을 대체로 1894년의 갑오경장(甲午更張)에 전후하는 것으로 보고 있는 정도이니, 연암의 소설을 근대문학으로 보는 데에는 이론(異論)이 있을 것이다.

그러나 연암 문학의 사상은 상당히 근대성을 지니고 있었던 만큼 그의 문학 특히 『허생전』은 우리나라 근대문학사 여명기의 한 거점이라 보는 것도 지나친 생각은 아닐 것이다.

허생이 봉건적인 자연경제 체제로서의 농업보다 시민적인 활동경제 체제로서의 상업을 중시한 것과, 계급과 빈곤이 없는 노동자의 이상사회 건설관을 거쳐 자본가의 매점행위로 인한 사회적 혼란까지를 예견했다는 것은 현대에 살고 있는 우리로서도 자못 경탄치 않을 수 없는 사실이다.

다만 당시 실학과 학자들의 이른바 사대부 의식이 이조 봉건 체제를 그대로 옹호했다는 점이 근대 시민의식에는 아직 이를 수 없었던 한계

라는 것이다. 이 점에서 『허생전』은 근대 여명기 문학의 한 거점이라
고 보게 되는 것이다.

심청전

沈淸傳

봄이 오면 도화(桃花)가 만발하여 여름 산곡엔 봉우리마다 구름이 꾀고, 골짜기를 흐르는 맑은 내와, 학의 무리가 떼지어 노는 언덕이 있는 황주(黃州) 도화동(桃花洞)에 심학규(沈學奎)라 하는 봉사가 있었다.

본래는 양반의 후예이나 가운이 쇠하고 젊어서 눈이 머니 고을 안에 더 없이 어려운 신세이다.

그러나 심봉사 행실이 정직하고 지개(志槪)가 고상하며 일거일동에 경솔함이 없어 마을의 눈 뜬 사람들은 모두 칭찬한다. 그 아내 곽씨(郭氏) 부인 또한 현철하여 덕과 색에 절개를 갖췄는데, 한 간 초가에 나물 먹고 물 마시는 생활이라 가련한 곽씨 부인은 온 마을에 다니며 품을 파니 삯빨래질, 삯길쌈이며 혼상(婚喪) 대사에 음식 설비로 하루도 쉬임 없다. 그리하여 모은 푼돈으로 앞 못 보는 가장을 공경하고 봄가을로 조상 묘소에 시제(時祭)마저 깍듯하니 끊임없는 칭송 속에 재미있게 살아갔다.

그렇게 지내는 중에 심봉사의 가슴에는 한갓 억울한 한이 있었으니 그것은 슬하에 한 점 혈육이 없는 것이었다. 하루는 심봉사가 마누라를 곁에 불러 앉히고 고생살이 위로하며, 나이 사십에 한 점 혈육이 없음을 한하니 곽씨 부인 하는 말이,

"옛 말씀에도 온갖 불효 중에 자식 없어 뒤를 잇지 못함이 제일 큰 불효라 하였으니 가장의 뜻을 받들어 지성이나 드려 보오리다."

하고 그 날부터 품 팔아 모은 돈으로 명산대천의 신령단과 석불 보살 미륵님께 빌기를 다하였다.

갑자(甲子) 사월 초파일에 부인이 한 꿈을 얻으니 하늘로부터 오색채운(五色彩雲)을 두르고 옥패소리 쟁쟁한 가운데 선인(仙人) 옥녀(玉女)가 학을 타고 내려와 품 안에 안기거늘, 잠을 깨어 영감에게 몽사(夢事)를 아뢰는데 둘의 꿈이 한 가지라 태몽으로 짐작하고 기꺼이 여기었다.

이 달부터 곽씨 부인에게 태기가 있어 부정한 자리, 부정한 음식을 피하여 고이 열 달을 채우니 향기가 진동하는 속에 선녀 같은 딸 하나를 낳았다. 비록 딸일망정 기쁘고 귀한 마음 비할 데 없는지라, 심봉사 눈으로 보지는 못하나 손으로 더듬으며 아기를 얼르는데,

"아가 아가 내 딸이야. 아들 겸 내 딸이야. 금을 준들 너를 사며 옥을 준들 너를 살까. 어화둥둥 내 딸이야."

이리하여 아들이 아님을 섭섭히 여기는 산모의 마음도 자연 위로되고 부부가 함께 즐거운 나날을 보낼 뿐이었다.

슬프다, 세상사 애락(哀樂)이 끝이 있고 생사에 명이 있는지라 가련한 인간사를 용서치 않는도다. 뜻밖에 곽씨 부인 산후별증(産後別症)을 일으키어 식음을 전폐하고 앞 못 보는 가장과 불쌍한 갓난 딸을 애통애절하던 끝에 모질게도 떠나갔다.

심봉사 부인을 매장하여 공산야월(空山夜月)에 버려두고 돌아오니 부엌은 적막하고 방은 텅 비었는데, 이웃집 귀덕 어미 아기를 가져다 보아 주었다가 다시 와 넘겨주고 돌아간다. 심봉사 아기를 받아 품에 안고 지리산(智異山) 갈가마귀 게발 물어다 던진 듯이 혼자 오똑 앉았으니 슬픔은 하늘에 닿고 품 안의 어린 아기 죄어쳐 울음 운다. 심봉사 기가 막혀 아기를 달래는데,

"아가 아가 우지 마라, 너의 모친 먼 데 갔다. 낙양동촌(洛陽東村) 이화정(梨花亭)에 숙랑자(淑娘子)를 보러 갔다. 너도 너의 모친 잃고 설움 겨워 우는 거냐. 우지 마라 우지 마라."

이렇게 애통하며 그 날 밤을 지낼 적에 아기는 기진하여 늘어지고 어둔 눈은 더욱 침침하여 어찌할 줄 모르는데 동녘이 밝아지며 우물가에 두레박 소리가 귀에 얼른 들리거늘, 날 샌 줄 짐작하고 문 열고 뛰어나가,

"우물에 오신 부인 누구신지 모르오나, 칠일 만에 어미 잃고 젖 못먹어 죽게 된 아기 젖 좀 먹여 주시구려."

"나는 마침 젖이 없고, 젖 있는 여인네가 이 동네 많사오니 아기 안고 찾아가서 젖 좀 먹여 달라 하면 누가 감히 괄시하오리까."

심봉사 그 말 듣고 품속에 아기 안고 한 손에 지팡이 짚고 더듬더듬

동네를 돌며 사립문 들어서서 슬프게 하는 말이,

"댁이 누구신지 말씀 좀 드립시다."

그 집 부인 밥을 하다 천방지축 나오면서 비감(悲感)하여 대답한다.

"그 지낸 일은 고만 두고라도 당장에 얼마나 고생하며, 어이 이렇게 오십니까?" 심봉사 눈물지며 목이 메어 하는 말이,

"현철한 우리 아내 인심으로 생각하나 눈 어둔 나를 본들 어미 없는 어린 것이 이 아니 불쌍하오. 댁의 귀한 아기 먹고 남은 젖 있거든 이 애 젖 좀 먹여 주오."

동서남북 다니며 이렇듯 애걸하니 젖 있는 여인네들 목석(木石)인들 아니 먹이며 도척(盜跖)인들 괄시하랴. 칠월이라 유화절(流火節)에 김매다 쉬인 아낙 이 애 젖 좀 먹여 주오. 백석청탄(白石淸灘) 시냇가에 빨래하다 쉬인 아낙 이 애 젖 좀 먹여 주오. 근방 부인네들 한 없이 측은하여 아기 받아 젖을 먹여 봉사 주며 하는 말이,

"여보시오 봉사님, 어렵게 알지 말고 내일도 안고 오고, 모레도 안고 오면 이 애 설마 굶기리까."

"어질게 후덕하여 좋은 일을 하옵시니 우리 동네 부인댁들 세상에는 드뭅니다. 비옵건대 여러 부인 수복강녕하옵소서."

백배 치하하고 아기를 품에 안고 집으로 돌아와서 아기 배를 만져 보며 혼잣말로,

"허허 내 딸 배부르다. 일 년 삼백육십 일에 일상 이만 하고지고. 어서 어서 자라거라, 어려서 고생하면 부귀다남(富貴多男)하느니라."

부인의 유언 따라 아기의 이름을 심청이라 하였으니, 천지신명 도와

주어 잔병 없이 자라가는 심청은 그 나이 육칠 세에 벌써 눈 먼 아비 손길 잡고 앞에 서서 인도하고 십여 세가 되어가니 얼굴이 일색이요 효행이 극진하다. 소견이 능통하고 재주가 뛰어나서 부친의 조석 공양, 모친의 기제사(忌祭祀)를 정성껏 시행하여 어른을 능가하니 뉘 아니 칭찬하랴.

세상에 덧없는 게 세월이요 무정한 게 가난이라. 심청이 나이 십일 세에 하루는 부친께 여쭙는다.

"숲 속 저녁녘에 날아드는 가마귀 새끼도 제 어미 물어다 먹일 줄 알고, 옛 맹종(孟宗)의 효성은 엄동설한에도 죽순을 얻어 부모 봉양하였다니 소녀 나이 십여 세에 맛있는 음식으로 부친 공양 못하리까. 아버지는 오늘부터 집 안에 계시옵고 소녀 혼자 밥을 빌어 조석치레 하오리다."

심청이 그 날부터 밥을 빌러 다니는데 베중의에 윗대님 매고, 자락 없는 무명 휘양 볼품없이 숙여 쓰고 버선 없이 붉은 발에 바가지를 손에 들고 나는 새, 지나는 이 없는 눈길을 호호 불며 걸어간다. 황혼녘 모진 북풍이 살 쏘듯이 하는 때면 가련한 어린 심청 바람을 못 이기어 한 발짝 두 발짝을 옆걸음질하여 가니 눈앞에 그리는 건 기다리는 아버지다.

심청이 급한 마음 속속히 돌아와서 사립문에 들어서며,

"아버지 추우시죠. 시장기 심하시죠. 여러 집을 다니자니 자연 지체 됐습니다." 심봉사 달려 나가 어린 딸 손목 잡고,

"손 시리지 아니하냐, 화로에 불 쬐어라" 하고 자식 아끼는 부모 마

음처럼 간절한 게 없는지라 기가 막혀 훌쩍이며,

"애 다, 내 딸 아가. 앞 못 보고 구차하여 쓸 데 없는 이 목숨이 살아 무엇 하자고 자식 고생시키느냐."

심청이 장한 효성 부친을 위로하여,

"아버지 설워 마오. 부모께 효성하고 자식의 효 받는 것, 천지간에 떳떳하고 당연한 사체(事體)이니 너무 심화 마십시오."

이렇게 봉양타가 나이 점점 들어가서 바느질품팔이로 삯을 받아 부친 공경 여일하다. 세월이 물같이 흘러 심청이 나이 십오 세를 당하니, 효행에 더하여, 얼굴이 국색(國色)인데 재질이 또한 비범하여 문필마저 익히우니 인의예지(仁義禮智)에 익은 여중군자(女中君子)라. 인근 마을 칭송이 자자하니 하루는 건너 마을 무릉촌(武陵村) 장승상(張丞相) 부인이 시비(侍婢)를 보내어 심청을 청해 간다.

"네 바로 심청인가. 듣던 말과 다름 없다. 월궁(月宮)에 노던 선녀(仙女) 벗 하나를 잃었겠다. 무릉촌에 내가 있고 도화동에 너 있으니, 심청아 말 들어라. 승상께서 별세하고 슬하에 자식 없어 자나 깨나 빈방 안에 대하느니 촛불이요, 보는 것이 고서(古書)로다. 네 본래 양반의 후예로서 그렇듯이 곤궁하니 나의 수양딸을 삼아 말년 재미 보자 하니 너의 뜻이 어떠하냐?"

심청이 고마운 마음 비할 데 없지마는 동냥젖을 얻어 먹여 이만큼 길러내신 부친의 슬하를 잠시라도 뜰 길 없어 눈물로써 사절한다.

그렁저렁 날 저물어 심청이 일어서니 부인이 연연하여 비단과 패물이며 양식을 후히 주어 시비를 딸려 보내면서,

"심청아 말 들어라, 너는 나를 잊지 말고 모녀간의 의를 두자."

"부인의 어진 처분 누누 말씀하옵시니, 가르침을 받들겠사옵니다"
하고 집으로 돌아온다.

이 때 심봉사는 딸 오기를 기다리다 날이 저물고 인적이 그쳐가니
갑갑한 마음에 지팡막대 걸터 잡고 딸 오는 데 마중 간다. 더듬더듬 주
춤주춤 집 앞에 나서다가 비탈에 발이 삐끗 개천에 풍덩 떨어지니, 나
오려면 더 빠지고 물소리 요란하여,

"허푸 허푸 아이구 사람 죽소!" 소리치나 지나는 이 그쳤으니 건져
줄 사람 없다.

그 때 몽운사(夢雲寺) 주지승이 절을 개축코자 권선문(勸善文)을 둘러
메고 시주를 받으러 내려왔다가 돌아가는 길에 바쁜 비명을 듣고 찾아
가 심봉사를 구해냈다.

심봉사가 정신 차려,

"날 살린 이가 누구시오?"

"소승은 몽운사 주지승이올시다."

"그렇지! 사람을 살려내는 자비한 부처로군. 이 은혜 백골난망이
오."

그 중이 심봉사를 집으로 데려다 앉히고 심봉사의 답답한 신세 한탄
듣던 끝에 "우리 절 부처님이 영험이 많으셔서 빌어 아니 되는 일 없으
니, 공양미 삼백 석을 부처님께 올리옵고 지성으로 빌으시면 완인(完
人)이 되오리다" 한다.

심봉사 그 말 듣고 홧김에 다그쳐서 처지는 덮어 두고 시주를 자청

한다. 이에 주지승은 권선문 제일층 홍지(紅紙)에다 '심학규 미(米) 삼백 석'이라 대서특필한 후 하직하고 돌아간다. 중이 돌아가고 심봉사 화가 꺼지니 약속한 그 일이 크게 후회되어 자탄하며 슬피 운다.

이 때 심청이 속속히 돌아와서 방문을 펄쩍 열고

"아이구 이게 웬 일이오? 나 오는가 마중 나가 이런 욕을 보셨는가, 벗으신 옷을 보니 물에 빠져 욕 보셨나. 아이구 아버지 춥긴들 오죽하며 분함인들 오죽하오."

승상댁 시비더러 방에 불을 때라 하고 치마를 걷어쥐어 눈물을 씻기면서 부지런히 밥을 지어 부친 앞에 상 올린다.

"나 밥 아니 먹으련다."

"어디 아파 그러시오? 소녀가 더디 오니 괘씸해서 그러시오?"

"아니다."

"무슨 근심 계십니까?"

"네 알 일이 아니다."

이에 심청이 설워하여 훌쩍이며 물어대니 심봉사는 할 수 없어 홧김에 주책없이 공양미 삼백 석을 부처님께 바치기로 약속한 일을 말하며 한숨 쉰다. 심청이 그 말 듣고 웃음으로 위로하며,

"후회를 하옵시면 정성이 못 됩니다. 아버지 어두우신 눈 참으로 밝아질 양이면 공양미 삼백 석을 아무쪼록 준비하여 보오리다" 하고 뒤뜰에 나가 합장하고 천우신조를 간절히 빌고 빈다.

하루는 어릴 적 유모 귀덕 어미가 밖에서,

"어떠한 놈들인지 십여 명씩 다니면서 값은 고하간에 십오 세 처녀

를 사겠다한다”는 말을 듣고 와 심청에게 전한다. 이들은 바로 서울에 사는 장사치로 배를 타고 만 리 밖엘 다니는데 중도에 임당수(臨塘水)라는 물이 있어 선로를 훼방하매 십오 세 된 처녀를 제물로 바쳐 제사하면 수로가 잔잔하고 장사도 흥왕하므로 값은 고하간에 처녀를 사러 다닌다는 것이었다.

불쌍한 효녀 심청 제 몸 버려 부친을 구하고자 전후사 얘기하고 팔려갈 걸 약속하니, 상인들도 감동하여 고개를 못 쳐든다. 그 날로 몽운사엔 공양미 삼백 석이 올라가고, 사정없이 가는 날자가 행선할 아침을 몰아 왔다.

“닭아 닭아 울지 마라. 네가 울면 날이 새고 날이 새면 나 죽는다. 나 죽는 건 안 슬프나 의지 없는 우리 부친 어이 잊고 가잔 말이냐.” 밤새도록 섧게 울고 동녘이 밝아오니 부친 진지 지으려고 문 열고 나서는데, 선인들이 벌써 와서 사립 밖에 주저하며 떠나기를 재촉한다.

심청이 선인들께 애걸하여 기다리게 하여 놓고, 눈물 섞어 밥을 지어 부친 앞에 마주 앉았다.

“아버지 진지 많이 잡수시오.”

“오냐 많이 먹으마. 오늘은 별로 반찬이 좋구나. 뉘 집 제사 지냈느냐?”

심청이 기가 막혀 속으로만 느껴 울다 홀쩍홀쩍 소리 나니 심봉사 심히 놀라 다그쳐 물어 본다. 망극한 효녀 심청 매무새 다시하고 사당에 향화(香火)하여 축원하며 나오다가 마지막 부친 앞에 기절하여 넘어진다.

"내가 불효 여식으로 아버지를 속이었소. 공양미 삼백 석을 누가 내게 주오리까. 남경 장사 선인들께 삼백 석에 몸을 팔아 임당수 제물로 가기로 하여 오늘이 행선 날이오니 나를 오늘 마지막 보옵시오."

사람이 슬픔이 극진하면 도리어 가슴이 막히는 법이라, 심봉사 울음도 아니 나고 실성을 하는데,

"아이고 이게 웬 말이냐. 네가 죽고 내 눈 뜨면 그게 무슨 말이 되랴. 너희 놈들 날 죽여라! …… 생사람 죽이며는 대전통편(大典通編) 거슬린다!"

홀로 장담하며 사생결단하려 드니 심청이 부친을 붙들고,

"아버지 이 일이 남의 탓이 아니오니 그리 하지 마옵소서."

부녀가 서로 안고 뒹굴며 통곡하니 도화동 남녀노소 뉘 아니 슬퍼하랴.

이 때 무릉촌 장승상 부인이 소식 듣고 깜짝 놀라 심청을 만나보고, 쌀 삼백 석 줄 것이니 약속을 무르라 하나, 심청은 정성의 표시로 희생이 당연하며 한 번 약속한 일 차마 어찌 어기랴고, 동네 어른들께 부친을 당부하며 통곡 속에 떠나간다.

배 타고 물에 드니 고국이 창망(滄茫)한데, 한 곳에 당도하여 닻을 주고 돛 띄우니 이곳이 임당수라. 선원들이 풍성하게 고사를 지낸 후에 불쌍한 심청은 치마폭 뒤어쓰고 비실비실 뱃전에 나가 물에 풍덩 뛰어든다.

이 때 하늘의 옥황상제(玉皇上帝)가 사해용왕(四海龍王)에게 분부하여 바다에 떨어진 심청을 여러 선녀로써 받아 안아 용궁(龍宮) 가마에 태

운 후에 수정궁(水晶宮)에 인도한다. 심청은 그 곳에서 호의호식 영화를 누리더니 한 날 큰 연꽃 속에 태운 바 되어 다시 물 위에 나오니 예가 또한 임당수라. 남경 장사에서 돌아오는 선원들이 때마침 이 꽃을 얻어 임금께 바치었다.

그 때 나라에선 왕비의 상(喪)을 당해 수심에 겨운 임금은 하릴없이 화초를 모아 가꾸더니 마침 선원들이 바친 연꽃을 받고 크게 기뻐하였다. 그날 밤 임금은 비몽사몽간에 한 서인(仙人)을 만났는데,

"왕비 붕(崩)하셨음을 상제께서 아옵시고 인연을 보내셨으니 어서 바삐 살피소서" 한다.

꿈을 깬 임금이 뜰에 내려 거닐며 좌우를 살펴보니 연꽃이 있던 자리에 꽃은 간 데 없고 선녀와 같은 낭자(娘子) 하나 그 자리에 앉아 있다. 임금은 크게 기뻐하여 흠천감(欽天監)으로 택일하고 예부(禮部)에 분부하여 가례(嘉禮) 범절 마련하니 위의도 거룩하다.

한편 심봉사는 딸 잃고 실성하여 자탄으로 세월을 보내던 중, 남경 상인들과 마을 사람들이 거두어 준 재물로 형세는 넉넉하여 뺑덕어미라 하는 여인이 자진하여 첩으로 들어와 사는데, 행실이 고약하여 가산을 탕진한다. 이에 심봉사 시름겨워 하는 중 하루는 관가에서 기별하길 나라 궁성(宮城)에 맹인 잔치가 열렸는데 반드시 거기에 참석을 해야 된다 하니 길 떠나 고생하며 서울을 향해 간다. 전례 없는 이 잔치는 왕비 심청의 수심을 풀어 주려 임금이 친히 마련한 것으로, 각도 각읍의 맹인들이 닿는 대로 점고(點考)하여 주소 성명을 기록한다. 잔치 마지막 날 끝자리에 반백의 머리로 귀밑에 검은 기미가 있는 심봉

사 나타나니 곧 불러가 왕비의 높은 좌석 앞에 꿇어 신상을 밝히며 원통한 신세를 자탄하여 마지않는다. 이에 심왕비 달려들며,

"아버지! 눈을 들어 나를 보옵소서."

하니 심봉사 얼마나 놀라고 반가웠던지

"어어, 이게 웬 말이냐, 내 딸 심청이 살아 있단 말 웬 말이냐, 내 딸이면 어디 보자"할 때 뜻밖에 심봉사의 두 눈이 활짝 뜨이면서 천지 일월이 밝아온다. 딸의 얼굴 쳐다보니 칠보화관(七寶花冠) 황홀하여 의젓하고 어여쁘다. 그 때 비로소 심봉사 눈뜬 줄 깨닫고 와락 달려들어 딸을 안고 서로의 벅찬 기쁨을 어찌할 줄 모르더라.

이에 임금도 기뻐하여 심학규로 부원군(府院君)을 봉하고 천하의 억조창생(億兆蒼生)이 심 왕비의 성덕을 우러러 만세를 부르며 기리었다.

◎ 소설적 설치 공간

비인 밭에 밤 바람소리 말을 달리는 촌가(村家)의 겨울, 희미한 등잔불 아래 구성진 가락으로 두런거리는 소설 『심청전』의 사연은 잠 못 이루는 가난한 가솔의 가슴 가슴에 감미로운 슬픔의 다발을 안겨 준다.

맨발의 초동(樵童)이나 백발의 노옹(老翁)이나, 어려서부터 듣고 아는 이 소설은 걸작 춘향전과 마찬가지로 그 작자와 정확한 저작 연대는 모른다. 다만 오랜 옛날부터 우리 역사에 전해 오는 효행설화(孝行說話)

등 몇몇 전설이 이조 중엽에 이르러 민중의 창사(唱詞) 예술인 판소리에 의해 결정(結晶)된 것이라는 것은 충분히 알 수 있다.

『심청전』가운데 어미 잃은 어린 심청을 품에 안고 심 봉사가 펴놓은 독백에

"아가 아가 우지 마라, 너의 모친 먼 데 갔다. 낙양동촌 이화정(洛陽東村 梨花亭)에 숙낭자(淑娘子)를 보러 갔다" 한 것이 있고, 남경(南京) 상인들에게 심청이 팔려 갈 때 심봉사가 실성하여 외치는 말에

"생사람 죽이며는 대전통편 율(律)이 된다"고 한 것이 있다.

이는 『심청전』이 소설 『숙향전』과 법전(法典) 『대전통편』을 인용한 증거인데 『숙향전』은 『춘향전』보다도 앞서서 이조 영조대 이전에 씌어졌고 『대전통편』은 1784년 정조 8년에 편찬된 것이니 결국 『심청전』은 이조 영·정조대 이후에 그 내용이 형성된 것으로 볼 수 있다. 그리하여 숙종대에 와서 발흥된 판소리의 열두 마당에 〈심청가〉가 끼게 되었고 순조 때 신재효(申在孝)가 종래의 판소리 열두 마당을 정리하고 개작하여 여섯 마당으로 재편할 때에도 그 중의 하나로 들어 『춘향전』과 함께 인기가 높았다.

그 뒤 소설 『심청전』은 방각본(坊刻本) 책자를 통해 세간에 전파된 것으로 보인다.

소설 『심청전』을 자세히 뜯어보면 우선 한 가지 미심쩍은 사실에 부딪친다. 그것은 이 작품의 무대가 한국이냐 아니면 중국이냐 하는 것이다.

첫째 『심청전』에 나오는 지명과 관직명 등은 거의 중국의 것이다. 심청의 고향인 황주 도화동(黃州 桃花洞)은 중국의 호북성 황주부 도화진(湖北省 黃州府 桃花鎭)이며, 심청이 팔려갈 때 지나는 뱃길은 모두 양자강(揚子江) 연안의 지명과 수명(水名)이다. 심청을 아껴 주던 장승상(張丞相) 부인이 있는데 승상(丞相)도 중국의 직명이거니와 마지막에 심청을 왕비로 맞는 그 왕도 송(宋)의 천자(天子)라 하였다.

그러나 또한 이 작품에 등장하는 인물의 복색(服色)이라든가, 생활의 풍정(風情)을 보면 이것은 또 틀림없는 한국의 것이다. 베중의에 휘양을 쓰고 버선을 신은 심청이와, 제주(濟州) 양태의 갓을 쓰고 중추막에 목전대를 두르는 심봉사라든가, 마을 아낙네들이 심청에게 즐겨 주는 것이 그릇 밥에 김치와 장이라는 것이 모두 한국의 인물, 풍정을 확인케 한다.

또 심청이 팔려간 뱃길이 호북성에서 남경(南京)으로 내려가는 수로(水路)라면 도중의 임당수(臨塘水)도 강물에 불과해야 할 것이나, 소설에서 심청이 빠진 임당수는 광풍이 대작하고 어룡(魚龍)이 싸우는 듯 산 같은 파도가 이는 대양의 한가운데라고 하였으며 이곳에서 선인들이 심청을 제물로 고사의 축원을 끝맺는 말에 '고시레'란 말을 쓴다. 고시레는 고조선 이래 우리의 민속에서 축원의 결구(結句)로 쓰이는 고유한 용어이다. 이렇게 되면 결국 심청전에 나오는 중국적인 지명과 직명 등 일체는 실로 소설상의 화려한 사설(辭說)을 위해 차용된 가칭인 것으로 생각해야 할 것이다.

심청의 신운(身運)이 결국에 송황실(宋皇室)의 비(妃)가 되었다 하는 데엔 그럴싸한 우리의 한 토착설화가 주효한 것으로 보이는데, 판소리의 본향(本鄕)인 전남의 옥과현(玉果縣, 지금의 谷城) 관음사(觀音寺)의 연기문(緣起文)에 다음과 같은 이야기가 있다.

"충청도 대흥현(大興縣, 지금의 禮山)에 원량(元良)이라고 하는 맹인이 있었으니 일찍이 아내를 여의고 홍장(洪莊)이라는 어여쁜 딸 하나를 의지하여 살았다. 원량이 하루는 밖에 나갔다가 홍법사(弘法寺) 스님 성공(性空)을 만나서 눈도 열리고 소원이 성취된다는 바람에 사랑하는 딸 홍장을 팔아서 돈을 시주하기로 하였다. 그 때 홍장의 나이는 열여섯, 하루는 소랑포(蘇浪浦)의 바닷가에 쉬고 있을 때 갑자기 중국 선인들이 나타나 사서 배에 싣고 돌아가 진(晉)의 혜제(惠帝)에게 바치니 혜제는 마침 비(妃)를 잃고 고적한 가운데 있던 터라 기꺼이 맞아 새 비로 삼았다. 홍장은 그 뒤 늘 고국을 잊지 못하여 배에 관음불(觀音佛)을 실어 동쪽으로 보내니 그 배가 표류하여 닿은 곳이 지금의 관음사(觀音寺) 자리다."(영조 5년 「白梅子記」)

『심청전』의 내용과 너무도 비슷한 이 설화가 필경 판소리 심청가의 구성에 영향을 준 것이라 하더라도, 나중에 심봉사가 궁성의 맹인 잔치에 행차하는 거동을 살피면 도무지 심봉사의 고향과 송제(宋帝)의 국령(國領)이 이국일 수 없다는 점을 알게 된다. 그러므로 심청을 비로 맞은 그 왕도 결국은 송나라 임금이 아니라 조선의 왕인 것으로 내용을 정돈하지 않으면 안 될 것 같다.

물론 한 나라의 문학이란 것이 반드시 자국(自國)의 무대에서만 취재를 해야 하는 것도 아니므로, 무리하게 토착애의 아집에 기울어져 심청전 안에서 무조건 중국적인 요소들을 제거하려는 것은 아니다. 다만 우리가 흠모하는 선대(先代)의 유작 중에 다소 사리에 불명한 미해결의 장(章)이 있다면 그것을 성심껏 보완하는 것이 우리의 임무라고 생각되기 때문이다.

『심청전』과 유사한 설화로는 불교의 발원지인 인도에 전동자(專童子)의 전설이 있고 일본에도 소야희(小夜姬)의 설화가 있다고 하나 그 줄거리를 살펴보면 모두 불법(佛法)을 독실히 믿음으로써 현생에서 복락을 누리고 후생에 다시 좋은 곳에 태어난다는 불교설화에 불과하다. 그러나 본래가 선량무구(善良無垢)한 우리 민족의 역사에는 하등 종교적 신심에 관련 없는 효행 설화가 『심청전』의 선계(先系)로 먼 옛날부터 있어 왔다.

"신라 진성왕 때 분황사(芬皇寺) 동쪽 마을에 눈 먼 어머니를 동냥하여 먹이는 한 처녀가 있었으니 이름을 지은(知恩)이라 했다. 한 해는 흉년이 들어 동냥마저 할 수 없어 양곡 30석을 받고 큰 부자집에 시녀(侍女)로 들어갔다. 하루의 고된 일이 끝나면 집으로 돌아와 앞 못 보는 어머니와 함께 자며 봉양하는데, 하루는 그 어머니가 말하기를 "전날의 거친 음식은 마음에 편했는데 요즈음의 좋은 음식은 마음에 편치 못하니 웬일이냐” 한다. 이에 지은이 남의 집에 시녀로 들어간 일을 고하니 모녀가 끌어안고 통곡하며, 어미의 입은 봉양하되 마음을 편케 못함을 한탄하였다. 이 소식을 전해들은 화랑 효종랑(孝宗郎)과 그 동료들이 양곡 천여 석을, 왕은 양곡 백 석과 집 한 채를 주어 호강케 하였다.”(『三國遺事』·『三國史記』)

『심청전』은 불교소설이 아니다. 아울러 유교풍의 훈화(訓話)나 선교(仙敎)의 신선설화(神仙說話)도 아니다. 오히려 이 모두를 포괄하고 초월한 인생문학이다. 봉사 부인이 명산대천에 자식 두길 빌었으나 그것은 인간 본연의 욕구에 의한 발원이다. 마지막에 심청이 부친의 눈을 띄우기 위해 몸을 팔지만, 그 행위의 이유에는 부처님 앞의 약속을 어길 수 없고 또 부친에게 이루어질 그만한 행복에는 역시 거기에 상당하는 희생이 있어야 한다는 선량한 염치지심이 있을 뿐이었다. 심청의 착한 마음은 심지어는 돈으로 자기의 목숨을 사가는 남경 상인들에게까지도 위약과 낭패를 끼칠 수 없다고, 장승상 부인의 해약 권고를 거부할뿐더러 그 상인들을 미워하는 마음은 조금도 품지 않는다. 상인들도 또한 생계가 원수라 그 짓은 해도 심청의 앞에서는 고개도 못 드는 사람들이다. 『심청전』에 나오는 인물들 가운데에서는 오직 뺑덕어미 하나가 양념삼아 해괴벽을 보일 뿐 모두가 더할 수 없는 선인(善人)들이다.

바다의 용(龍)도 심청을 받들어 귀처(貴處)에 인도한다. 이 무구(無垢)한 선의의 문학관은 일찍이 신라 때로부터 내려오는 민족 정신사의 유산이라고 말할 수 있다.

특히 이 소설의 끝 대목에서 심봉사가 딸을 만나는 기쁨의 충격에서 갑자기 눈을 뜨는 사실은 현대의 과학으로써도 인정할 수 있는 문제이니, 행복의 인자(因子)를 인간 안에서 찾아낸 정신이며, 가난한 불구자의 딸로서 한 나라의 왕비에 오르는 것 또한 서민정신의 일대 개가라 할 수 있는 것이다. 이 점에 있어서 우리는 소설『심청전』의 의의를 다시 한 번 음미해 볼 만하다.

춘향전

春香傳

숙종대왕 즉위 초 전라도 남원부(南原府)에 월매(月梅)라 하는 기생이 있었으니 삼남(三南)의 명기로서 일찍이 퇴기(退妓)하여 성참판(成參判)이란 양반을 모시고 세월을 보내되, 나이 사십이 되어도 한 점 혈육이 없음을 늘 한하였다.

하루는 월매 옛 사람들 일을 생각하고 깨달은 바 있어 부군과 의논하고 명산 승지를 찾아 단을 모으고 신공을 드렸더니, 과연 그 달에 태기가 있어 열 달을 당하매 하루는 향기가 방에 가득하고 하늘에 꽃구름이 영롱한 가운데 일개 옥녀를 낳으니 월매 그 사랑함을 어찌 다 형언하랴.

이름을 '춘향'이라 부르면서 손안의 구슬인 양 길러내니 효행이 무쌍하고 인자하기 그지없다. 나이 칠팔 세에 서책에 맛들이고 예모를 일삼으니 고을 안에 칭송하지 않는 이 없었다.

이 때 남원부엔 대대 명가요 충신의 후예인 서울의 양반 이한림(李翰林)이 부사로 부임하여 선치민정(善治民情)하니 시화연풍(時和年豊)하고 백성이 충성하여 마치 요순(堯舜)의 시절이다.

때는 놀기 좋은 봄철이라 하늘에 나는 새도 풀섶에 날아들어 짝을 지어 희롱하며 즐기고 남산 북산에 꽃피는 가절(佳節)이라.

사또(使道) 자제(子弟) 이도령(李道令)은 이팔(십육세)의 나이에 좋은 풍채하며, 도량은 바다 같고 활달한 지혜에 문장은 이백(李白)이요, 필법은 왕희지(王羲之)라. 하루는 방자(房子)를 불러 말하기를,

"이 고을 안 좋은 경치 어디 있나? 시흥(詩興) 춘흥(春興)이 가슴에 겨우니 절승 경처(景處) 말하여라."

방자 여쭙기를,

"글공부하시는 도령님이 경처 찾아 부질없소."

이도령 하는 말이,

"너 무식한 말이로다. 옛 부터 문장재사는 절승 강산 구경키를 풍월(風月) 작문의 근본으로 알았으니, 시중천자(詩中天子) 이태백(李太白)은 채석강(採石江)에 놀았었고, 적벽강(赤壁江) 추야월(秋夜月)에 소동파(蘇東坡) 놀았으며 보은 속리(報恩의 俗離山) 문장대(文藏臺)에 세종대왕 노셨으니 아니 놀지 못하리라."

이에 방자 도령님 뜻을 받아 팔도 경치를 주워댄 후,

"남원 경치 들으시오. 동문 밖 나가오면 장림(長林) 숲 천은사(天恩寺) 좋사옵고, 서문 밖 나가오면 관왕묘(關王廟) 좋사옵고, 남문 밖 나가오

면 광한루(廣寒樓) 오작교(烏鵲橋) 영주각(瀛洲閣) 좋사옵고, 북문 밖 나가

오면 교룡산성(蛟龍山城) 좋사오니 처분대로 가십시다.”

도령님 듣고 나서,

“내 들은 바론 광한루 오작교가 경치더라. 구경 가자.”

도령님 거동 보소, 사또께 들어가서 공손히 여쭙는데,

“오늘 날씨 좋사오니 잠깐 나가 풍월음영(風月吟咏)하고 시의 운목(韻

目)도 생각코자 순성(巡城)이나 하여 볼까 하옵니다.”

사또 크게 기뻐하여 허락한다.

“방자야 나귀 안장(鞍裝) 지어라.” 도령님 옥안(玉顔) 선풍(仙風) 고운

얼굴 전판(剪板)같은 채머리에 나귀 등 선뜻 올라 삼문(三門) 밖 내다르

니 광한 진경 좋거니와 오작교가 더욱 좋다. 오작교 분명하면 견우(牽

牛) 직녀(織女) 어디 있나. 이런 승지에 풍월이 없을소냐.

도령님 두 구(句)를 지으니,

드높이 기쁨에 부풀은 오작선에

광한은 달 속의 화려한 옥루라

묻노니 하늘의 어여쁜 직녀는 누구이뇨

더없이 흥겨운 오늘 내 바로 견우로다.

高明烏鵲船 廣寒玉階樓 借問天上誰織女 至興今日我牽牛

이 때 내아(內衙)에서 음식상이 나오거늘 한 잔 술 마신 후에 통인(通

引) 방자 물려주고 취흥(醉興)이 무르익어 이리 저리 거닐 적에 누상의

단청(丹靑)은 황홀하고 저 앞 늘어진 버들가지 속 벗을 부르는 꾀꼬리 소리 더욱 춘흥을 돋운다.

이 날은 바로 오월 단오(端午) 날, 천중지가절(天中之佳節)이라.

월매 딸 춘향이 시서(詩書) 음률이 능통하니 천중절을 모를소냐. 향단(香丹)을 앞세우고 그네 뛰려 나올 적에 아름답고 고운 태도 아장아장 흔들흔들, 장림 속 들어서니 황금 같은 꾀꼬리가 쌍거 쌍래 날아든다.

섬섬옥수(纖纖玉手) 넌짓 들어 그네 줄을 갈라 잡고

"향단아 밀어라."

한 번 굴러 힘을 주며 두 번 굴러 힘을 주니 나뭇잎은 몸을 따라 흔들흔들 오고가고 녹음 속의 붉은 치마 바람결에 내비치니 구만장천(九萬長天) 백운간(白雲間)에 번갯불이 비치는 듯 무산선녀(巫山仙女) 구름타고 양대(陽臺) 위에 내리는 듯(옛 楚나라 懷王이 巫山縣 陽臺에서 낮잠자다 꿈에 선녀를 만나 기연을 맺었다 함) 그 태도 그 형용 세상인물 아니었다.

이 때 이도령 혼비중천(魂飛中天)하여 부른다.

"애, 통인아."

"예."

"저 건너 버들가지 새로 오락가락 얼른얼른하는 게 무엇인지 자세히 보아라."

통인이 살펴보고 여쭙는데, "다름이 아니오라 이 고을 기생 월매 딸 춘향이옵니다."

"거 좋다. 훌륭하다."

통인이 다시 아뢰되,

“제 어미는 기생이오나 춘향이는 도도하여 기생 구실 마다하고 여공(女工)의 재질에다 문장을 겸전하여 여염집 처자와 다름이 없나이다.”

이도령 허허 웃고 방자 불러 분부하되, “들은즉 기생의 딸이라니 급히 가 불러오라.”

방자놈 여쭈오되,

“천하절색 여중군자오니 데려오기 힘듭니다.”

이도령 크게 웃고,

“방자야 네 물건마다 각기 주인이 있음을 모르는 도다. 잔 말 말고 불러오라.”

방자 분부 듣고 춘향에게 건너가니 춘향이 화를 내어,

“네가 미친 자식이지 도령님이 어찌 나를 알아서 부른단 말이냐. 설혹 내 말을 할지라도 내 지금 여염 사람이니 부를 리도 없고 갈 리도 없다. 당초에 네가 말을 잘못 들은 것일 게다.”

방자 광한루에 돌아와 도령님께 여쭈니,

“기특한 사람이다. 옳은 말이로되 다시 가 전하기를 이리 이리 하여라.”

방자 집으로 돌아간 춘향을 찾아가니,

“너 왜 또 오느냐?” 한다.

“황송하다. 도령님이 다시 전갈하시더라. 내가 너를 기생으로 앎이 아니라 들으니 네 글을 잘 한다기로 청하노라. 여염집 처자 불러 보기 괴이하나 흠으로 알지 말고 잠깐 와 다녀가라 하시더라.”

춘향 속생각에 갈 마음이 생기던 차 춘향 모 나앉으며 정신없이 하

는 말이,

"꿈이라 하는 것이 전수 허사 아니로다. 간밤에 꿈을 꾸니 난 데 없는 청룡 하나 벽도지(碧桃池)에 잠겼더라. 들으니 사또 자제 도령님 이름자가 몽룡(夢龍)이라 하온다니 신통하게 맞히었다. 아무려나 양반이 부르시니 안 갈 수 있겠느냐. 잠깐 가 다녀오라."

춘향이 못 이기는 체 광한루에 건너가니 그 형용 그 태도 세상 인물 아니로다. 춘향 또한 넌지시 눈을 들어 이도령을 살펴보니 진세간(塵世間)의 기남자라. 이마가 드높으니 소년공명 할 것이요, 오악(五嶽)이 뚜렷하니 보국충신(輔國忠臣) 될 것이매 마음에 흠모하여 다소곳이 앉아 있다.

이도령 하는 말이

"성현(聖賢)이 불취동성(不娶同姓)이라 일렀으니 성은 무엇이며 나이는 몇 살인가?"

"성은 성(成)가이고 나이는 십륙 세이옵니다."

"허허 그 말 반갑도다. 네 나이 듣자 하니 나와 동갑 이팔이라. 성자를 들어 보니 하늘 정한 배필이다. 이성지합(李成之合, 二姓之合) 좋은 연분 평생 동락하여 보자."

이에 춘향 예쁜 눈썹 찡그리며 입술을 반만 열어 구슬 같은 목소리에,

"충신은 두 임금을 아니 섬기고 열녀는 두 남편을 섬기지 않사오니 도령님은 귀공자요 소녀는 천첩(賤妾)이라, 후일 나를 버리실 터, 그런 분부 마옵소서" 한다.

이도령 이 말 듣고,

"네 말을 들어 보니 어이 아니 기특하랴. 우리 둘이 맺을 적엔 변치 않으리라."

춘향이 일어나며 부끄러이 여쭙기를,

"시속 인심 고약하니 그만 놀고 가옵니다." 도령님 그 말 듣고,

"그럴 듯한 일이로다. 오늘 밤 이슥하면 너희 집에 갈 것이니 괄시나 하지 마라."

"나는 몰라요." 춘향이 대답하고 내려간다.

이도령 귀가하여 서재에 들었으나 만사에 뜻이 없고 다만 춘향 생각이라.

"어느 때나 되었느냐?" 방자 불러 물어 보니,

"동이 터 오나이다."

도령님 대노하여,

"이놈 괘씸한 놈 서로 지는 해가 동으로 도로 가랴. 다시금 살펴보라."

이윽고 방자 여쭈오되,

"해 떨어져 황혼 되고 동녘 달이 떠옵니다."

저녁을 든둥만둥 서책을 상고(詳考)하나 대학을 읽는 품이 "대학지도(大學之道)는 재명명덕하며 재신민(在新民)하며 재춘향(在春香)이라" 천자문(千字文) 풀어 읽다 "아이구 아이구 보고파라!" 소리를 크게 질러 부친 사또 놀래킨다.

이윽고 얼마 후에,

"하인 물리라 —" 퇴령(退令) 소리 길게 나니

“좋다 좋다, 옳다, 방자야 등에 불 밝혀라.”

통인 하나 뒤를 따라 춘향의 집 건너간다. 이 때 춘향이 칠현금(七絃琴) 비껴 안고 남풍시(南風詩)를 희롱타가 잠자리에 졸고 있다. 방자 가만가만 춘향 방 영창 밑에 살짝 들어가서,

“이애 춘향아, 도령님 와 계시다.”

춘향이 깜짝 놀라 깨어 가슴이 울렁울렁 부끄럼을 못 이기며 저의 모친 깨워낸다. 춘향 모 밖에 나와 손 모아 인사하고 이도령을 인도한다. 대문 중문 다 지나서 후원으로 인도하니 우아한 뜰 풍경에 오래된 별초당(別草堂). 춘향이 뜰에 내려 부끄러이 서만 있고, 춘향 모 방에 들여 차 담배 대접한다.

도령님 막상 할 말 몰라 방안 장치 둘러 볼 때

“귀중하신 도령님이 누추한 델 오시다니 황공 감격하옵니다.” 춘향 모 말 건넨다. 도령님 그 말 듣고 말문이 열리었다.

“그 무슨 말이런가. 우연히 광한루에서 춘향을 잠깐 보고 연연(戀戀)한 마음 일어 오늘 밤 찾은 뜻은 춘향의 모 보러 왔네. 자네 딸 춘향이와 백년언약 맺으려니 자네 마음 어떠한가?”

춘향의 모 여쭈오되,

“말씀은 황송하나 그런 말씀 말으시고 노시다가 가옵소서.” 뒤를 한껏 눌러 본다.

이도령 기가 막혀,

“호사에 다마(多魔)로군. 내 비록 혼례는 못할망정 양반의 자식으로 일구이언 할 리 있나. 내 저를 초취(初娶)같이 여길 터이니 시하(侍下)라

고 염려 말고 허락만 하여 주소."

춘향 모 많던 말도 이 말 듣고 그치더니 몽조(夢兆)도 있는지라 연분인 줄 짐작하고 흔연히 허락한다. 술상이 들어오니 호화롭기 그지없다. 앵무배(鸚鵡杯) 가득 부어 대례(大禮) 술로 주고받고, 춘향 모 수삼 배 먹은 후에 통인 불러 상 물려주며,

"너도 먹고 방자도 먹여라."

통인 방자 먹고 간 후 대문 중문 다 닫히고, 춘향의 모 향단이 불러 잠자리를 마련할 제 원앙금침 잣베개와 샛별 같은 요강 대야 정(淨)히 들이고,

"도령님 평안히 쉬옵소서. 향단아 나오너라. 나하고 같이 자자."

춘향과 도령님이 마주 앉아 놓았으니 그 일이 어찌 되겠는가. 삼각산 제일봉에 봉학 앉아 춤추는 듯 두 활개를 벌리면서 춘향의 손 겹쳐 잡고 교묘히 옷 벗기니 춘향이 처음 일일 뿐 아니라 부끄러워 몸을 틀 제 이리 곰실 저리 곰실, 춘향이 금침 속으로 달려든다. 도령님 왈칵 쫓아 함께 누워 마주 안고 누웠으니 문고리는 달랑달랑 등잔불은 가물가물 맛이 있게 자고 났네.

하루 이틀 지나가니 부끄럼은 멀어지고 장난도 하고 우스운 말도 하여 자연 사랑가가 흘러난다.

여봐라 춘향아
저리 가거라 가는 태도 보자
이만큼 오너라 오는 태도 보자

방긋 웃고 아장아장 걸어라 걷는 태도 보자

너와 나와 만난 사랑

생전 사랑 이러하고

사후(死後) 기약 없을소냐

너 죽어 될 것 있다

너는 죽어 방아 확 되고

나는 죽어 방아 공이 되어

덜거덩 덜거덩 찧거들랑 나인 줄 알려무나.

노래에 맞추어서 업음질에 말 타기에 온갖 장난 다해 보니 이런 장관 또 있으랴. 이팔청춘 미친 마음 세월 가는 줄 모르더라.

한날 뜻밖에 방자 나와 불려가니 사또 말씀하시기를,

"여봐라 서울서 동부승지(同副承旨) 교지(敎旨) 왔다. 나는 문부(文簿) 사정(査定)하고 갈 것이니 너는 내행(內行)을 따라 내일로 떠나거라."

도령님 부교(父敎) 듣고 눈물이 펄펄 솟아 내아에 들어가서 허물 적은 모친께 춘향의 말 울며 하다 꾸중만 실컷 듣고, 춘향 문전 당도하니 왈칵 울음 쏟아진다.

춘향이 깜짝 놀라 내달아서,

"아이고, 이게 웬일이오." 도령님 목 답삭 안고 치맛자락 걷어잡아 눈물을 씻어 주다 안 그치니 화를 내어

"여보 도령님, 아가리 보기 싫소. 그만 울고 내력 말이나 하여 주오."

“사또께옵서 동부승지 되셨단다.”

춘향이 좋아하며,

“댁내의 경사요. 그래서 왜 운단 말이오.”

“너를 버리고 갈 터이니 내 아니 답답하냐.”

“언제는 남원 땅에서 평생 사실 줄 알으셨소. 도령님 먼저 올라가시면 나는 여기서 팔 것 팔고 뒤에 올라갈 것이니 큰댁 가까이 조그마한 집이 나 염탐하여 두오. 우리 식구 가더라도 공밥 먹지 않으리니 그리 알아 조처하오.”

“그게 아니 좋은 말이랴. 사정이 그렇다고 대부인(大夫人)께 여쭸더니 조정에 소문 들면 벼슬도 못한다고 꾸중만 대단하니 불가불 이별이다.”

춘향이 이 말 듣고 낯빛이 달라지며,

“아이고 이게 웬 말이오.” 치마도 와드득 뜯고 머리도 쥐어뜯어 도령님 앞에 내던진다. 면경 체경 들부수며 자탄하며 울어댈 제 춘향의 모 들이닥쳐,

“허허 이것 별 일 났다. 동네 사람 다 들어 보오. 오늘날 우리 집에 사람들 죽습네다—” 도령님께 대어든다.

울고불고 기절하고, 춘향의 애통함을 눈 뜨곤 못볼레라.

“이봐라 춘향아, 너 이게 웬일이냐. 날 영영 안 볼 테냐. 내 이제 올라가서 장원급제 출세하여 너 데려갈 것이니 울지 말고 잘 있거라.”

날이 밝자 이도령은 흐르느니 눈물이나 훗 기약 당부하고 말을 재쳐 떠나간다.

수삭(數朔)이 지난 후에 신관 사또 변학도(卞學道) 부임하니, 풍채 활

달하되 성정(性情)이 괴팍하고 사증(邪症)을 겸하였다.

일찍이 남원 골에 춘향이 일색이라 들은 터라 기생 점고(点考) 실시하여 춘향을 잡아온다.

"하 그년 예쁜데. 오늘부터 몸 단장 정히 하고 수청(守廳)을 들도록 하라."(娼妓 수청을 든다는 건 명분상 公仕지만 官長 방에 드는 일로 곧 몸을 바치는 것.)

"사또 분부 황송하나 충신은 두 임금을 섬기지 않고 열녀는 두 남편을 섬기지 않사오니 죽어도 못하겠소."

"어 그년 요망한 년이구나. 너같은 천기배(賤妓輩)에 충렬이 웬 말이냐?"

"충신 열녀에도 상하의 구별 있소? 사람의 계집 되어 남편을 버리움은 나라의 관장(官長)되어 임금을 파는 것 같사오니 처분대로 해 보시오."

이리하여 춘향 곤장으로 되우 맞기 스물하고 다섯이라. 형방(刑房)도 눈물 씻고 동네 노소 눈물지며, 남원부 한량(閑良)들도 집장사령(執杖使令) 벼르더라. 춘향 모 애통하여 서울에 기별코자 쌍급주(雙急走) 구하는데 춘향이 도령님 심화되어 병들면 훼절(毀節)이라 말리고 옥에 든다.

한편 한양성 이도령은 시서(詩書) 백가(百家) 숙독하고, 때마침 나라에 경사 있어 대평과(大平科)를 보일 때에 장원(壯元)으로 급제했다.

왕이 친히 불러 보고,

"경(卿)의 재주 조정의 으뜸이라." 전라도 어사(御使)를 내리니 평생의 소원이라. 수의(繡衣) 마패(馬牌) 유척(鍮尺)을 받아 갖고 서리(胥吏) 중방(中房) 역졸(驛卒)을 거느린 후 남으로 내닫는다.

전라도 초읍(初邑) 여산(礪山)에 이르러 중방 서리들을 각지로 분산하며 아무 날 남원으로 집결할 걸 명한 후에, 어사또 행장을 차리는데 헌 파립(破笠)에 헌 도복(道服)으로 남루하게 꾸미었다. 임실(任實) 구화뜰에 이르러 농부가에 흥겨운 농부들께 묻기를 "춘향이 수청 들어 민정에 해를 준다지?" 하였다가, 열녀 춘향 모독했다 망신하고 돌아선다.

얼마 가 한 모퉁이에서 아이 하나 만났는데 춘향의 혈서 갖고 이도령께 가는지라 뺏어 보고 두 눈에서 비 오듯 눈물이라.

남원 땅 들어서니 옛 보던 산천이다. 광한루야 잘 있었나. 오작교야 무사하냐. 해지고 황혼녘에 춘향의 집 당도하니 안뜰이 적막한데 정화수(井華水) 한 동이를 단(壇) 아래 받혀 놓고 춘향 모 비는 말이,

"천지지신(天地之神) 일월성신(日月星辰)은 한 맘으로 도우소서. 죄 없는 내 딸 춘향 옥중에 갇혔으니 한양성 이몽룡을 청운(靑雲)에 높이 올려 내 딸 춘향 살려 주오."

어사또 춘향의 모 정성 보고 "내 벼슬한 게 우리 장모 덕이로다" 하고, "게 뉘 없나?"

"누구요?"

"사위는 백년지객(百年之客)이라 하였는데 어찌 나를 모르는가."

춘향의 모 반겨하며 달려들어 손을 잡고 안으로 들어가 촛불 앞에 앉혀 보니 거지 중에 상거지라. 춘향의 모 기가 막혀 푸념 박대 대단하고 향단이 도령님께 대접이 공손하나 그 역시 숨어 운다.

"여봐라, 향단아 우지 마라. 너의 아씨 설마하니 살지 죽을소냐. 여보 장모 춘향이나 좀 보아야지."

오경(五更) 후 바래 치자 춘향이에게 찾아가니,

"아이고 이게 누구시오, 아마도 꿈이로다. 이제 죽어 한이 없네. 어찌 그리 무정하오. 내 신세 이리 되어 매에 감겨 죽게 되니 날 살리러 와 계시오?" 춘향이 한참 동안 반기다가 살펴보니 누추한 임의 모습 어찌 아니 한심하랴.

"여보 서방님, 내 몸 하나 죽는 것은 설운 마음 없소마는 서방님 이 지경이 웬일이오?"

"오냐 춘향아, 설워 마라. 인명은 재천(在天)인데 설만들 죽을소냐."

춘향이 저의 모친 불러,

"가련하다 이내 신세, 하릴없이 되었구나. 금명간 죽을 년이 세간 두어 무엇하오. 되는 대로 팔아다가 서방님 도포 관망(冠網) 새 신발 사 드리고, 나 없다 말으시고 날 본 듯이 섬기소서."

춘향이 다시 서방님께 반드시 귀히 되어 원혼을 풀어 주기 울며불며 당부더라.

"울지 마라, 하늘이 무너져도 솟아날 구멍이 있느니라." 어사또 타이르고 춘향의 집 돌아왔다.

다음 날은 다름 아닌 본관사또 생일이다. 근읍(近邑) 수령 다 모여서 요란하게 놀아댄다. 깃발과 장고 소리 하늘을 뒤덮고 녹의홍상(綠衣紅裳) 기생들은 더덩실 춤을 춘다.

어사또 걸객으로 구걸하여 들어가니 콩나물 깍두기에 막걸리 차려 주고 높을 고(高) 기름 고(膏)로 운자(韻字) 주어 조롱한다. 어사또 붓을 받아 두 귀를 지었으니,

금 동이의 아름다운 술은 만백성의 피요

옥소반의 훌륭한 안주는 만백성의 기름이라.

촛불 녹아 떨어질 때 백성 눈물 떨어지고

노래 소리 높은 곳에 원망소리 높아 있다.

金樽美酒千人血 玉盤佳肴萬姓膏

燭淚落時民淚落 歌聲高處怨聲高

운봉영장(雲峰營將)이 이 글 받아 보고 아뿔싸 일이 났다. 마음 속에 걱정하며 관내(官內) 단속 지시할 때 본관사또 변학도는 물색없이 주광(酒狂)이 나 옥중 춘향 끌어낸다.

이 때 어사또 마침내 군호(軍號)하니 달 같은 마패가 햇빛같이 번듯서며,

"암행어사 출도야!"

번듯한 옷차림에 육모방치 거머쥐고 예서 번뜻 제서 번뜻 사문(四門)에서 내닫는다. 주연이 난장되고 쥐구멍이 만원될 때 수의사또(繡衣使道) 등대(登臺)하여

"본관을 봉고파직(封庫罷職)하라!"

형리 불러 분부하되 "네 고을 죄수를 다 올리라."

모든 죄인 문죄하여 무죄자는 풀어 주고,

"저 계집은 무엇인고?"

형리 여쭙기를,

"기생 월매 딸이온데 정절을 중히 여겨 본관사또 거역하고 관전(官

前)에 포악(暴惡)한 춘향이로소이다.”

“음, 너 수절한다 하고 관전 포악하였으니 죽어 마땅하나 내 수청도 거역할까?”

춘향이 기가 막혀,

“내려오는 관장마다 모두 명관이네. 그런 분부 마옵시고 어서 바삐 죽여주오.”

어사또 분부하되,

“얼굴 들어 나를 보라!”

춘향이 고개 들어 대상(臺上)을 살펴보니 걸객으로 왔던 낭군 어사또로 뚜렷이 앉아 있다. 반웃음 반 울음에 “이것이 꿈일까 생시일까. 꿈을 깰까 염려로다.” 한참 이리 황홀할 때 춘향이의 모 들어와서 기뻐하는 그 수다를 어이 다 옮길소냐.

어사또 남원 공사(公事) 마친 후에 춘향 모녀 향단이를 서울로 치행(治行)할 제 위의(威儀) 찬란하니 세상사람 뉘 아니 칭찬하랴.

어사또 뒤에 남아 좌우도(左右道) 순읍(巡邑)한 후 서울에 올라가 임금께 뵈오니 문부(文簿)를 살피시고 크게 칭찬하여 춘향에겐 정렬부인(貞烈夫人)을 봉(封)하신다.

이공(李公) 좌우 영상 다 지내고 퇴사(退仕) 후 정렬부인으로 더불어 백년 동락할 때 슬하에 3남 2녀를 두었으니 모두 총명하여 그 어버이에 못지않더라.

◎ 저작 연대의 문제

『춘향전』은 우리나라에서 가장 널리 알려진 소설로서 판본(板本)과 사본(寫本)을 합하여 고본(古本)만도 10여 종이 넘으며, 활자에 의한 근대적 출판문화가 들어온 뒤에 개작, 번안, 번역된 것만도 백여 종을 넘지만 그 원저자와 저작 연대는 아직도 정확히 알 수가 없다.

여러 고본 가운데에서도 전주(全州) 완서계서포(完西溪書舗)에서 간행된 『열녀 춘향 수절가』를 완판본(完板本)이라 하고 경성(京城) 한남서림(翰南書林)에서 간행한 『춘향전』을 경판본(京板本)이라 하여 오래된 것으로 여겨 왔다.

이 두 책의 간행 연대도 자세히는 알 수 없으나 완판본(完板本)이 대략 철종 이후 고종 3년 이전에 간행된 듯하며 경판본(京板本)은 이보다 약간 앞선 것으로 보고 있다.(金三不 推證)

그런데 근래에 비록 그 작품으로서는 짧고 불비(不備)한 것이지만 저작 연대로 보아서는 가장 오래된 유진한(柳振漢)의 한시(漢詩) 「춘향가(春香歌)」가 발견되었다. 만화재 유진한(晚華齋 柳振漢)은 이조 영조 때 충청도 목천(木川) 땅에 살던 시에 능한 문사로서, 그 아들 되는 간(栞)의 기록에 의하면 만화가 영조 29년(癸酉)에 호남 일대를 만유(慢遊)하고 그 이듬해에 돌아와 「춘향가」 한 편을 지었다는 것이다.[先考癸酉 南遊湖南 歷觀其山川文物 其翌年春還家 作春香歌一篇]

만화는 이 「춘향가」를 만유(慢遊) 중에 들은 타령조에 의거하여 지은 것이 확실시 되는데(金東旭 推證), 이는 「춘향가」가 본래 중부이남 호남 일대에서 성하던 광대타령(廣大打令) '판소리'의 이식(移植)으로 되어진 것이 분명하다는 사실도 아울러 밝혀 주고 있다.

또한 전에는 『춘향전』의 경판본(京板本)이 산문체(散文體) 스토리 본으로 논급되었지만 그 또한 가사체(歌詞體) 타령본의 한 요약판에 지나지 않음이 만화본(晚華本)과의 대조에서 잘 드러나고 있으니, 내용에 있어서 경판본과 만화본에의 접근성은 결정적이기 때문이다.(金東旭 所論)

단지 『춘향전』이 시대의 변천에 따라 청중 뿐 아니라 독자층을 가지게 되니 판소리 본래의 장황한 사설(辭說)이 어느 정도 요약될 수 있는 것이며 이 점에서 경판본의 탄생이 이해될 수 있는 것이다. 그러나 『춘향전』은 그 본래의 특성인 판소리 타령사(打令詞)의 격조를 무시하고는 존재할 수 없는 것이다.

완판(完板) 『춘향전』은 그 원 이름이 '수절가(守節歌)'이듯이 전적으로 판소리 창사(唱詞)로서의 문체를 가지고 있다. 그것도 이미 만화본 이전에 있었던 판소리 〈춘향가〉가 백여 년간을 지내오면서 다듬어진 후 고종 초에 판각(板刻)된 것이고 보면 완판본이야말로 판소리 문학의 정화(精華)라고 할 수 있다.

거기엔 아속(雅俗)을 겸전(兼全)한 유창한 사설이 풍부히 들어 있고, 이본들 속에 나타나는 불망기(不忘記)나 신물교환(信物交換) 등 중세적인 치기를 털어버린 근대적 성격의 사랑이 있으며, 전체적인 분량으로서도 가장 크다. 그리하여 완판본은 오늘날 나머지 다른 『춘향전』들을 대표하는 데에 별 이의가 없다고 본다. 여기 소개한 『춘향전』의 내용도 이 완판본에 의거하였다.

◎ 『춘향전』의 문학사적 가치

『춘향전』을 대함에 있어 첫째로 그 지나친 에로티시즘을 흠하는 이
들이 있다.

앞 줄거리에서는 생략되었지만 이 도령이 춘향 방에서 사랑가로
노닐 적에

"너와 나와 합궁(合宮)하니

한 평생 무궁(無窮)이라

이 궁 저 궁 다 버리고

네 양각(兩脚) 새 수룡궁(水龍宮)에

……

길이나 내자구나."

춘향이 반만 웃고,

"그런 잡담 말으시오."

이도령 옷 벗어 밀쳐놓고 우뚝 서니 춘향이 그 거동 보고 방긋 웃고
돌아서며 하는 말이,

"영락없는 낮도깨비 같소."

"오냐, 네 말 좋다. 천지만물 짝 없는 게 없느니라. 두 도깨비 놀아

보자."

　이런 대목들은 하기는 우리나라 어느 소설에서도 찾아보기 힘든 대담한 성적 표현이다. 그러나 조선말 순조 때 사람 장욱(長旭)이 『춘향전』을 가리켜 "영웅도 지식인도 아름다운 부녀자도 또는 일개 초동(樵童)도, 모든 인정 있는 사람 읽지 않을 이 없으니, 단지 남녀 간의 행동을 보고 뉘 이를 음서(淫書)라 부를 수 있으랴"[讀廣寒樓記法] 하였듯이 오늘날도 이 『춘향전』을 읽고 불륜(不倫)의 음서를 읽는 불쾌감을 느낄 사람은 없을 것이다. 춘향과 이도령은 진실로 사랑하는 부부이니 그들의 지극히 발랄한 사랑 놀음을 오히려 시기와 선망이 얽힌 미소로써 보아 주는 것이 일반 독자들의 통념일 것이라고 한다면 과언일까.

　역사적으로 인간성의 해방이 제창되는 시기에는 흔히 발랄한 연사(戀事)가 소설의 주제로 등장해 왔다. 르네상스기의 인문주의자이며 여성 해방운동자인 보카치오의 소설 『데카메론』이 다분히 염정적(艶情的)이었으며, 우리나라에서도 실학(實學)의 발흥기(勃興期)에 연암 박지원이 쓴 「호질(虎叱)」 같은 소설은 대외적으로 열녀 표창을 받은 과부가 집안에 성(姓)이 다른 여러 자식을 가지고 있음을 풍자한 것이다. 또 연암에 조금 앞서서 활약한 『홍길동전』의 작자 허균(許筠)은 그 생활 자체가 인간의 본성을 조금도 숨기지 않는 것이었으니 "그는 부모의 상(喪)을 당해서도 고기를 먹고 아내를 통하여 아이를 낳으면서 태연히 말하기를, 남녀 간의 정욕은 하늘이 준 본성인즉 하늘이 성인(聖人)보다 높을진대 성인의 가르침을 버릴지언정 하늘이 준 본성을 어길 수는 없다"(橡軒隨筆)고 하였다는 것이다.

판소리 〈춘향가〉가 허균의 시대를 뒤이어 연암의 시대에 태동한 것인즉 『춘향전』 속의 발랄한 정희(情戱)는 곧 인간성의 자유로운 표출을 갈구하던 당시 민중의 욕구가 그대로 나타난 것으로 볼 수 있을 것이다.

다음 『춘향전』의 작품 세계는 철저히 서민대중 속에 그 토대를 두고 있다. 본래 판소리라는 것이 이조 숙종조 이후 중부 이남 호남 일대를 중심으로 광대들에 의해 불리어진 것이며 광대들의 신분이란 것이 사회의 맨 밑바닥이었으니 판소리의 주제는 자연 서민적인 것일 수밖에 없었다.

완판(完板) 『춘향전』에 이르러서는 그 유려(流麗)한 문장이라든가 풍부한 전고(典故)의 활용으로 보아 저자가 상당한 지식계급에 속한 사람이었음이 분명하나, 그는 자신의 신분은 고사하고 이름 석 자도 밝히기를 거부한 채 완전히 서민사회에 침잠하여 이 작품을 써낸 것이다.

춘향이 죄 없이 변학도에게 곤장을 맞아 피투성이가 될 때 마을 사람들은 물론 형리들까지도 눈물을 흘리고 건달패에 가까운 한량(閑良)들까지도 동화하여 분개하는 것이라든가, 멀리 임실(任實) 구화뜰의 농부들이 거짓 춘향을 험담해 뵈는 어사또 이 도령에게 대어드는 장면 등은 당시 서민 세계의 짙은 우애(友愛)를 가슴 흐뭇이 느끼게 한다.

그리고 그 서민은 결코 약하지 않았다.

백초(百草)를 심어 두어

사시(四時)를 짐작하니

유신(有信)한 게 백초로다

어여라 상사뒤요.

청운(靑雲) 공명(功名)

좋은 호강

이 업(業)을 당할소냐

어여라 상사뒤요.

이것이 그들의 생활이요 철학이었다. 이 떳떳하고 도도한 서민정신은 귀공자 이도령으로 하여금 계급을 떠난 인격주의에 입각해 사랑을 고백케 한다.

"귀중하신 도령님이 누추한 델 오시다니 황공 감격하옵니다." 춘향모 하는 말에,

"그 무슨 말이런가, 춘향을 잠깐 보고 연연한 마음 일어 백년언약 맺으려니, 시하(侍下)라고 염려 마오, 초취같이 여길 테오."

이는 내재적(內在的)인 의식세계에 한 변혁을 초래하는 거사이며, 더 나아가서 춘향이 변 사또에게 들이대는 말에,

"충신 열녀에도 상하의 구별 있소?"

한 것은 바로 인도적 가치관의 주장인 것이었다. 다시,

금동이의 아름다운 술은 만백성의 피요

노래 소리 높은 곳에 원망 소리 높아 있다

한 대목에 가서는 마침내 사회혁명의 봉기를 선언하는 듯 격렬한 데가 있다.

이렇게 보면 『춘향전』이 단순한 연문학(軟文學)이라거나, 더욱이는 음담패설일 수가 없는 것이고 그 내용이 담은 사상성의 지중(至重)함을 알 수 있는 것이다.

다음 『춘향전』을 작품으로서의 구성면에서 보면 첫째 그 소설로서의 극적 구성이 잘 되어 있음을 볼 수 있다. 이도령이 한양에 올라가 공부하는 동안의 일 같은 것은 소설의 주제를 위해 적절히 생략되었으면서도 요소요소에 결정적인 사건들을 연출하기까지엔 예리한 해학(諧謔)을 섞어 가며 점진적으로 독자를 긴장 속에 휘몰아 넣는다. 춘향을 만나러 갈 이도령이 방자의 익살맞은 놀림을 들어가며 안절부절 헛소리로 글을 읽는 장면이 그렇고, 다시 어사또로 내려온 이도령이 곳곳에서 하는 거동이 다 그렇다. 그리하여 종장(終章)에 폭발적인 쾌재(快哉)의 효과를 얻는다.

작중 인물의 뚜렷한 성격 묘사 또한 『춘향전』의 장처(長處)이다. 이도령과 춘향 두 주인공은 소설 속의 설정 그 자체로써 절대적인 비중을 보이지만 조연급에 드는 춘향의 모와 변학도, 방자 등의 뚜렷하고 예리한 성격 묘사는 또한 이 작품의 빛을 한층 더하여 준다.

마지막으로 이 작품의 장처는 그 특이한 운문체(韻文體)의 문장에 있다 할 것이다. 우리 민족의 성정(性情)과 호흡에 맞게 된 산문(散文)으로서의 율문(律文)은 읽는 이로 하여금 저절로 흥에 겨운 낭송을 하게 한다. 이리하여 『춘향전』은 한 편의 장편 서사시와도 같은 정감을 담은 작품으로 만인의 가슴에 친숙해지는 것이다.

　『춘향전』을 일컬어 이조 소설의 최고봉이라 하는 이가 많거니와, 인간성의 해방과 인간 평등의 이상을 모토로 하여 이루어진 한 편의 로망스 문학이자 사회소설로서 우리나라 민중문학의 전통에 커다란 거점을 이루고 있다.

　특히 『춘향전』은 한국소설사에서 민간 구전(口傳)에 의한 자생적 장르 형성의 산물이다. 즉 광대 판소리 사설이 문자로 정착된 것으로서, 이것을 '판소리계 소설'이라고 한다. 고려속요가 3음보 민요 율격의 구비전승 장르로서, 현대문학기 김소월 시의 3음보 민요 율격에 이어지는 것과 함께, 판소리계 소설은 한국문학사 전통의 연결고리이다.

　판소리계 소설들은 특히 『춘향전』을 대표작으로 하여 1940년대를 경과하면서도 서울의 활판 이야기책 출판가에서 계속 베스트셀러 자리를 지켰다. 그 판매고의 위세는 현대문학기 소설 작품들을 능가하였다.

　이것은 현대 수용미학 이론에도 관련되며, 한국문학사의 영원한 고전이 되어 있다.

구중서 具仲書 _ 경기 광주廣州 출생으로 중앙대 대학원을 졸업하였고, 문학평론가이며 문학박사이다. 요산문학상, 한국문학평론상, 팔봉비평문학상을 수상하였으며 현재 수원대학교 명예교수이다. 편저로『대화집─김수환 추기경』,『제3세계문학론』,『신동엽─그의 삶과 문학』,『한국 근대문학 연구』,『민족시인 신동엽』,『신경림 문학의 세계』등이 있다. 저서로『한국문학사론』,『구도의 언어』,『의로운 사마리아 사람』,『문학을 위하여』,『분단시대의 문학』,『민족문학의 길』,『한국문학과 역사의식』,『자연과 리얼리즘』,『문학과 현대사상』,『역사와 인간』,『문학적 현실의 전개』,『면앙정에 올라서서』등이 있다. '만해문학아카데미' 2008년 5월의 '초청문인'으로 선정되었다.

문학의 분출

초판 1쇄 인쇄 2008년 5월 05일
초판 1쇄 발행 2008년 5월 10일

지은이 구중서 펴낸이 공홍 펴낸곳 케포이북스 출판등록 제22-3210호
주소 서울시 서초구 서초동 1599-2 엘지에클라트 302호
전화 02-521-7840 팩스 02-6442-7840 전자우편 kephoibooks@korea.com

값 18,000원 ⓒ 구중서, 2008
ISBN 978-89-960412-0-7

이 도서의 국립중앙도서관 출판시도서목록(CIP)은 e-CIP홈페이지(http://www.nl.go.kr/ecip)에서 이용하실 수 있습니다. (CIP제어번호 : CIP2008001312)